KB274422

THE Warrior
Gale of Wind

광풍의 전사

태백산 퓨전 판타지 소설
FUSION FANTASTIC STORY

광풍의 전사 2

태백산 퓨전 판타지 소설

초판 1쇄 찍은 날 § 2007년 10월 8일
초판 1쇄 펴낸 날 § 2007년 10월 13일

지은이 § 태백산
펴낸이 § 서경석

편집장 § 문혜영
편집책임 § 심재영
편집 § 유경화 · 김규진

펴낸곳 § 도서출판 청어람
등록번호 § 제1081-1-89호
등록일자 § 1999. 5. 31
어람번호 § 제1-0895호

주소 § 경기도 부천시 원미구 심곡1동 350-1 남성B/D 3F (우) 420-011
전화 § 032-656-4452 팩스 § 032-656-4453
http://www.chungeoram.com
E-mail § eoram99@chollian.net

ISBN 978-89-251-0947-3 04810
ISBN 978-89-251-0945-9 (세트)

광풍의 전사

[왕국의 종말]

2

태백산 퓨전 판타지 소설

FUSION FANTASTIC STORY

도서출판 청어람

THE Warrior Gale of Wind

Contents

CHAPTER
01

파멸

THE Warrior
Gale of Wind

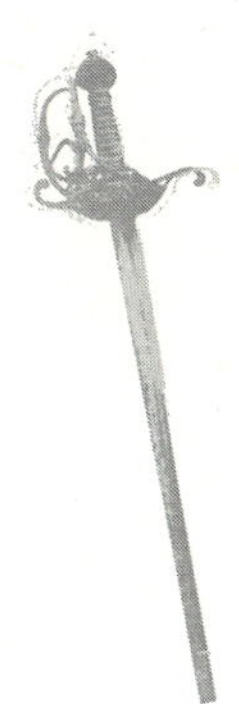

　서펜트 전사단장의 방에는 한 명의 복면인과 두 사람이 앉아 있었다.

　"우린 당신들의 청부를 받아들이기로 하였소. 단, 당신들이 제시한 10만 골드를 선금으로 받기를 바랍니다."

　차갑게 말을 던진 복면인이 바로 이 세계 최대의 어쎄신 조직인 '레드 코페쉬(붉은 단검)' 의 성원이다.

　마주 앉아 있는 사람들은 서펜트의 단장 고돕스키와 참모장이었다. 헤럴드를 없애기 위한 서펜트 전사단의 음모가 드디어 행동으로 옮겨지고 있었다.

　"우린 선금으로 5만 골드, 일이 성사된 후에 5만 골드를 주기로 하였소. 이건 약속과는 다르지 않소?"

참모장의 말에 복면인이 손을 들었다.

"그는 소드 마스터요. 그리고 영주가 죽으면 이 영지는 당신들이 통치하게 되오. 이 땅이 그만한 값도 안 된다면 청부는 없던 것으로 하겠소. 그럼 이만."

복면인이 자리에서 일어나자 단장이 입을 열었다.

"잠깐, 그러면 암살은 어떻게 되는 것이오?"

"우린 돈을 받으면 최후의 일인까지 공격을 하오. 목표가 죽을 때까지."

복면인의 말에 단장이 머리를 끄덕였다.

"좋소. 10만 골드를 내겠소. 이건 수표요."

수표에 전사단장의 문장으로 도장을 찍은 고돕스키가 복면인에게 넘겨주었다. 저 수표를 가지고 가면 대륙의 상단들에서 돈을 지급받을 수가 있었다.

"그리고 이건 영주성의 약도요."

약도를 받아 쥔 복면인이 예를 취하더니 창문으로 바람처럼 사라져 갔다. 레드 코페쉬답게 귀신같은 움직임이었다. 어쎄신이 사라진 쪽을 굳어진 채 바라보던 단장이 입을 열었다.

"참모장, 준비를 철저히 하라. 이번 일에 우리의 운명이 걸려 있다."

"알겠습니다, 단장님."

전사단장과 참모장이 굳은 얼굴로 마주 보았다. 이미 작전은 한 치의 빈틈도 없이 진행되고 있지만 상대는 소드 마스터였다. 불안하지 않을 수가 없었다. 그러나 이미 주사위는 던져졌다. 피할 수 없는 한판 승부가 눈앞에 다가오고 있었다.

그 시각 샤칸은 한 통의 마법 통신을 받았다.
"로즈(샤칸의 암호) 앞, 칼들이 산을 노린다. 화살 1호."
자기의 방에서 통신을 받은 샤칸의 아름다운 얼굴에 서리가 돋았다.
"감히 쥐새끼들이 그이를 노려? 너희들은 잘못 왔다, 흥."

퓨리 시의 시장통은 오늘도 사람들로 붐비고 있다. 그 속으로 한 무리의 사람들이 들어왔다. 커다란 마차를 가지고 온 사람들은 바로 서펜트 전사단의 음식 재료를 사러 나온 주방 사람들이었다.
"각자 맡은 음식 재료들을 사가지고 여기로 모여라."
"예, 요리사님."
전사단 주방 사람들이 시장통으로 흩어졌다. 사람들이 모두 사라지자 주위를 둘러본 차바이가 에리세드 보석 상점으로 들어갔다.
"안녕하세요. 좋은 물건 들어왔나요?"
상점을 둘러보는 차바이에게 주인이 영업용 웃음을 지었다.
"어서 오세요. 애인에게 줄 물건을 찾는 모양이군요? 여기이 귀걸이가 요즘 제일 유행하는 겁니다.”

주인이 보여주는 귀걸이를 만져 보며 차바이가 작은 목소리로 말하였다.

“로즈에게 알려주세요. 500명의 이틀 분 음식을 내일까지 준비하라는 명을 받았습니다.”

주인이 귀걸이를 들어 보이며 작은 목소리로 말했다.

“알겠습니다, 2호님.”

그리고는 웃음을 지었다.

“이건 정말 싼 겁니다, 손님. 애인에게 사주시면 많이 좋아할 겁니다.”

차바이가 투덜거렸다.

“아니, 그렇게 비싼 것을 나 같은 요리사가 무슨 재주로 산단 말이오. 에이, 눈만 버렸네.”

차바이가 투덜거리며 나가자 주인이 혀를 찼다.

“허참, 싫으면 그만이지 짜증을 낼 필요는 없잖아. 실없는 사람일세. 아, 어서 오세요.”

새로 들어오는 손님을 맞이하는 주인의 얼굴에 예의 친절한 영업용 미소가 어렸다.

*　　　*　　　*

뾰족한 첨탑이 우뚝 솟은 영주성에 어둠이 덮였다. 헤럴드의 영주성은 평지에 있는 성이다.

사방 2km 성에 전사들이 파수를 서고 있는 모습이 보였다.

깊은 밤 영주성으로 한 무리의 복면인이 소리없이 접근하고 있었다.

"영주는 제일 높은 첨탑 밑의 침실에 있다. 그 맞은편 방에는 영주의 보좌관이라는 두 명의 계집 방이 있고 전사들은 1층에 있다. 바로 저기 지붕의 밑에 붙어 있는 창문으로 들어간다. 명심하라! 놈은 소드 마스터다. 최후의 일인까지 공격하여 놈을 격살한다."

"옛, 조장님."

모두들 긴장해서 마음을 조이고 있었다. 수많은 암살을 성공시킨 불패의 레드 코페쉬들이지만 소드 마스터는 처음이다. 긴장하지 않을 수가 없었다. 그러나 이번 암살이 성공하면 대륙은 레드 코페쉬에 대하여 또 한 번 공포에 떨게 될 것이고 그만큼 위상이 높아질 것이다.

"가자."

파파파팟.

검은 복면들이 영주성으로 달리기 시작하였다. 드디어 영주 헤럴드에 대한 암살이 시작되었다. 멀리 보이던 영주성의 파수들이 눈앞에 다가왔다.

"조장님, 경비가 상당히 삼엄합니다."

"그래도 들어갈 길은 있을 것이다."

성 밑에 붙어서 바라보고 있는 어쎄신들의 눈에 전사들이 움직이는 모습이 훤히 안겨왔다.

"오늘 정말 재수없네. 남들은 잘들 놀고 있는데 우린 이게 뭔가?"

한 명의 파수가 옆에 있는 동료에게 푸념을 늘어놓고 있었다.

"우리 같은 졸병들이 별수있나. 에이, 정말."

파수병들이 투덜거리는 소리가 들려왔다. 손에 단검을 틀어쥔 두 명의 어쎄신이 준비를 하였다. 저들을 처리하지 않고는 안으로 들어갈 길이 보이지 않았기 때문이었다.

생각보다 영주성의 경계는 삼엄하였다. 어쎄신들이 단검을 날릴 준비를 하려는 순간, 조장이 그들을 제지하였다. 반대쪽에서 인기척이 들린 것이다.

"쉿."

조장의 신호에 파수를 공격하려던 어쎄신들이 몸을 감추었다. 저쪽에서 웬 여자가 군사들을 데리고 오는 것이 보였다.

"충! 어떻게 오셨습니까?"

군사들의 말에 여자가 빙그레 웃었다.

"수고들 하시네요. 이거 음식들이니 먹고 하세요."

여자가 군사들에게 가지고 온 음식을 나누어 주었다.

"아니, 이거 와인까지. 우린 지금 근무 중입니다. 옥싸나님."

"이 평화로운 때에 별일있겠어요? 남들은 생일 놀이를 즐기고 있는데 이 정도는 괜찮아요.”

여자가 어서 먹으라고 손짓을 하고는 군사들을 데리고 성벽을 따라가는 것이 보였다.

아마 다른 데도 음식을 주려는 모양이었다.

“역시 경비대장 부인감이야. 안 그런가?”

“당연하지. 그런데 영주님은 이번 생일로 몇 살인가?”

성벽 위의 군사들이 음식을 먹으며 하는 소리가 어쎄신들의 귀에 생생히 들려왔다.

“카아― 역시 와인 맛이 좋다. 야, 넌 그것도 몰랐냐? 이번에 스물한 살이라고 하더군, 하녀들이 하는 말을 들었어.”

“쩝쩝, 거참 맛좋다. 그런데 이건 너무 불공평하다. 어떤 사람은 귀족이어서 어린 나이에도 후작이고 우린 이 나이에도 추위에 떨며 보초를 서야 하고. 젠장.”

동료의 한탄에 옆에서 음식을 먹던 전사가 황급히 친구의 입을 틀어막았다.

“야, 너 미쳤어? 죽고 싶으면 혼자 죽어, 망할 자식아. 영주님은 소드 마스터야. 괜히 함부로 말하다간 목이 달아나.”

동료의 말에 전사가 흠칫 놀라 주위를 둘러보았다. 아무도 없는 것을 확인한 전사가 그제야 안도의 한숨을 내쉬었다.

“후, 미안하네. 내가 벌써 취했는가. 꺼억.”

“우린 배불리 먹으면 그만이야. 어서 먹기나 하세.”

“그래. 쩝쩝쩝. 카아.”

전사들이 음식을 게걸스럽게 먹는 소리가 들렸다.

회심의 미소를 지은 어쎄신 조장이 머리를 끄덕이며 부하들을 둘러보았다. 그들의 눈도 묘한 표정으로 반짝이고 있었다.

오늘이 영주의 생일이라면 이건 하늘의 도움이었다.

아무리 소드 마스터라도 취하면 경계심을 잃어버리기 마련이다.

'흐흐! 영주, 내년 오늘이 당신의 제삿날이오.'

밤하늘에 뭇 별들이 은모래를 뿌린 것처럼 반짝였다. 꼼짝 않고 숨어 있는 어쎄신들의 귀에 파수병들의 코 고는 소리가 들려왔다. 드디어 병사들이 와인에 취한 것이다.

"드르렁, 쿠룩, 드르렁, 쿠룩."

파수를 서던 전사들이 취해서 코를 골며 파김치처럼 늘어져 잠을 자고 있었다.

"가자."

조장의 명에 어쎄신들이 바람처럼 성 위로 달려가기 시작하였다. 한 명의 군사도 죽이지 않고 영주의 침실로 달려가는 레드 코페쉬 조장의 눈은 기쁨으로 번들거렸다.

오늘은 시작부터 성공의 예감이 안겨왔다. 소드 마스터의 암살. 내일 아침이면 대륙이 레드 코페쉬에 대하여 경악을 금치 못할 것이다.

그만큼 소드 마스터는 절대 강자였다. 하지만 사람들은 레드 코페쉬에게 불가능이라는 것은 없다는 것을 알게 되리라.

하지만 그들이 알까? 어쎄신들이 영주성의 지붕에 올라붙자 잠을 자던 전사의 눈이 슬그머니 떠졌다. 그리고 옆의 동료를 툭 쳤다. 옆의 전사도 슬그머니 머리를 들었다.

"갔네."

"빨리 연락하게."

전사가 마법수정구를 꺼내더니 통신을 하기 시작하였다.

"여기는 12호. 쥐들이 방금 통과했습니다."

"알았다."

짤막한 말소리가 들리자 전사는 수정구를 주머니에 넣었다.

"쥐새끼 같은 놈들이 감히 여기가 어디라고. 흥."

"어리석은 놈들. 감히 광풍성에 들어오다니."

두 명의 전사가 롱 소드를 꺼내 단단히 틀어잡았다. 전사들은 헤럴드의 영주성을 광풍성이라고 부르고 있었다. 지금은 자기들이 지은 이름이지만 훗날 광풍성은 대륙의 가장 유명한 성으로 이름을 날리게 된다는 것을 그들은 모르고 있었다.

"아이― 오빠, 정신 좀 차려!"

첨탑 밑의 영주의 침실에는 만취한 영주가 두 명의 아가씨에게 업히다시피 하여 들어오고 있었다.

"그러게 잘 먹지도 못하는 와인을 왜 그렇게 마셔? 정말 짜증나."

금발의 아가씨가 영주를 침대에 눕히며 짜증을 내고 있었다.

“언니는 할 말이 있어? 제일 많이 마시게 한 게 누군데…
난 언니한테 실망이야.”

은발의 아가씨가 금발에게 눈을 흘기며 하는 소리다.

“누가 그렇게 못 마실 줄 알았니? 생일인데 그 정도는 마셔
야지……”

금발의 아가씨가 혀를 차며 하는 말에 은발의 아가씨가 머
리를 흔들었다.

“하여튼 언니는 못 말려. 내일 오빠가 깨어나면 우린 야단
났다.”

두 여자가 서로를 탓하더니 침대에 영주를 눕히고 밖으로
나갔다.

창문으로 방을 들여다보던 어쎄신 조장은 웃음집이 흔들
거렸다. 저 정도로 취했으면 소드 마스터고 나발이고 이젠 끝
난 운명이다.

‘내일부터 너희 두 계집은 청상과부 신세다. 흐흐.’

기쁨의 웃음을 지은 조장이 어쎄신들에게 신호를 보냈다.

머리를 끄덕인 세 명의 어쎄신이 품속에서 동그란 통을 꺼
냈다. 소리없이 창문으로 다가간 그들이 통의 입구를 창문으
로 밀어 넣고 입으로 힘껏 불기 시작하였다.

살짝 열려진 창문으로 동그란 통에서 흘러나온 하얀 연기
가 방 안으로 흘러들어 갔다.

그것은 만드라고에서 뽑아낸 원료로 만들어낸 연기로 바

로 오늘처럼 강력한 상대를 암습할 때 사용하는 마약으로 때로는 사람을 잠들게 하는 마취제 역할도 했다.

"하나, 둘, 셋… 오십. 됐다, 공격."

속으로 숫자를 세며 약에 취하는 시간을 기다리던 조장의 명에 독이 묻은 암기를 든 어쎄신들이 안으로 굴러들어 갔다.

팍팍팍.

일류의 레드 코페쉬들답게 방에 굴러들어 가며 누워서 자고 있는 영주의 몸뚱이를 향해 독침을 날렸다. 저 독침은 오거들도 몇 방만 맞으면 죽어 넘어지는 무서운 독이었다.

수십 개의 독침이 영주의 몸을 향해 폭사하였다.

"어엇?!"

성공이라고 생각하며 영주를 향해 덮쳐 가던 어쎄신들과 조장의 눈이 동그래졌다.

코를 골며 자고 있던 영주의 몸이 갑자기 눈앞에서 사라지는 것이 아닌가?

그리고 그들은 엄청난 통증을 느끼며 벽으로 날아가 거세게 부딪치고는 떨어져 내렸다.

"컥!"

가슴이 터지는 아픔을 느끼며 겨우 일어서려는 조장의 귀에 차가운 음성이 들렸다.

"일어서라."

'아차, 실패로구나!'

아득한 예감이 머리를 스치는 것을 느끼며 단검을 뽑아 든 조장이 무작정 영주를 향해 몸을 날렸다. 그리고 눈앞에 불이 번쩍이는 감을 느끼며 정신을 잃었다.

"일어나, 이 새끼야."

얼마나 정신을 잃었을까 갑자기 귓속으로 들리는 말소리와 함께 옆구리에 느껴지는 통증에 눈을 뜬 조장은 눈앞에 서 있는 세 명의 남자들을 보았다.

두 명은 오거처럼 커다란 사람이고 한 명은 짙은 눈썹의 사내인 것으로 보아 영주인 것 같았다.

겨우 일어나 앉은 조장의 눈에 무릎을 꿇고 앉아 있는 부하들이 보였다.

"누구의 청부를 받았나?"

헤럴드의 물음에 조장은 입 안에 가득한 피를 뱉어냈다.

"어리석군. 잡혔으니 죽으면 그만이다. 어서 죽여라."

퍼억.

"컥!"

조장은 오거 같은 자의 발에 맞아 바닥을 굴렀다. 온몸의 뼈가 부서지는 것 같았다.

"주군, 모두 죽입시다. 대가리를 빠개 버리겠습니다."

오거 같은 자가 무식하게 큰 배틀액스를 들고 영주에게 하는 말을 들으며 부하들이 눈을 질끈 감았다. 저 도끼에 맞으면 머리가 통나무처럼 두 쪽이 될 것이다. 어차피 죽는 것은 마찬가지겠지만… 그래도 온몸에 전율이 오고 소름이 돋았다.

"청부자를 말하면 너희들을 모두 살려주겠다. 누가 청부했나?"

헤럴드의 말에 조장의 입이 악물려졌다. 어쎄신을 살려주는 자들은 없다. 어차피 죽을 목숨, 청부자를 불고 싶지 않았다.

"모른다. 죽여라."

조장의 말에 헤럴드의 얼굴에 섬뜩한 미소가 그려졌다.

"다시 말하겠다. 청부자를 말하면 모두 살려주지. 아니라면 너 때문에 네 부하들은 죽는다."

헤럴드의 말을 들은 조장은 갈등을 느꼈다. 저 영주라는 자의 눈은 지금 진심이 느껴지고 있었다. 하지만 어쎄신의 법이 그의 마음을 잡았다.

비밀을 부는 자는 척살되는 것이 레드 코페쉬의 법이었다.

"싫다면 할 수 없지. 모두 죽여라."

헤럴드의 말에 시퍼런 도끼의 날을 슬슬 쓸고 있던 네모가 앞으로 나섰다.

"병신 같은 놈들, 말했으면 죽지 않아도 될 것을… 고통없이 죽여주마."

네모의 손에 들린 거대한 배틀액스가 공중으로 쳐들렸다. 마법의 등불에 번쩍이는 도끼가 쳐들리자 어쎄신들의 눈이 딱 감기고 몸이 부르르 떨렸다. 아무리 혹독한 훈련을 받은 어쎄신들이라도 인간인 것은 마찬가지였다.

죽음의 순간이 오자 공포가 온몸으로 밀려들었다. 저 커다란 도끼에 맞으면 머리가 수박처럼 터져 나갈 것이다.

"잠깐만, 나는 죽어도 좋으니 동생들은 살려주시오! 그러면 말하겠소."

어쎄신 조장이 다급히 소리쳤다. 그는 자기 동생들이 죽는 것을 차마 두고 볼 수가 없었다.

이들은 모두 같은 고아들로 십여 년을 함께 싸운 전우들이었다. 그리고 형제 같은 동생들이다.

조장의 말에 어쎄신들이 경악하였다.

"형님, 살아도 같이 살고 죽어도 같이 죽기로 한 우립니다! 형님이 죽으면 우리도 함께 죽겠습니다!"

부하들이 모두 한목소리로 소리쳤다. 그런 어쎄신들을 둘러본 조장이 머리를 흔들었다.

"너희들은 살아야 한다. 단, 다시는 레드 코페쉬로 돌아가지 말고 멀리 도망쳐 신분을 숨기고 살아라. 어쎄신은 사람이 할 짓이 못 된다."

"형님! 으흐흑."

부하들이 눈물을 줄줄 흘리고 있었다. 조장은 자기들을 살리기 위해 자기의 목숨을 내던지려 하고 있었다.

"안 됩니다, 형님."

"이것들 정말 병신들이네. 영주님은 소드 마스터야. 너희 레드 코페쉬가 아무리 강해도 주군에게는 어림도 없어. 이곳에 남으면 되잖아?”

네모가 하는 말에 조장과 어쎄신들이 얼떨떨한 표정으로 헤럴드를 쳐다보았다. 대륙의 그 누구도 암살자를 살려주는 귀족은 없었다. 그만큼 어쎄신들은 위협적인 존재이기 때문이다. 그리고 누가 자기를 죽이려고 온 어쎄신들을 믿고 부하로 두겠는가? 그러나 조장의 눈에 보인 영주의 눈은 진심이라고 표현하고 있었다. 그건 암살자의 본능으로 느껴졌다.

헤럴드가 어쎄신들을 바라보았다.

“너희들이 나에게 충성을 맹세한다면 부하로 받아주겠다.”

헤럴드의 말에 조장이 잠시 갈등을 느꼈다. 하지만 잠시였다. 어차피 사람으로 살지 못하고 어둠 속에 살다가 죽을 바에는 영주의 부하로 들어가는 것도 나쁘지 않을 것이다. 마음속으로 결심을 한 조장이 무릎을 꿇었다.

“감사합니다, 영주님. 저와 동생들은 오늘 이 시각부터 당신에게 충성을 맹세합니다. 그리고 청부는 서펜트 전사단장이 하였습니다. 이것이 청부금입니다.”

조장이 수표를 꺼내 내밀었다. 수표에는 서펜트 전사단장의 도장이 선명하게 찍혀 있었다.

“그런데 왜 마음을 돌렸는가?”

“저와 부하들은 어릴 때부터 함께 자랐고 생사를 같이하였습니다. 저는 차마 동생들을 죽게 할 수는 없었습니다.”

조장의 말에 헤럴드는 웃음을 머금었다.

"나는 너희들의 맹세를 믿겠다. 이제부터 너희들은 나를 호위하는 호위병들이다."

헤럴드의 말에 어쎄신들은 입을 벌리고 멍해졌다. 방금 투항한 자기들을 믿고 호위를 맡기다니, 이건 그만큼 진심으로 자기들을 믿겠다는 소리였다. 열 명의 어쎄신은 머리를 바닥에 대었다. 죽을 때까지 충성하겠다는 맹세였다.

"감사합니다, 주군."

짝짝짝.

"호호, 그림자 부대가 생겼네요."

"축하해요."

박수 소리와 함께 아름다운 미모의 두 여자가 들어섰다. 영주를 업고 들어왔던 샤칸과 레나였다. 어쎄신들은 황급히 머리를 숙였다.

"주모님들을 뵙습니다."

어쎄신들이 일제히 외치자 두 여자의 얼굴이 봄꽃처럼 화사하게 피어났다.

"주모?! 호호, 고마워요."

레나가 기뻐서 생글거리고 샤칸은 얼굴이 빨간 사과처럼 변하였다. 헤럴드는 쓴웃음을 지었다. 자기는 누나와 동생처럼 생각하지만 주변의 부하들은 그렇게 생각하는 것 같지가 않았다.

그렇지만 헤럴드도 그들의 말에 기분이 나쁘지는 않아 모른 척하였다.

"타마, 이들을 방으로 안내해 줘라."

"옛, 주군."

타마가 어쎄신들을 데리고 나갔다. 헤럴드의 그림자 부대는 그렇게 만들어졌다.

어쎄신들에 대해서는 마음이 놓인 샤칸이 헤럴드를 쳐다보았다.

"헤럴드, 2호의 보고에 의하면 놈들이 뭔가 꿍꿍이를 꾸미는 것 같아요. 내일까지 500명분의 이틀분 음식을 준비한다고 해요."

"500명분의 먹을 것이라……."

무엇인가 생각하는 헤럴드를 보던 레나가 눈을 깜박거리며 입을 열었다.

"오빠, 혹시 전사단의 공격이 아닐까요?"

"왜 그렇게 생각하지?"

헤럴드의 말에 레나가 손을 꼽았다.

"서펜트 전사단이 200명, 퉁구스에 있는 엠푸서스 전사단이 200명, 나스카 성에 있는 일 립스 전사단이 80여 명이니 비슷한 숫자예요. 그들은 오빠가 영지 내의 검은 세력과 토착 세력들을 모두 없애 버려서 손발이 잘렸으니 생존에 위험을 느끼고 담합할 수도 있지 않을까요?"

헤럴드는 레나를 새삼스럽게 바라보았다. 항상 어린애로

생각했는데 이제 보니 더 이상 어린애가 아니었다.

"오, 오빠, 왜 그렇게 봐요?"

"레나도 이젠 다 컸구나."

헤럴드의 말에 레나는 발끈해서 소리쳤다.

"뭐, 뭐라고요? 아니, 그럼 내가 애란 말이에요?"

"지금까지는 애로 생각했는데 이젠 레이디로 인정해 주마."

"정말 미워 죽겠어!"

그러면서도 레나는 얼굴 가득 기쁨으로 환해졌다. 항상 어린애 취급하던 오빠가 자기를 여자로 인정해 주지 않았는가?! 레나는 어쎄신들이 오히려 고마웠다. 그녀의 얼굴에 화사한 웃음이 피어났다.

"샤칸, 모든 정보원들을 동원해서 각 전사단들의 움직임을 체크해 봐. 아마 이것들이 발악을 하려는 것 같아."

"알았어, 헤럴드."

*　　　*　　　*

아침이 밝아오는 새벽 영주성에서 일단의 말들이 신전 쪽으로 질풍처럼 달려갔다.

두두두두.

"경비를 강화하라."

"전사들은 성 주변에 누구도 접근시키지 마라."

갑옷들이 철컥거리는 소리, 창검이 부딪치는 소리로 새벽의 영주성이 소란스러워졌다.

그리고 전사들이 성을 감싸고 사납게 눈을 부라렸다. 마치 전쟁이라도 일어난 것 같았다.

소란한 영주성에서 한 명의 노인이 밖으로 나왔다. 영주성의 말들을 관리하는 마구간지기였다.

허리를 두드리며 성문을 통과한 마구간지기는 천천히 걸어 시내로 들어섰다.

나이가 먹어 힘들게 걸어오는 것 같던 마구간지기가 영주성이 보이지 않자 허리를 펴고 어디론가 정신없이 달려갔다. 어느 한 집에 이르러 주위를 둘러본 마구간지기가 안으로 들어섰다.

“영주에게 무슨 일이 생긴 것 같습니다. 새벽에 영주의 방쪽에서 검들이 부딪치는 소리가 요란했고 비명들이 났습니다. 그리고 신전에서 신관들이 왔고 지금 영주성은 철통같은 경비로 삼엄합니다.”

마구간지기는 서펜트 전사단의 첩자였다. 첩자의 보고를 들은 전사단 보좌관의 얼굴에 참을 수 없는 웃음이 떠올랐다. 드디어 일이 성공한 것이다.

“수고했다. 우린 너의 공을 잊지 않을 것이다.”

“감사합니다, 보좌관님… 컥!”

보좌관이 품속에서 손을 꺼내자 돈을 주는 줄 알고 받으려던 첩자는 단검에 가슴이 깊숙이 찔려 꺼꾸러졌다. 쓰러져 꿈틀거리는 마구간지기의 입에서 피거품이 부글부글 솟아났다. 차가운 눈으로 마지막 숨을 몰아쉬는 첩자를 바라보던 보좌관의 입에서 냉랭한 말이 흘러나왔다.

"비밀을 아는 자는 없애는 것이 좋지. 크크."

첩자를 처리한 보좌관이 급히 전사단으로 달려갔다. 이제는 빨리 행동을 개시해야 했다.

서펜트 전사단장의 방은 긴장감으로 분위기가 팽팽해졌다.

방금 마법 통신을 끝낸 참모장이 보고를 끝냈고 이제부터 영지를 차지하기 위한 결전이 벌어지게 될 것이다.

단장 고돕스키가 책상 앞에 일어선 전 대장들을 둘러보았다.

"이제부터 작전이 시작된다. 영주가 부상을 당해 쓰러졌으니 일은 쉽다. 500명의 전사대가 합심하여 후두라임 영지가 누구의 땅이라는 것을 똑똑히 보여줘라."

"옛, 단장님!"

전 대장들이 일제히 대답하였다. 현재 영지의 각 시에서 비밀리에 출발한 전사들이 시내로 들어왔고 그 수가 무려 500에 달했다. 정보에 의하면 영주성에 있는 전사들은 700여 명. 그중 정예는 200밖에 안 되고 나머지는 초보 수련생들이라고 하니 상대가 될 수 없었다.

이제 영주는 끝난 것이다. 게다가 전국의 전사단들도 후두라임 영지의 일을 주시하고 있었다.

만일 이번 일에 왕국의 왕실이 나선다면 전사단들이 들고 일어날 것이고 그리되면 왕국은 할 수 없이 예전처럼 이 영지에 대한 통치를 자기들에게 맡길 것이었다.

"후두라임 영지는 원래 우리의 영지고 앞으로도 우리 전사단의 영지로 남게 될 것이다. 오늘 우리 전사단이 그 일을 한다. 알았는가?"

"옛, 단장님!"

전 대장들의 눈에 비장한 각오가 어렸다. 이번 결전에서 승리해야 자기들의 미래가 있는 것이다.

그 시각 헤럴드는 네모를 데리고 영지의 북쪽에 있는 퉁구스 성을 향해 가고 있었다. 아무래도 전사단의 움직임을 알아보려고 결심한 것이다.

슈마라이 산맥에 붙어 있는 퉁구스 성은 짐승과 몬스터의 가죽 생산지로 유명한 곳이다. 바로 코앞에 슈마라이 산맥이 있으니 산을 이용해 먹고사는 사람들이 이 도시의 대부분을 이루고 있고 각지의 상단들이 가죽을 사간다.

퉁구스 성으로 들어가는 입구에 있는 작은 간이식당에 커다란 배틀액스를 둘러멘 남자와 검은 가죽 옷을 입은 남자가 들어섰다.

"어서 오세요. 무엇을 드시겠어요?"

퉁구스 성으로 들어가는 도로에는 이런 작은 식당들이 여러 개 있었다. 지나다니는 상단들과 여행자들에게 음식을 팔아 생계를 유지하는 사람들이었다.

젊은 주인 여자의 말에 남자가 입을 열었다.

"빵과 수프를 주세요."

"예, 잠시만 기다리세요."

식당의 주인 여자가 수프를 데우고 빵을 썰기 시작하자 남자가 주변을 둘러보았다.

그들은 헤럴드와 네모였다. 적들이 영주성을 노리고 있지만 헤럴드의 친위대가 천 명이나 있다. 그들은 대외적으로는 수련생으로 되어 있지만 아수라혈천심법을 수련하여 지금의 수준만으로도 전사단에 얼마든지 대적할 수 있었다.

아니, 오히려 넘쳐 날 것이다. 헤럴드가 부상을 입은 것으로 알고 있으니 놈들은 곧 행동을 시작할 것이고 그것이 파멸로 가는 길이 될 것이다.

"엄마, 아파 죽겠어."

옆에서 들려오는 말소리에 고개를 돌린 헤럴드의 눈에 이제 13~14세 정도의 파리한 소녀가 배를 그러쥐고 고통에 얼굴을 찡그리고 있는 것이 보였다.

"조금만 참아, 제니야. 엄마가 손님 빵을 주고 보자."

여인이 헤럴드와 네모를 쳐다보고 미안해하는 눈치를 보이자 소녀는 고통을 참고 방으로 들어간다. 파리한 소녀의 얼굴에 고통의 땀이 송골송골 맺혀 있었다.

“제가 좀 볼까요?”

헤럴드의 말에 여자가 눈이 동그래져 쳐다보았다. 이 세상에 치료사는 마법사나 신전의 신관들밖에 없으니 놀라는 것은 당연했다.

“그, 그게 저⋯⋯.”

“돈은 필요없으니 한번 봅시다.”

여자의 표정을 보고 돈 때문에 걱정한다는 것을 알아차린 헤럴드는 근심을 풀어주고 아이를 보았다. 얼굴에 땀을 흘리며 고통스러워하는 소녀를 진맥해 보니 위장통으로 조상이 남긴 치료법에 나와 있는 병이었다.

하지만 지금 헤럴드는 침통도 가지고 오지 않았고 약도 없었다.

그러나 동생 같은 소녀가 고통 속에 몸부림치는 것을 보고 그냥 지나칠 수가 없었다.

영지민은 모두 자기의 자식이고 가족인 것이다.

‘어떡하지?’

하늘 높이 치솟은 슈마라이 산맥을 올려다보며 잠시 생각한 헤럴드는 결심을 내렸다. 우선 혼돈의 기로 안정을 시켜놓고 약초를 캐다 약을 만들어주면 소녀의 병은 고칠 수 있었다.

“조금만 참아라.”

헤럴드는 소녀의 몸에 혼돈의 기를 흘려 넣어 잠시 통증을 완화시켜 주었다. 고통 속에 땀을 흘리던 소녀의 얼굴이 편안

해지자 여인의 눈에 안도의 빛이 어렸다.

하지만 지금의 이 치료는 잠시 고통을 덜어줄 수는 있지만 근본적인 치료는 아니었다.

"고맙습니다, 신관님. 이 무지한 년이 신관님을 몰라보았습니다."

여인이 헤럴드의 앞에 무릎을 꿇고 감사의 인사를 드리며 눈물을 흘렸다.

손목을 한번 잡고 딸이 편안해하니 그녀의 눈에는 헤럴드가 신성력을 사용하는 신관으로 보였던 모양이다.

"일어나세요. 나는 신관이 아닙니다. 잠시만 기다리세요. 약을 만들어오겠습니다. 네모, 나와 함께 산에 갔다 오자."

"옛, 주군."

헤럴드가 치료하는 것을 보며 눈을 둥그렇게 뜨고 있던 네모가 뒤를 따라나섰다.

헤럴드의 뒤를 따라 달리는 네모는 머리를 기웃거렸다. 자기 주군은 못하는 것이 없었다.

'주군은 분명 인간은 아니야!'

앞에 달려가고 있는 헤럴드를 존경스러운 눈으로 바라보는 네모의 생각이었다.

*　　　*　　　*

점심시간이 지나 사람들이 하나도 없는 도로를 바라보며 무료한 시간을 보내던 퉁구스 성의 파수병은 눈이 동그래졌다.

성 앞으로 뻗은 길 위에 검은 기마군들의 행렬이 먼지 기둥을 말아 올리며 달려오고 있었다.

"저, 저건 알로켄 산적단?!"

검은 옷을 입고 질풍처럼 달려오는 기마들 위에 휘날리는 깃발에는 사람의 하얀 두개골과 화살이 박혀 있는 그림이 그려져 있었다.

저 깃발은 악명 높은 알로켄 산적단의 깃발이었다.

"으악! 종을 울려라! 알로켄 산적단이다!"

파수병은 기겁한 외침과 함께 종을 치러 성문의 종루로 달려 올라갔다.

이 퉁구스 성은 엠푸서스 전사단의 전사가 200여 명밖에 안 되는데 먼지를 일으키며 달려오는 알로켄 산적단은 얼핏 보아도 6~700명은 되는 것 같았다.

만일 이기지 못할 것 같으면 엠푸서스 전사단은 자기들의 성에서 나오지도 않을 것이고 피해를 입는 것은 불쌍한 성민들뿐이었다.

이미 전사단의 습성을 잘 아는 파수병은 이를 악물고 종루를 향하여 달려갔다.

“알로켄 산적단!”

저들은 이 북부에서 출몰하며 남녀 할 것 없이 모조리 잡아다 노예로 팔아먹는 자들이었다.

아직까지 후두라임 영지의 어느 전사단도 저들과 싸워서 이긴 전례가 없었다. 빨리 종을 울려서 사람들이 도망치게 해야 하였다.

“빠, 빨리 종을 울려라!”

파수병이 소리를 지르며 종루에 올라가자 파수장이 그를 멈춰 세웠다.

“어디 가는가?”

“파수장님, 알로켄 산적단입니다.”

말을 하던 파수병의 눈이 둥그레졌다. 그의 말을 듣던 파수장이 세이버를 뽑아 들었기 때문이다.

“맞아, 알로켄 산적단이지. 하지만 저들은 적이 아니거든.”

“예? 그, 그게 무슨… 으악!”

촤악.

미처 말을 끝내지 못한 파수병이 눈을 부릅뜬 채로 피분수를 뿌리며 바닥으로 굴러 떨어졌다.

“크크. 이번 일이 잘되야 이 영지가 전사들의 통치로 다시 돌아올 것이다.”

파수장의 눈에 잔인한 살기가 비쳤고 세이버를 휘둘러 피를 털어냈다.

“성문을 열고 알로켄 산적단을 맞아들여라.”

“옛, 조장님!”

뒤에 서 있던 두 명의 파수병이 성문으로 달려 내려갔다. 이들은 엠푸서스 전사단의 비밀 전사들이었다. 이제 알로켄 산적단이 퉁구스 성을 휘저어놓으면 블랙울프 전사단이 출동할 것이다. 그럼 영주성은 텅 빌 것이고 대기하고 있는 각 전사단이 영주를 척살하고 성을 장악하기가 쉬워질 것이다.

“애송이 영주, 너는 이곳에 잘못 왔다. 흐흐.”

성문이 열리고 700의 알로켄 산적단이 질풍처럼 성안으로 공격해 들어왔다. 알로켄 산적단이 성안으로 진입하자 대소동이 일어났다.

“알로켄 산적단이 쳐들어왔다!”

“도망쳐라, 알로켄 산적단이다!”

두두두두.

촤악. 촤악.

“아악! 으악!”

길거리에서 장사를 하던 사람들, 아이들과 함께 장을 보던 여자들, 황급히 도망치는 아가씨들, 퉁구스 성이 순식간에 피와 죽음이 난무하는 지옥으로 변하였다. 그들의 뒤로 말을 달려가는 알로켄 산적단이 가차없이 검을 휘둘러 사람들을 내리찍었다.

“크하하. 모조리 죽여라.”

“남자는 죽이고 계집은 잡아라.”

“이곳의 모든 계집은 너희의 것이다. 돌격.”

알로켄 산적단 두목의 광포한 고함 소리에 산적들이 누런 입을 벌리고 킬킬거리며 도망치는 사람들을 참살하고 있었다. 평화롭던 성안이 순식간에 피바다가 되어갔다.

퉁구스 성의 중앙 광장의 맞은편에 있는 유스토베 성주의 집에서는 치열한 결전이 벌어지고 있었다. 이번에 이곳 성의 관리인으로 임명된 유스토베는 이를 악물었다. 어떤 일이 있어도 영주님이 맡겨준 이 성을 지켜야 했다.

“빨리 영주성에 연락하라! 전사들은 적을 막아라!”

몇 안 되는 성의 전사들이 결사적으로 산적단을 맞아 싸웠지만 적들의 수가 너무 많았다.

차차창.

“큭! 크악!”

성주의 저택에 피가 뿌려지고 전사들이 하나둘 처참하게 쓰러져 갔다.

“성주님, 어서 피하십시오! 어서요!”

전사들이 적들을 막으며 결사적으로 소리쳤다. 이제 전사들도 몇 명 남지 않아 더 이상 성주를 지키기는 불가능했다.

“항복하라! 아니면 네 딸년과 마누라가 어떻게 죽는지 보게 될 것이다!”

산적들의 고함치는 소리에 뒤를 돌아보니 성주의 부인과

딸이 놈들에게 잡혀 끌려 나오고 있었다.

"크윽! 이, 이놈들!"

유스토베 성주가 이를 갈며 놈들을 노려보았다. 마지막까지 싸우던 전사들도 맥없이 검을 내렸다. 성주는 심장이 터지는 것 같았다.

이 성을 맡으면서 한번 잘해보겠다고 생각했는데 산적들에게 유린당하다니, 분통이 터져 왔다.

"아아, 이놈들……!"

"자, 항복하시지, 성주. 가족을 살리기 싫으면 그만두던가. 크크."

놈의 이죽거리는 말에 분통이 터졌지만 성주로서는 아내와 딸이 잡힌 것을 보고 더 이상 싸울 수가 없었다.

"크윽! 비열한 놈들. 모두 검을 버려라."

성주가 검을 내려놓자 전사들의 검이 바닥으로 떨어져 내렸다.

툭, 투두둑.

"모두 끌어내라."

"옛, 대장님."

산적들이 달려들어 성주와 전사들을 광장으로 끌어내기 시작하였다.

퉁구스 성의 모든 사람들이 광장에 끌려 나오기 시작하였다.

"안 된다, 이놈들아!"

아내와 딸이 끌려 나가자 도끼를 들고 달려들던 한 남자가 산적들이 휘두르는 검에 맞아 피를 뿌리며 나동그라졌다.

촤악.

"크악!"

"여보!"

"아빠!"

딸과 아내가 비명을 지르며 달려들자 산적들의 눈에 잔인한 빛이 어렸다.

"저년들에게 반항하는 자들은 어떻게 된다는 것을 보여줘라."

"옛, 조장님. 흐흐."

산적들이 두 여자에게 이리 떼처럼 달려들었다.

"아악! 놔라, 이놈들아!"

"아악! 엄마, 살려줘!"

부욱, 찌지직.

놈들이 반항하는 두 여자의 옷을 무자비하게 찢어버리고 사정없이 겁탈하기 시작하였다.

"아악! 어, 엄마……!"

"크크크, 흐흐흐."

산적들의 짐승같이 헐떡이는 소리, 여자들의 비명 소리가 도시를 어지럽혔다.

방금 전까지만 해도 사람들의 삶이 넘치던 곳이 아비규환의 생지옥으로 변해 죽음과 광란의 도시가 되었다.

"이게 어떻게 된 일이지?"

산을 뒤지며 약초를 캐 약을 만들어 가지고 온 헤럴드는 너무 놀라 눈을 부릅떴다.

조그만 간이식당은 아수라장이 되어 모든 것이 깨지고 부서져 있었다.

마치 태풍이 쓸고 지나간 것 같았다.

"시, 신관님."

깨지고 부서진 식당의 한쪽에서 온몸에 시퍼런 멍이 들고 찢겨진 주인 여자가 간신히 일어서려다가 풀썩 쓰러졌다. 그런데 여인의 몸은 실 한 올도 없는 알몸이 아닌가?

"이게 어떻게 된 일이지요?"

헤럴드의 물음에 피를 울컥울컥 토하던 여인이 가까스로 입을 열었다.

"어서… 피하세요. 헉헉… 알로켄 산적단이 왔어요. 그놈들이 나와 제니를 겁탈하고… 어서 피하시……."

여인의 목이 툭 떨어지며 숨이 끊어졌다. 죽어서도 원한 때문인지 두 눈도 감지 못하고 있었다. 그 옆을 보니 어린 소녀 제니도 발가벗겨진 채 검에 맞아 숨져 있었다.

헤럴드의 눈에 분노의 불길이 솟아올랐다. 이렇게 어린 소녀까지 강간하고 죽이다니.

9년 전 쥬신 가에 쳐들어온 니힐리스 제국 놈들의 악몽을 다시 보는 것 같았다. 그때 놈들은 쥬신 가의 남자들은 찍어 죽이고 여자들은 노소를 가리지 않고 겁탈했었다.

아버지의 품에 안겨 지하도로 도망치던 헤럴드는 그때 피는 피로 갚으리라 맹세했었다.

그런데 오늘 자기의 영지에서 똑같은 일을 보게 되었다.

"알로켄 산적단. 네놈들, 오늘로 끝장을 내주마! 네모, 나를 따르라!"

"옛, 주군!"

네모가 배틀액스를 틀어쥐고 헤럴드 뒤를 따랐다.

헤럴드가 퉁구스 성을 노려보았다. 그의 몸에서 뻗어 나온 살기에 주변의 물건들이 가루가 되어 바스러졌다. 무서운 살기였다.

헤럴드와 네모가 성안으로 들어오면서 보니 곳곳에 칼에 맞아 죽은 남자들과 발가벗겨진 여자들의 시체가 나뒹굴고 피비린내가 도시에 진동하고 있었다.

기감을 퍼뜨려 살펴보니 사방에서 여자들을 겁탈하는 소리와 죽어가는 사람들의 처참한 비명이 생생히 들려왔다.

헤럴드의 몸에서 폭발적인 살기가 뿜어져 나왔다.

"모두 죽이리라!"

팟팟팟!

헤럴드의 몸이 번개처럼 달려가기 시작하였다. 뒤따라 달리는 네모가 미처 따라가지 못할 속도였다.

"엄마! 아빠! 살려줘!"

철퍽철퍽.

어린 소녀가 산적의 육중한 몸에 깔려 애처롭게 버둥거리고 있었지만 쾌락에 눈이 먼 산적은 정신없이 소녀를 짓누르며 유린하고 있었다.

"흐흐, 영계는 역시 좋구나."

"야, 빨리 해라. 우리도 급해 죽겠다."

콰콰콰콰.

퍽퍽퍽.

"끄악! 켁!"

동료가 어린 소녀를 겁탈하는 것을 보며 차례를 기다리던 산적들이 공기를 찢어버리는 소리와 함께 머리가 그대로 터져 버렸다.

헤럴드는 도로를 달려오며 눈에 보이는 모든 산적들에게 주먹을 날려 보냈다.

여자들을 끌어내던 놈, 남자들에게 칼질을 하던 놈 할 것 없이 모조리 찢어지고 팔다리가 뜯겨 나동그라졌다.

"으악! 사신이다!"

"마, 마족이다!"

산적들이 동료들의 팔다리가 뜯겨져 날아가고 온몸이 폭죽처럼 터져 나가자 기절초풍하여 비명을 질렀다.

검은 옷을 입은 마족 같은 놈이 자기들의 동료들을 무자비하게 죽이고 있었다.

"용사님이시다!"

"전사님이시다!"

사람들이 환호를 지르며 손에 닥치는 대로 아무것이나 잡고 헤럴드의 뒤를 따라 달려왔다.

처음에는 사람들의 머리와 몸뚱이가 폭죽처럼 터져 나가는 것을 보고 깜짝 놀랐지만 헤럴드가 알로켄 산적단을 모조리 죽여 버리자 환성을 지르며 숨어 있던 집에서 달려나왔다.

그들은 헤럴드의 무시무시한 신위에 부들부들 떠는 산적들에게 무리로 달려들었다.

"죽어라, 이놈들!"

"이 악마 같은 놈들, 내 딸을 살려내라!"

악에 받친 사람들이 삽과 도끼, 칼을 들고 알로켄 산적들을 마구 때려죽였다. 아내와 딸자식을 잃은 사람들의 분노가 터져 올랐다. 네모가 영지민들의 선두에 서서 산적들을 무자비하게 쳐 죽이고 있었다.

"여러분, 저분이 영주님이십니다! 영주님을 따라 내 가족을 지킵시다!"

네모의 말에 사람들이 환성을 질렀다.

"영주님이시다!"

"영주님이 오셨다!"

집집마다 두려움에 숨어 있던 사람들이 달려나왔다. 남녀가 따로 없었다. 도끼와 식칼, 몽둥이와 녹슨 창을 든 사람들이 순식간에 하얗게 덮여 헤럴드의 뒤를 따라 내달렸다.

"아, 악마입니다! 저, 저기……."

광장에 퉁구스 성의 사람들을 끌어내 모으고 있던 알로켄 산적단의 두목인 리챠드는 부하들이 공포에 질려 도망쳐 오는 것을 보고 어이가 없었다.

퉁구스 성의 엠푸서스 전사단과 약속을 하고 들어왔기에 리챠드는 이곳에 아무도 없다는 것을 알고 있었다.

지금쯤 엠푸서스 전사단은 영주성을 공격하고 있을 것이다. 그런데 악마라니, 대체 무슨 소리란 말인가?!

"악마입니다! 부하들이 모두 죽어가고 있습니다!"

산적의 공포에 질린 눈을 바라보던 리챠드가 고함을 질렀다.

"무슨 악마란 말이냐?"

"저, 저기… 으으."

놈의 눈이 화등잔만 해져 가리키는 곳을 보니 자기의 부하들이 무기마저 집어 던진 채 정신없이 달려오고 있었다.

"무슨 일인가?"

리챠드는 의아하여 부관에게 물었다. 하지만 부관도 모르기는 마찬가지였다.

그러나 그들의 의문은 즉시 풀렸다.

퍼억!

"끄악!"

골목길에서 도망쳐 오던 산적 하나가 무엇에 맞았는지 온몸이 달려오던 속도 그대로 폭발하듯 찢겨 나갔다.

"뭐, 뭐냐?"

"마, 마법?!"

어리둥절한 그들의 눈에 한 명의 남자가 걸어나오는 것이 보였다. 그 남자의 뒤로 족히 1~2만은 될 것 같은 사람들이 도끼와 칼을 들고 달려오는 것이 보였다.

리챠드는 기가 막혔다. 영지민들이란 알로켄 산적단의 이름만 들어도 벌벌 떨며 도망친다. 그런데 이놈들은 아마도 정신이 잘못된 것 같았다. 그렇지 않다면 자기들에게 도전할 수 없지 않는가?!

저벅저벅.

광장이 숨소리 하나 없이 조용하였다. 잡혀 있던 모든 사람들의 눈이 헤럴드에게 쏠렸다.

검은 가죽 옷을 입은 남자가 천천히 다가왔다.

그의 뒤로 보이는 골목길에 칼과 도끼를 든 사람들이 엉거주춤 서 있는 것이 보였다.

영주가 강하다는 것을 눈으로 보았지만 말을 타고 있는 700명의 알로켄 산적단을 보자 또다시 공포심이 살아났던 것이다.

"저, 저놈입니다."

"저놈이 부하들을 모두 죽였습니다."

겁에 질려 떠드는 부하를 바라보던 리챠드의 눈에 살기가 내비쳤다. 감히 알로켄 산적단에 대항하다니, 이곳에서 찢어 죽여 본보기를 보이리라.

사실 알로켄 산적단은 일반적인 산적단이 아니었다. 조지 공작의 지원의 받아 비밀리에 만든 카마센 영지와 파루데 영지의 기사들이었다. 내전에 대비하여 만든 조지 공작의 특수 부대인 것이다.

"저놈을 잡아 사지를 찢어라!"

"옛, 대장님!"

부관이 즉시 명을 내렸다.

"저놈을 잡아라."

"와~!"

두두두두.

랜스를 비껴든 50명의 기마들이 맹렬하게 쇄도하여 들어갔다. 이들은 강한 한 명의 적을 공격할 때 자주 쓰는 일자 공격 대열로 랜스를 번뜩이며 달려들었다.

기마의 빠른 공격을 바탕으로 연이어 찔러 들어오는 이 공격은 차륜전처럼 상대의 힘을 소진시킨다. 아무리 강한 자라도 이 공격을 막다 보면 힘이 다하여 마지막에는 랜스에 꼬치처럼 꿰어 죽음을 맞는 것이다.

“죽어라!”

두두두두.

햇빛에 방패와 랜스가 번쩍이며 파도처럼 밀려들자 헤럴드의 주먹이 앞으로 내질러졌다.

희뿌연 수십 개의 주먹이 쭉 늘어나는 것 같더니 달려오는 적들을 향하여 밀려들었다.

콰콰콰콰!

공기가 찢어진다. 엄청난 소음을 동반한 권강이 사정없이 날아들었고 사람과 말을 모조리 찢어발겼다. 천지권의 연환권강이었다.

콰콰쾅!

“으악!”

“끄억!”

마치 마법사들의 폭발 마법이 이러할까?!

사람과 말, 갑옷들이 산산이 찢겨져 피와 살점이 폭우처럼 흩날렸다. 무시무시하고 오한이 드는 장면이었다.

천지권의 연환권강은 기가 닿는 모든 물체에 들어가 폭발을 일으킨다. 연약한 뼈와 살로 만들어진 사람의 몸이 기의 폭발을 견뎌낼 수가 없었다.

“저, 저건 대체 뭐냐?!”

눈이 둥그레진 리챠드는 턱을 덜덜 떨었다.

주먹이 앞으로 뻗어 나오면 방패고 사람이고 닿는 모든 것을 폭발시키다니, 너무도 기가 막힌 리챠드의 눈에 저놈은 사람 같지가 않았다.

"모, 모르겠습니다! 아, 악마 같습니다!"

부관이 침을 질질 흘리며 자기도 모르게 악마라는 소리만을 내뱉고 있었다.

여태껏 사람들은 자기들 알로켄 산적단을 악마라고 하며 공포에 떨었다.

공포는 자기들의 몫이 아니었지만 오늘 그들은 공포라는 것을 맛보아야 했다.

"모, 모두 공격하라! 활을 쏴라!"

놈이 다가오는 것을 본 리챠드가 미친 듯이 외쳤다. 다가오는 놈이 정말 악마처럼 보였고 그의 일생 처음으로 공포라는 감정이 솟아올랐다.

슈슈슉! 핑핑핑!

두두두두!

화살들이 새까맣게 하늘을 덮으며 날아들고 기마들이 돌격을 시작하자 광장에 엎드려 있던 사람들이 조마조마한 마음으로 검은 옷을 입은 전사를 바라보았다.

여자들과 아가씨들은 눈을 감고 주신께 기도를 드리고 있었다. 저 전사가 이기지 못하면 자기들은 저 악마들에게 온갖 치욕을 당하고 노예로 팔려갈 것이기 때문이다.

스르릉.

헤럴드의 도집에서 은백색의 샤벨이 자기의 몸체를 밖으로 드러냈고 연한 푸른색의 호신강기가 온몸을 휘감았다.

"하나도 살아갈 생각을 마라."

헤럴드의 샤벨이 돌격해 오는 기마들을 향해 휘둘러졌다.

쐐애액, 콰콰콰콰.

거대한 반달형의 푸른 오러 블레이드가 귀청을 찢어버리는 파공성을 내며 짓쳐 들어갔다.

달려오던 기마병들의 입이 찢어질 듯이 벌어졌다.

"크아악! 오러 블레이드다!"

"피하라! 소드 마스터다!"

하지만 이미 늦었다. 파멸의 힘을 가진 오러 블레이드가 달려오던 기마병들의 몸을 모조리 베고 지나갔다.

후드득, 와지끈, 콰다당!

오러 블레이드에 직격당한 산적들의 몸통이 양단되어 온 광장에 엎어지고 자빠졌다.

"소, 소드 마스터!"

"으으으!"

리챠드와 부관은 말도 못하고 덜덜 떨고 있었다. 참으로 처참한 정경이었다.

소드 마스터가 무섭다는 소리를 들었지만 지금의 광경을 보니 오금이 저려 아무 생각도 떠오르지 않았다.

온 광장에 잘린 팔다리와 쏟아져 나온 창자들이 널렸고 피

비린내와 더운 김이 올라와 머리끝까지 공포가 사무쳐 올라
왔다.

일인군단 소드 마스터.

그들의 무력은 상상을 초월하는 것이어서 각 나라들은 소
드 마스터를 키우기 위해 혈안이 되어 있다. 그러나 소드 마
스터가 되는 것은 하늘의 별 따기만큼이나 힘들었다.

그런데 외진 이 산골에 무적의 검사, 소드 마스터가 있다
니?! 소드 마스터는 그 나라의 국력이나 같은 것이 지금의 실
정이다.

그런데 어떻게 이 퉁구스 성에 소드 마스터가 있단 말인
가?! 혹시 하는 생각에 리챠드는 눈이 번쩍 떠졌다.

"너, 너는 혹시… 영주?!"

리챠드의 말에 배틀액스를 들고 있던 네모가 소리쳤다.

"이 개자식아! 어디서 감히 너야? 이분은 영주님이시다!"

퍼억!

네모의 발에 걷어차여 한쪽에 나동그라진 리챠드의 머릿
속이 하얗게 변했다. 영주성에 있어야 할 소드 마스터가 이곳
에 있다면 이번 일은 실패다. 비칠거리는 그의 귀에 영지민들
의 환호가 들려왔다.

"영주님이시다!"

"영주님 만세!"

"산적단을 쳐라!"

광장에 끌려 나왔던 퉁구스 성의 사람들이 산적들에게 달려들었다. 리챠드는 그만 눈을 감았다. 4만의 영지민들이 산적들에게 벌 떼처럼 달려들고 있었다.

그들에게 알로켄 산적단은 더 이상 공포의 악마가 아니었다.

오히려 기세충천해서 한 명의 산적들에게 수십 명이 달려들어 마구 짓밟고 있었다.

죽어가는 자기 부하들을 바라보던 리챠드는 목에 검을 찔렀다.

이제 끝난 것이다. 하지만 그는 마음대로 죽을 수도 없었다. 뭔가 번쩍하더니 온몸이 굳어져 검을 떨어뜨리고 말았다. 눈을 떠보니 젊은 영주가 눈앞에 서 있는 것이 보였다.

"넌 모든 것을 말해야 죽을 권리를 갖게 될 것이다. 아니면 지옥이 뭔지 알게 될 것이고. 네모, 이놈을 끌고 가라."

"옛, 주군!"

배틀액스가 새빨갛게 물들도록 산적들을 패 죽이던 네모가 리챠드를 끌고 갔다.

산적들이 처참하게 죽어 널브러진 광장에 영지민들이 무릎을 꿇었다.

"감사합니다, 영주님!"

"영주님 만세!"

"만만세!"

퉁구스 성의 모든 사람들이 헤럴드 앞에 무릎을 꿇고 감사의 인사를 올리며 눈물을 흘렸다.

오늘 자기 영주의 무적 신위를 보았고 노예의 운명에서 구원을 받았다. 영지민들은 이제 무서운 것이 없었다.

잠시 후 네모가 앞에 서고 손에 도끼와 칼을 든 영지민들이 엠푸서스 전사단을 향해 달려가기 시작하였다. 엠푸서스 전사단의 최후였다. 저 앞에 분노한 영지민들이 엠푸서스 전사단을 향해 파도처럼 밀려가고 있었다.

*　　　　*　　　　*

퓨리 시의 영주성에서 블랙울프 전사단이 먼지를 일으키며 시내를 질주하기 시작하였다.

달리는 말들을 보며 영지민들이 수군거렸다.

"무슨 일인가? 혹시 전쟁이라도 났나?"

"퉁구스 성에 알로켄 산적단이 쳐들어와서 토벌하러 간다네."

"어이구! 그놈들이 빨리 토벌돼야지, 정말 하루도 마음을 놓을 수가 없어!"

검은 갑옷을 입고 은빛의 팔치온(곡도)을 번쩍이며 내달리는 전사들을 보는 영지민들은 마음을 놓을 수 있었다. 저들이 있는 한 산적들이 이곳에는 올 수 없기 때문이다.

전사단이 산적들을 토벌하러 떠나자 거리의 곳곳에서 술렁거리는 움직임이 시작되었다.

이제 때가 된 것이다.

"승마, 모두 영주성으로 간다."

"와~!"

두두두두.

서펜트 전사단, 엠푸서스 전사단, 일 립스 전사단의 500명의 전사가 영주성을 향해 공격을 개시하였다. 이제 영주성에는 100여 명의 전사밖에 없으니 영주를 척살하고 중앙에는 산적들의 짓으로 알리면 되는 것이다.

"크크크! 이 땅은 영원히 우리들의 것이다."

서펜트 전사단의 고둡스키는 먼지기둥을 일으키며 달려가는 전사들을 보며 통쾌한 웃음을 터뜨렸다. 그의 옆에는 엠푸서스 전사단장과 일 립스 전사단장이 같이 서 있었다.

"당연하지. 어디 이 땅을 빼앗으려 해? 어림도 없다."

엠푸서스 전사단장의 말에 일 립스 전사단장이 맞장구를 쳤다.

"왕실은 힘이 없으니 상관없고 귀족들은 모두 입을 다물고 있소. 자기들과 이해관계가 없으니까."

그렇다. 이 동쪽의 초원 끝에 있는 변방은 누구도 관심을 돌리지 않는 곳이었다.

댕, 댕, 댕.

영주성에서 비상종을 치는 소리가 들려왔다. 이제야 공격을 알아차린 모양이지만 이미 늦었다. 전사들이 성문에 거의 다가가고 있었다.

"자, 우리도 갑시다. 영주가 부상당했지만 그래도 소드 마스터니 우리가 합공해야 할 것이오."

"당연한 것이오."

세 명의 단장이 말을 세차게 몰았다.

"네놈들은 누구냐?!"

영주성의 파수장이 까맣게 몰려오는 전사들을 보며 외치는 소리가 들렸다.

"우린 이 영지의 주인인 세 개의 전사단이다. 항복하라. 항복하면 너희들의 목숨은 해치지 않겠다. 그러나 항복하지 않으면 성을 점령하고 한 놈도 남김없이 죽일 것이다. 어떻게 하겠느냐?"

서펜트 전사단의 참모장이 말을 타고 앞으로 나가 소리쳤다. 참모들이 말렸지만 그는 지금 기세가 하늘을 찌를 듯하였다. 정보에 의하면 소드 마스터인 영주는 치명상을 입어 자리에서 일어나지도 못한다는 것이다.

게다가 성에 있던 600명의 전사가 산적단 토벌을 나가서 영주성에는 잡병들 100여 명밖에 없었다.

"호호호, 항복하라고 했느냐? 네놈들이 겁이 없구나! 여기는 영주성이다! 다시 지껄여 봐!"

낭랑한 목소리와 함께 성 위에 활을 든 은발의 아가씨와 지팡이를 든 금발의 아가씨가 나타났다.

금발의 샤칸을 본 참모장은 입에서 침이 흘러내렸다. 검투사 경기 때 샤칸에게 수모를 당했으나 이번에는 반대로 수치를 안겨줄 것이다.

"흐흐, 내 네년들의 미모를 생각해 죽이고 싶지 않다. 그러니 항복하라. 너희 영주가 다 죽어간다는 것을 우리는 알고 있다. 크크크."

참모장은 샤칸을 잡아 농락할 것을 생각하니 아랫도리가 벌써부터 후끈 달아올랐다. 놈의 말이 끝나자마자 레나의 앙칼진 음성이 울렸다.

"그 더러운 눈과 입을 징계해 주마!"

레나의 손에 들린 활이 팽팽히 당겨지더니 날카로운 소리가 들렸다.

피융, 슉슉슉.

참모장은 쓴웃음을 지으며 지켜보고 있었다. 저기서 여기까지 날아오면 화살의 힘이 약해져 별 구실을 못하기 때문이다.

"어리석은 년들, 화살이 여기까지 올 것 같으… 컥!"

날카로운 소리를 내며 분명 화살이 날아오는데 얼마나 빠른지 눈에 보이지도 않았다. 그리고 세 대의 화살이 거의 동시에 참모장의 입과 눈, 목에 박혀 버렸다.

“저, 저런……!”

너무도 기가 막혀 서펜트 전사단장 고둡스키와 다른 전사단장은 입을 떠억 벌리곤 말도 못하고 있었다.

아니, 화살이 얼마나 빠르면 눈에 보이지도 않는단 말인가. 그것은 공격을 하려는 전사들도 마찬가지였다.

눈에 보이지도 않는 화살이 날아온다면 그건 이미 죽은 목숨이다. 전사들이 두려움에 찬 눈으로 은발의 레나를 바라보았다.

“또 어느 놈이냐? 내가 바로 엘프의 궁사 은발의 레나다! 죽고 싶은 놈부터 차례로 죽여주마!”

레나의 말에 전사들이 웅성거렸다.

엘프의 궁사 은발의 레나!

백발백중의 명궁술로 크라이카 전사단을 괴멸시켜 온 초원을 공포에 떨게 한 여자, 바로 레나의 명호다.

사실 지금 레나의 궁술은 이전보다 한 단계 더 발전한 상태다. 바로 천지뇌전심법을 익혀 화살에 내공을 주입했기 때문이다.

아직은 내공의 수준이 낮아 미약하지만 그것만으로도 화살의 공격 속도는 무서웠다.

레나의 내공이 높아지는 날, 사람들은 무서운 뇌전의 화살을 보게 될 것이다.

참모장이 세 발의 화살을 맞아 찍소리도 못하고 죽어버리자 고돕스키는 명을 내렸다.

"모두 공격하라! 제일 먼저 성을 넘는 자에게 영주성에 있는 재물과 저 계집들을 주겠다! 돌격!"

단장의 말에 전사들의 눈에는 탐욕이 어렸다. 어차피 이 싸움은 이긴 싸움이다.

남보다 한발 먼저 성을 넘으면 아름다운 저 여자들을 품을 수 있다. 탐욕에 눈이 먼 전사들이 함성을 지르며 공격해 들어갔다.

"공격하라!"

두두두두~

말들이 먼지를 일으키며 공격해 가기 시작했다.

샤칸과 레나가 서로 눈을 마주쳤다.

"전체 준비."

레나의 명에 성벽에 몸을 숨기고 있던 400명의 블랙울프 전사들이 활을 치켜들었다.

이들은 그동안 활 쏘는 연습을 많이 하여 그 실력이 엄청나다. 세 개 전사단의 전사들은 죽음이 기다리고 있는 줄도 모르고 맹렬하게 돌진하여 왔다.

"1열 한 발 쏴!"

레나의 구령과 함께 삼 열로 성벽에 앉아 있던 전사들이 일제히 사격을 하고는 뒤로 물러났다.

"2열 쏴."

“3열 쏴.”

슈슈슈슉~

그것은 화살의 비였다. 새까맣게 하늘을 덮으며 날아오른 화살들이 숨 쉴 새도 없이 꼬리에 꼬리를 물고 전사들을 향하여 쏟아져 내렸다.

“으악! 아악!”

말을 타고 돌진해 오던 전사들이 화살의 비에 꿰뚫려 무더기로 굴러 떨어지기 시작하였다. 처참한 장면들이었다. 얼굴에 맞은 자, 다리에 맞은 자, 몸통에 맞아 숨을 거둔 자. 영주성 앞은 아비규환의 지옥으로 변하였다.

거기에 샤칸의 마법이 연이어 쏟아졌다.

“윈드 커터.”

“아이스 볼.”

“파이어 볼.”

메모라이즈해 두었던 마법들이 지팡이에서 쏟아져 나가 전사들을 무더기로 쓸어버렸다.

고돕스키는 어이가 없었다. 분명 성안에는 100여 명의 잡병밖에는 없다고 하였다.

그런데 저 무더기 화살의 비는 대체 뭐란 말인가?! 게다가 날아오는 화살은 거의가 명중이었다.

잡병들이 저 수준이라면 토벌 나간 블랙울프 전사단이 돌아오기 전에 빨리 영주를 죽여야 이번 거사의 승리를 보장할 수 있었다.

"모두 공격하라! 저들은 몇 명 없다! 총공격하라!"

고돕스키를 선두로 한 전사단이 총공격으로 넘어갔다. 롱소드를 휘두르며 달려나가던 고돕스키는 대지가 흔들리는 감을 느꼈다. 의아해서 머리를 돌리던 그는 눈이 둥그레졌다.

전사들의 경악에 찬 비명이 귀에 들렸다.

"블랙울프다!"

"영, 영주가 공격해 오고 있다!"

놀라서 바라보니 세 방면으로 기마의 맹렬한 돌격이 진행되고 있는 것이 보였다.

두두두두!

먼지가 구름처럼 일어나는 속으로 한쪽에는 '지옥의 모닝스타 타마', 다른 쪽에는 '죽음의 배틀액스 네모', 중앙으로는 '후작 헤럴드 르 쥬신' 이란 깃발이 펄럭이고 있었다.

"크하하! 이놈들, 내가 네모다!"

네모가 하얀빛으로 번쩍이는 배틀액스를 들고 맨 앞에서 돌진해 오며 전사들을 무자비하게 찍어 넘기고 있었다. 다른 쪽에서는 '지옥의 모닝스타 타마' 의 거대한 모닝스타가 전사들을 가을철 콩마당질하듯 닥치는 대로 두들겨 부수고 있었다.

전사들의 머리통이 모닝스타에 맞아 수박처럼 터져 나가고 있었다.

"주군에게 도전한 놈들은 용서가 없다! 죽어라!"

퍼억, 퍼억!

전사들의 머리가 박살나며 허연 뇌수와 붉은 피가 뿌려지고 있었다. 고돕스키는 부릅뜬 눈을 비비고 또 비볐다. 중앙의 선두에서 달려오는 저자는 분명히 영주 헤럴드였다.

그자의 손에서 샤벨이 휘둘러지고 푸른빛 오러 블레이드가 전방을 풀처럼 베어버렸다.

콰콰콰콰!

귀청을 찢는 것 같은 소리와 함께 검을 떠난 오러 블레이드에 전사들의 팔다리가 공중으로 날아갔다.

"으악! 아악!"

"으으… 영, 영주가 살아 있다!"

혼비백산한 전사들이 이리저리 몰리며 개죽음을 당하고 있었다. 삼면이 포위되어 어디로도 빠져나갈 길이 없었다.

그런데 이번에는 영주성의 성문이 활짝 열리더니 기마들이 질풍처럼 달려나왔다. 그리고 그들은 100여 명이 아니라 400명도 넘어 보였다.

"으으으… 속았구나. 우리는 철저하게 속았어."

눈을 부릅뜬 고돕스키는 머리를 떨어뜨렸다. 이미 세 개 전사단은 사면이 포위되어 도륙을 당하고 있었다.

"항복하라! 항복하는 자는 죽이지 않는다!"

사방에서 외치는 소리에 전사들이 창검을 집어 던지고 무릎을 꿇는 것이 보였다.

고돕스키는 풀썩 주저앉았다. 그와 함께 그의 야망도 끝이 났다.

"만세! 이겼다!"

"영주님 만세!"

블랙울프 전사들이 얼싸안고 만세를 부르는 것이 보였다. 저들은 처음으로 전투에 참가하는 사람들이 많으니 감개가 무량한 것이다.

"무릎을 꿇어, 이 새끼야."

퍼억!

"큭!"

헤럴드의 앞에 끌려온 세 명의 단장이 서 있는 것을 보고 네모가 발로 무릎을 걷어차 버렸다. 네모의 발에 얻어맞아 땅바닥을 뒹군 단장들이 가까스로 무릎을 꿇고 앉았다.

"네놈들을 지원해 준 배후가 누구냐?"

타마가 꿇어앉은 고돕스키를 보고 묻는 소리였다. 피가 묻은 얼굴을 든 고돕스키가 처연히 웃었다.

"내가 너에게 속아서 패했다. 하지만 배후를 말할 것 같으냐? 어서 죽여라."

고돕스키를 물끄러미 바라보던 헤럴드가 입을 열었다.

"물어볼 것도 없다. 타마."

"예, 주군."

“목을 베어 성문에 매달아라. 그리고 이제부터 후두라임 영지의 모든 전사단은 해산시켜라.”

“알겠습니다, 주군.”

네모가 싱긋 웃더니 단장들을 개새끼 끌듯 끌고 가기 시작하였다. 모두 도끼로 패 죽일 판이다.

“사, 살려주시오! 모두 말하겠소! 제발 목숨만은 살려주시오! 어허헝!”

엠푸서스 전사단장과 일 립스 전사단장은 바지에 오줌을 지리며 네모에게 애원하였다.

무릎을 꿇고 있던 세 개 전사단의 전사들이 머리를 숙였다.

여태껏 저런 자들을 단장으로 섬긴 것이 말할 수 없이 부끄러웠다.

“에잇! 더러운 놈들! 퉤!”

“너희 같은 놈들이 단장이라니 알 만하다. 카악― 퉤!”

전사들이 자신들의 단장을 향해 침을 뱉었다. 그래도 전사단장이라는 자들이 저렇게 비굴한 것을 보니 역겨웠던 것이다.

후두라임 영지의 반란은 핏빛 석양과 함께 끝이 났다.

“수고했어.”

헤럴드가 샤칸과 레나를 보며 하는 소리에 두 명의 아가씨가 방긋 웃었다.

산적단을 심문하여 놈들의 작전을 알아낸 헤럴드는 전사

단을 출동시켜 성을 비우는 척하고 다시 돌아왔고, 속은 것도 모른 채 성을 공격하던 전사단은 그만 함정에 빠졌던 것이다.

이 모든 생각을 해낸 것이 샤칸이다. 헤럴드가 말없이 샤칸에게 고마움의 눈길을 보내자 샤칸은 붉어진 얼굴을 살그머니 돌렸다.

하지만 말할 수 없는 기쁨으로 가슴이 설레었다. 그런 모습을 보는 레나는 속으로 질투가 났다.

'흥! 내가 언니보다 못한 게 뭐가 있어? 다음에는 내가 공을 세울 테야, 반드시!'

하지만 그게 레나의 뜻대로 될지는 두고 보아야 할 것이다.

CHAPTER
02

타판파스 초원의 맹수

THE Warrior
Gale of Wind

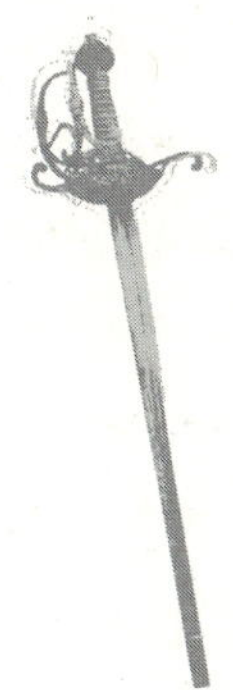

　타판파스 왕국의 대전에 모인 귀족들은 두 개 파로 갈라져 목에 핏대를 세우고 삿대질을 하고 있었다.

　"아무리 그래도 이건 안 됩니다. 영지전이 벌어지면 카마센 영지와 파루데 영지는 후두라임 영지에 합병될 것이오. 이건 왕국의 이름으로 저지해야 합니다."

　조지 공작이 열을 올리며 말했지만 국왕은 관심이 없었고 마틴 공작은 속으로 비웃고 있었다.

　일은 며칠 전 후두라임 영지에서 한 통의 마법 통신이 오면서 벌어졌다.

존경하는 국왕 폐하.

신 헤럴드 르 쥬신은 폐하께서 내려주신 영지의 주인으로서 다음과 같은 사실을 고합니다.

카마센 영지와 파루데 영지가 비밀리에 산적단을 만들어 후두라임 영지를 약탈하였고 전사단을 배후에서 조종하여 반란을 유도하였습니다. 그러나 폐하의 은덕으로 신은 전사단의 반란을 진압하였고 산적단을 괴멸시켰습니다. 그러나 신은 폐하께서 주신 영지를 탐하여 뒤에서 조종한 카마센 영지와 파루데 영지를 더 이상 용서할 수 없습니다. 하여 신은 오늘 영지전을 선포하였습니다. 반드시 두 영지에서 이번에 죽은 사람들의 핏값을 받도록 하겠습니다.

대륙력 12,010년 폐하의 충실한 신하, 헤럴드 르 쥬신.

카마센 영지와 파루데 영지는 조지 공작의 파벌이다. 그러니 마틴 공작은 속으로 기쁘기 그지없었다. 만일 조지 공작과 헤럴드가 원수가 되면 자기는 앉아서 소드 마스터를 같은 편으로 만들 수가 있었다. 아직 헤럴드는 어느 파벌에도 속하지 않았기 때문이다.

"그것은 헤럴드 후작의 결심이 옳다고 봅니다. 여기 있는 귀족치고 자기 영지를 공격하는 자를 그냥 두고 보는 영주는 없을 것입니다. 하물며 그는 소드 마스터입니다. 거기에 무력까지 가지고 있는 그가 참으려 할 것 같습니까? 제 생각에는 이번 일에 훼방을 놓는 자는 적으로 간주하고 전면전을 할지도 모릅니다. 그러니 잘못한 영주가 벌을 받는 것은 당연하다고 생각합니다.”

마틴 공작의 말은 은근한 협박이었다.

괜히 까불지 마라. 헤럴드 후작에 대해 방해를 했다가는 오히려 공격을 받을 수 있다는 무언의 표시에 귀족들은 입을 다물었다. 누구도 소드 마스터와 원한을 지고 싶지 않았던 것이다.

대전의 분위기를 둘러보던 왕후는 속으로 기쁨을 금치 못하였다. 역시 헤럴드는 얼마 지나지 않아 주변 영지를 합병하고 있었다.

‘당신은 제 기대를 저버리지 않는군요. 이 세리나, 작은 힘이나마 당신에게 보탬이 되도록 힘쓰겠어요.’

대신들의 굳어진 표정을 둘러보던 왕후 세리나가 조용히 입을 열었다.

“제가 보기에는 누구도 헤럴드 경을 막을 수 없는 것 같군요. 명분도 그가 가지고 있고 힘 또한 그를 당할 수가 없고요. 이럴 바에는 차라리 그 영지전에서 이기는 자에게 인정을 하는 것이 합당하다고 생각해요. 어떤가요, 경들은?”

왕후 세리나의 말에 조지 공작이 황급히 입을 열었다.

“그건 안 됩니다, 왕후마마. 그렇게 되면 헤럴드 후작은 엄청난 힘을 가지게 됩니다. 만약……”

조지 공작은 더 이상 말할 수가 없었다. 생글생글 웃는 왕후의 말소리가 들렸기 때문이다.

"그럼 경께서 그 전쟁을 중재할 수 있나요? 만약 이번 일에 반대하면 그는 반드시 전면전으로 나올 것입니다. 그렇게 되면 왕국은 내전이 일어날 수도 있어요. 이번 일은 모든 명분이 그에게 있으니 우린 두고 보는 것이 옳습니다. 폐하, 어떻게 생각하십니까?"

왕후의 말에 귀를 쑤시고 있던 국왕이 머리를 들었다.

"왕후의 말이 옳은 것 같소. 그들끼리 심판을 하라고 하시오, 정의가 승리할 테니까."

참으로 어이가 없는 국왕의 말이었다. 정의가 승리한다는 말에 마틴은 그만 폭소가 터져 나오는 것을 가까스로 참았다.

"참으로 지당하신 말씀이옵니다, 폐하."

마틴 공작이 허리 굽혀 찬성하자 친 아스톤 제국파 귀족들이 한목소리로 외쳤다.

"지당하신 말씀이시옵니다!"

'음… 여우 같은 년. 저년이 혹시……?

조지 공작은 방글방글 웃으며 자기를 내려다보고 있는 왕후 세리나를 보며 불현듯 첩자의 보고가 생각났다. 헤럴드 후작은 떠나기 전 왕후의 침실에서 세 시간가량 있었다는 보고를 받았지만 그때는 개의치 않았다.

소드 마스터에 대한 호감으로 그럴 수 있다고 생각한 것이다. 그런데 오늘 보니 왕후는 헤럴드 후작을 적극적으로 지지하고 있었다. 만일 그때 왕후의 침실에서 둘 사이에 무슨 일이 벌어졌다면 이 일은 심상치 않은 문제였다.

조지는 반드시 이 일을 알아보아야겠다고 결심하였다. 이날 왕궁 어전 회의는 양자 간에 해결한다는 결정을 발표하였다. 이로써 카마센 영지와 파루데 영지의 운명은 결정되었다.

공작의 성으로 돌아온 조지는 방에 들어온 부관에게 명을 내렸다.

"즉시 왕후의 주변에 있는 첩자에게 명을 내려 왕후와 헤럴드 후작의 관계를 조사하라고 하라. 그리고 이번에 국왕에게 힘을 실어주어 그를 우리편으로 끌어들여야겠다."

"잘 생각하셨습니다, 각하."

비록 허수아비지만 국왕의 상징성은 중요한 것이다. 앞으로의 대망을 위해서라도 국왕을 품 안에 넣는 것이 중요하다고 부관인 발로프 백작은 생각하였다.

이날 조지 공작의 위임을 받은 발로프 백작이 비밀리에 니힐리스 제국으로 떠났다.

두두두두.

푸른 초원 위로 끝이 보이지 않는 기마 군사들이 먼지구름을 일으키며 달리고 있었다.

그들의 머리 위에 펄럭이는 깃발은 한 마리 늑대가 하늘을 향해 포효하는 모습이었다.

바로 블랙울프 전사단이다.

현재 후두라임 영지군은 징집을 통하여 5만이다. 초원의 남자들은 모두 말을 타고 검을 다룰 줄 알기에 바로 군사로 징집할 수 있는 장점이 있었다.

헤럴드는 5만의 군사 중 1만은 지프리드가 데리고 영지를 지키게 하였고 2만은 타마가 샤칸과 네모를 데리고 파루데 영지를 치게 하였다. 그리고 2만의 군사들은 헤럴드가 레나를 데리고 직접 카마센 영지로 출전하는 길이었다. 천여 명의 블랙울프 전사단은 250명씩 나누어 각 만인대에 배속시켰다. 헤럴드의 영지군은 만인대, 천인대, 오백인대, 백인대, 오십인대, 십인대로 나뉜다.

저 앞에서 척후로 달려갔던 기마병이 돌아오는 것이 보였다.

"후작님, 앞의 성에는 투항하는 백기가 걸려 있습니다."

척후의 보고에 헤럴드는 어이가 없었다. 카마센 영지는 두 영지 중 가장 강한 곳이고 군사들도 많은 곳이다. 게다가 벨하우 전사단의 전사들이 천 명이나 있는 곳이다.

그런데 투항한다니 의아한 것이다.

"군사들은 없어?"

레나의 말에 척후가 즉시 대답하였다.

"군사들은 모두 영주성으로 이틀 전에 떠났다고 합니다. 영지민들의 말에 의하면 영주성에 모든 군사들이 모여 있다

고 하는 것으로 보아 그곳에서 결전을 준비하는 것으로 보입
니다.”

머리를 끄덕인 헤럴드는 오히려 잘됐다고 생각하였다.

아마도 겁에 질린 카마센 영주가 군사들을 집결시키는 모
양이다. 바보 같은 놈이다.

군사들을 모아놓으면 한번에 패할 줄 모른단 말인가?!

“만인장들은 모여라.”

헤럴드의 명에 곧 만인장들이 달려왔다. 이들은 모두 검술
대결을 통해 선발된 군사들이다. 헤럴드는 신분에 관계 없이
실력으로 모든 군사 직제를 임명했고 이것으로 군사들의 사
기를 올려주었다.

“우리는 곧바로 영주성인 카마센 성으로 진군한다. 도중에
항복하는 성에는 백인대를 보내 성의 치안을 확보하라. 명심
할 것은 영지민들에 대한 그 어떤 약탈도 금지한다. 이 명을
어기는 자는 누구를 막론하고 처형한다는 것을 공표하라.”

“옛, 후작님.”

잠시 후 헤럴드의 블랙울프 전사단은 항복한 성에 들르지
도 않고 먼지구름을 일으키며 초원을 질주하기 시작하였다.
달리는 기마들의 말발굽 소리가 대지를 진동시켰다.

헤럴드의 블랙울프 전사단은 3일 동안 달려 카마센 성 30km
앞에 도달하여 숙영하게 되었다.

넓은 구릉지에 2만의 군사들이 모여 수많은 겔(텐트)을 치

고 숙영을 준비하고 있었다.

겔 안에 앉아 있는 헤럴드의 기감에 새로운 기파가 잡혔다.

"뉴아랜, 왔는가?"

헤럴드의 말이 울리자 겔의 한쪽이 일렁이더니 예전 어쎄신 조장이었던 뉴아랜이 나타났다.

"예, 주군. 카마센 성을 모두 돌아보고 왔습니다."

뉴아랜은 헤럴드가 전수해 준 천지은신법을 익혀 이제 어디든 못 가는 곳이 없었다. 진정한 어쎄신으로 다시 태어난 것이다. 지금도 헤럴드의 주위에는 두 명의 어쎄신이 있지만 사람들의 눈에는 보이지 않는다. 모두 은신법을 익혔기 때문이다.

"카마센에는 20만의 군사들이 지키고 있습니다. 카마센 영주는 영지 내에서 검을 잡을 수 있는 남자들에게는 모두 창검을 쥐어주고 방어에 돌리고 있습니다. 그리고 1천의 벨하우 전사단이 복수를 외치며 결전을 준비하고 있습니다."

"수고했다. 가서 쉬어라."

"옛, 주군."

군례를 올린 뉴아랜이 스르르 사라져 갔다. 정말 귀신이 움직이는 것 같았다.

이젠 대륙의 어쎄신 조직이 저들을 죽이자고 마음먹으면 오히려 헤럴드의 그림자 부대가 된 이들에게 죽임을 당할 것이다.

헤럴드는 카마센 영주의 속심을 알 것 같았다. 저자는 영주 성에 모든 무력을 집결시켜 방어를 하면서 시간을 끌고 그렇게 하여 귀족들의 지지를 얻으려고 생각하는 것이다.

지나오면서 항복하는 성들을 보면 모두 여자뿐이었다. 영주가 남자들은 모두 끌고 갔기 때문이다. 결국 저 카마센 성에는 영지의 남자들이 모두 집결되어 있는 셈이다.

한편으로는 용병들을 대대적으로 모집하고 있었다.

"레나, 군단장을 불러."

"알았어요."

군단장이 헐떡거리며 겔에 들어섰다.

"후작님, 군단장 이르반 명령대로 왔습니다."

"군단장, 군사들 중 용병 출신들로 세 개 부대를 만들어 카마센 성에 침투시켜라."

헤럴드의 말에 군단장 이르반의 눈에 활기가 넘쳤다.

"알겠습니다, 후작님."

그도 헤럴드의 의도를 알아차린 것이다. 군단장이 돌아가자 레나가 옆에 와서 앉았다.

"오빠, 성을 내부로부터 공격하려고요?"

"그래."

헤럴드의 말에 레나는 머리를 갸웃거렸다.

"하지만 성에 군사들이 너무 많아요, 저들은 20만이 넘는데 우린 겨우 2만이고요. 가능할까요?"

헤럴드는 레나의 말에 빙그레 웃음을 지었다.

"레나, 성을 지키려는 사람들은 밖으로 도망치지 않아. 지금 저 성에는 남자들만 있어. 반면 우리가 지나온 성들은 항복을 하는데도 여자들이 도망치지 않고 있었지. 이게 무엇을 의미하는지 알아?"

헤럴드의 말에 레나가 손뼉을 짝 쳤다.

"군사들은 싸울 생각이 없고, 우리 군을 싫어하지 않는다는 것이에요."

"맞아, 싸움이 시작되어 어느 한 귀퉁이가 허물어지면 군사들은 항복하게 돼 있어."

후두라임 영지는 세금을 40%밖에 받지 않는다. 헤럴드가 온 이후로 영지의 치안이 잘돼 있어 사람들은 세금만 내면 마음을 놓고 살 수 있는 것이 후두라임 영지다. 그러니 카마센의 영지민들은 영지가 합병되는 것을 오히려 반기고 있는 실정이었다.

만일 용병으로 가장한 부대가 들어가 어느 한쪽을 무너뜨리면 성의 군사들은 걷잡을 수 없이 항복하기 마련이었다.

*　　　*　　　*

"어디서 오는가?"

성 앞에 도착한 20여 명의 용병들 앞에 성을 지키는 기사가

검을 부여잡고 살기를 피우며 다가왔다. 건들거리던 용병이
기사를 올려다보았다.

"우린 우샤스 용병대입니다."

용병대장으로 보이는 자가 용병패를 꺼내 보여주었다.

"우샤스 용병대, 중급용병."

용병패를 읽어보던 기사가 머리를 끄덕였다. 용병패는 마
법으로 만들어져 위조하기가 싶지 않다. 또 지금은 신분을 알
아볼 새도 없었다. 이미 후두라임 영지군이 20㎞ 앞에까지 와
있었다. 싸울 수 있는 자들은 모조리 끌어들이라는 영주의 명
이었다.

"들어가라. 광장에 가면 용병들의 접수처가 있을 것이다."

"예, 기사님. 그런데 용병값이 하루 5골드가 맞습니까?"

용병대장의 말에 기사는 눈을 부릅떴다. 이 용병 놈들은 오
직 돈에만 관심이 있는 것이다. 검자루를 잡았던 기사가 손을
풀었다.

지금은 그런 것을 따질 새가 없었다. 한 사람도 귀한 판이
아닌가?

"걱정 말고 접수처에 가라. 영주님께서 재산을 모두 내놓
으셨다."

기사의 말에 용병들이 환성을 질렀다.

"5골드 만세!"

"흐흐, 이 전쟁이 끝나면 난 고향에 돌아가 장가를 가야

겠어.”

용병들이 시시덕거리며 성문을 통과하자 기사의 얼굴에
비웃음이 떠올랐다.

“천한 용병 놈들. 네놈들은 이 전쟁에서 한 놈도 살아남지
못할 것이다.”

저 용병들은 제 죽을 줄도 모르고 부나방처럼 날아드는 하
루살이였다. 영주는 모든 전투의 선봉에 저들을 세우고 정예
는 보존할 속셈이었다. 그러니 돈을 받을 수가 없었다.

우샤스 용병대는 성안을 통과하면서 수많은 용병들과 군
사들이 술에 취해 떠드는 것을 보았다.

“야, 시발놈아. 우린 잘못 왔어. 돈은 이 전쟁이 끝나야 준
다니 죽어서 가져가겠냐?”

한 용병이 술에 취해 부르짖는 소리가 들려왔다.

“조용하게, 도망치면 즉시 처형이야. 이젠 싸울 수밖
에……”

“선금을 주지 않다니, 여기 영주 놈은 우리를 전투에서 모
두 죽일 속셈이야. 꺼억.”

술 취한 용병이 비틀거리며 하는 소리에 다른 용병들이 소
곤거리는 소리가 들려왔다.

“블랙울프 전사들은 정예 중의 정예라더군. 전투가 시작되
면 어떻게든 도망쳐야 해.”

“누가 아니라나. 돈도 받지 못하고 억울하게 귀족들의 방

패로 죽을 수는 없지. 후두라임 영주가 소드 마스터라는 것을 알았으면 오지도 않았을 걸세.”

용병들의 한탄을 들으며 시장 길에 들어선 용병들이 에리세드 상단에 들어섰다.

“용병들은 들어올 수 없습니다.”

에리세드 상단의 호위용병들인 실버용병이 앞을 가로막았다.

“명예상단주가 왔다고 전하라.”

사내가 꺼내주는 신분패를 받아본 용병의 눈이 둥그레졌다. 이 신분패는 소드 마스터인 헤럴드에게 상단이 준 명예상단주의 패였다. 용병이 머리를 끄덕이고는 즉시 안으로 달려 들어 갔다.

마중 나온 사람을 따라 안으로 들어선 우샤스 용병대장에게 상단의 지부장이 조심스럽게 물었다.

“명예상단주님께서는 안 오셨습니까?”

“그분을 아십니까?”

용병대장의 물음에 지부장이 머리를 끄덕였다.

“예, 이전에 라티스 시에서 스토로펠 전사단과 싸울 때 먼 발치에서 본 적이 있… 아, 아니?!”

감회 깊게 말을 하던 지부장의 눈이 커졌다.

앞에 있는 용병대장의 얼굴이 울룩불룩하게 변하더니 20대 초반의 젊은 사람이 나타났다. 헤럴드였다.

지부장이 그 자리에 무릎을 꿇었다.

"후작님을 뵙습니다. 그렇지 않아도 상단 본부로부터 도울 수 있는 한 도우라는 명을 이미 받았습니다."

지부장의 말에 헤럴드가 머리를 끄덕였다.

"이제부터 100명의 용병들이 들어올 것이오. 그들을 상단 안에 숨겨두고 이곳 귀족들의 신상명세가 있으면 보여주시오."

"귀족들의 신상에 대해서는 상세하게 있습니다."

지부장이 내놓는 귀족들의 자료는 매우 구체적이었다. 장사를 하려면 귀족들에 대하여 샅샅이 알아내야 했다. 각 귀족마다 취미, 습성, 성격 등 모든 것이 기록되어 있었다.

"오토 준남작? 이자는 어떤 자인가?"

"예, 그자는 이곳에서 대대로 살아온 토박이입니다. 그런데 워낙 욕심이 많고 야심이 강한 자로 영주의 딸을 넘봤지만 그만 실패하였습니다. 원래 영주는 그를 죽이려 하였지만 기사로서의 자질이 아까워 한 개 군단을 맡겼습니다. 지금은 북쪽 성벽을 맡고 있습니다."

지부장의 대답에 무엇인가 생각하던 헤럴드가 다시 물었다.

"혹시 이자가 자주 가는 곳이 있는가?"

"예, 그자는 영주의 넷째 첩과 정을 통하는 사이입니다. 영주성 옆에 집을 하나 사놓고 밤마다 그 집에서 만나곤 합니다."

헤럴드의 얼굴에 만족스러운 웃음이 스쳐 지났다.

"고맙다, 지부장. 그대의 정보가 나에게 많은 도움이 되었다."

"전 할 일을 했을 뿐입니다, 후작님."

하지만 지부장의 얼굴에도 기쁨이 어려 있었다. 지금 눈앞에 있는 이 사람은 앞으로 카마센 영지의 절대자가 될 사람이었다. 그가 칭찬을 하니 기쁘지 않을 수 없었다.

오토 준남작은 육중한 체격에 쯔바이핸드를 쓰는 자로 상급기사다. 그런 그가 영주의 딸을 덮치려다 실패하고 남작에서 준남작으로 작위가 내려앉았지만 그의 야망은 식지 않았다. 언젠가는 반드시 성주가 되리라는 것이 그의 야망이다.

"이젠 돌아가라."

"옛, 군단장님."

영주성 옆의 집에까지 온 오토 준남작은 호위로 따라온 기사들을 돌려보냈다. 정원에 들어선 그의 눈에 불이 켜져 있는 2층 방이 들어왔다. 저 방에서 영주의 넷째 첩인 마틸다가 기다리고 있을 것이다.

마틸다를 생각하니 오토는 자기도 모르게 온몸이 달아올랐다. 여태껏 수많은 계집들을 거쳐 봤지만 마틸다만 한 명기는 처음이었다.

방에 들어서니 촛불 아래 화려한 드레스를 입은 마틸다가 창문을 내다보고 있는 것이 보였다. 아마도 늦게 온 자기 때문에 삐친 모양이다.

"오, 내 사랑 마틸다. 내가 오늘은 그만 늦었… 헉!"

마틸다의 어깨를 자기 쪽으로 잡아 돌리며 느끼한 목소리로 말하던 오토는 헛바람을 들이켰다.

돌아선 여자가 하얀 손에 들려진 단검으로 자신의 목을 겨누고 있었다.

"오토 준남작, 당신은 간이 크군요! 감히 제 주군의 여자를 품에 안다니."

여자의 말에 오토는 그때야 제정신이 돌아왔다.

"나는 후두라임 영지에서 왔어요."

여자가 베일을 벗자 은발의 머리가 드러났다. 오토의 눈이 둥그레졌다. 은발을 보니 생각나는 것이 있었던 것이다.

"혹시 다, 당신은 엘프의 궁사 레나?!"

"호호, 내 이름까지 알고 있네. 이거 재밌네. 오빠, 오토 준남작이 내 이름을 알고 있어요."

레나가 하는 말에 오토는 그때야 이 여자가 후두라임 영주의 애인이라는 소문이 머리에 떠올랐다. 그러면 영주가 직접 왔단 말인가? 오토는 눈앞이 아찔해졌다.

소드 마스터에게 덤벼봐야 달걀로 바윗돌을 치는 격이다.

"레나, 장난은 그만 해. 오토 준남작, 나를 봐라."

레나가 단검을 치우자 그때야 머리를 돌린 오토의 눈에 검은 가죽 옷을 입은 사람이 보였다.

"내가 후작 헤럴드다. 난 이 영지를 점령하면 나의 영지를 모해한 귀족들을 하나도 남김없이 죽일 것이다. 어떻게 하겠느냐? 나를 따라 공을 세우고 성주가 되겠느냐, 아니면 죽겠느냐?"

차가운 후작의 말이 끝나자 오토의 옆에서 공기가 일렁이더니 검은 망토를 두른 자가 귀신처럼 나타났다.

오토는 온몸에 소름이 끼쳤다. 만약 자기가 반항했다면 순식간에 목 없는 귀신이 됐을 것이다.

오토의 머리가 맹렬하게 회전했다. 생각은 길었지만 결단은 짧았다.

오토는 그 자리에 무릎을 꿇었다. 자기가 얼마나 바라던 성주 자린가? 그리고 후작은 소드 마스터였다. 어차피 이 영지는 후작의 군사들에게 점령될 것은 당연한 일이었다.

"후작 각하! 이 오토를 믿어주신다면 충성으로 각하를 모시겠습니다!"

바닥에 머리를 찧는 그를 내려다보던 헤럴드가 차갑게 말했다.

"너의 말을 믿어보겠다. 행동으로 증명하라. 저 안에 영주의 넷째 첩이 묶여 있다."

헤럴드의 말에 자리에서 일어난 오토가 안으로 들어갔다. 그곳에는 묶여 있는 마틸다가 보였다. 그녀의 얼굴에 기쁨이 어렸다. 자기를 사랑하는 사람이 들어왔으니 이젠 산 것이다.

"사, 살려줘, 오토! 그대는 나를 사랑했잖아! 제발… 악!"

마틸다가 애처롭게 울부짖었지만 오토는 사정없이 그녀의 가슴에 검을 박았다. 자기가 그렇게 사랑한다고 노래처럼 말하던 여인의 가슴에. 오토에게 마틸다는 노리개 그 이상도 이하도 아니었던 것이다.

"새벽에 북쪽 성문을 열어라. 그곳으로 우리 군사들이 들어갈 것이다. 너는 군단을 돌려세워 성안의 다른 군단을 공격하라. 그리고 너의 군사들은 팔에 흰 천을 감아 표시하도록. 알았나?"

"옛, 후작님."

오토가 밖으로 나간 후 레나가 입을 열었다.

"오빠, 저놈은 믿을 놈이 못 돼요."

아무 말 없이 머리를 끄덕인 헤럴드가 명을 내렸다.

"뉴아랜, 그림자 대원을 한 명 저자에게 붙여라."

"알겠습니다."

"나머지 사람들은 나와 함께 영주성을 공격한다."

카마센 영지의 최후가 다가오고 있었다.

*   *   *

캄캄한 밤 100여 명의 군사들이 영주의 저택으로 다가오고 있었다.

"누구냐?"

파수를 서는 기사가 성문 위에서 내려다보며 소리쳤다.

"오토 준남작께서 포로를 영주님에게 보냈습니다."

"포로라니?"

"습격해 왔던 놈들인데 중요한 자료가 있다고 합니다."

군사의 말에 기사가 황급히 명을 내렸다. 포로라면 이건 눈이 번쩍 뜨이는 성과였다.

"빨리 문을 열어라."

삐익.

성문이 요란한 소리를 내며 열렸다.

"포로가 몇 명인가?"

기뻐서 다가오던 기사가 흠칫 걸음을 멈추었다. 앞에서 군사가 검을 휘두르는 것을 보았기 때문이다.

"적? 컥!"

하얀빛이 번쩍이고 목이 뎅겅 잘린 기사가 쾅 하고 뒤로 넘어졌다.

그리고 레나의 손에서 화살들이 번개처럼 날아가 성문 위군사들의 목에 박혔다.

"컥! 캑!"

정말 눈 깜짝할 새에 벌어진 일이었다.

"가자."

전사들이 영주의 저택을 향하여 달려가기 시작하였다.

"레나, 신호를 올려."

"예, 오빠."

슈욱.

레나의 활에서 발사된 신호용 마법 화살이 하늘 위로 치솟아오르며 파란 불을 뿜었다. 저 화살은 신호용으로 특별히 만들어진 마법의 화살이었다.

"적이다! 적이 쳐들어왔다!"

두두두두.

새벽어둠이 밝아오는 카마센 성을 향해 블랙울프 전사단이 뽀얀 먼지를 구름처럼 일으키며 돌격해 왔다. 기마 군사들의 돌격에 대지가 흔들리며 몸부림쳤다. 성 앞에 보이는 온 들판이 블랙울프 군단의 기마로 뒤덮였고 전사들이 지르는 야생의 고함 소리가 등골을 서늘하게 만들었다.

우우우우.

"죽여라!"

북쪽 성문을 지키던 기사 래드는 물밀듯이 밀려오는 블랙울프 전사단을 보면서 이를 악물었다. 주변을 둘러보니 군사들은 겁에 질려 벌벌 떨고 있었다.

우우우우!

블랙울프 전사단이 말 위에서 검을 휘두르며 지르는 소리에 군사들의 머리칼이 곤두섰다.

"겁먹지 마라! 저들도 너희와 똑같은 사람일 뿐이다! 성벽에 몸을 숨기고 활을 겨누어라!"

래드의 말에 군사들이 성벽에 몸을 깊이 묻고 활을 쳐들었다.

"군단장님께서 오셨습니다."

뒤에서 들리는 군사의 말에 래드는 안도의 숨을 내쉬었다. 군단장 오토 준남작은 카마센 영지에서 가장 실력이 높은 상급기사였다.

"군단장님. 기사 래드, 성을 지키고 있습니다. 그런데 적군의 사기가 너무 높아서 막아내기가 쉽지 않습니다."

"수고했다. 하지만 이제부터 우리는 블랙울프 전사단과 한편이 되니 걱정할 것이 없다. 성문을 열어라."

오토 준남작의 말에 래드는 멍해졌다. 한편이 된다니, 이게 대체 무슨 소리란 말인가?

그러고 보니 군단장의 옆에 있는 기사들의 팔에 모두 흰 천이 묶여 있었다.

그럼 이건 반란, 아니, 배신이 아닌가?

"군단장 당신이 영주님을 배신하다니… 내 기사로서 네놈을 그냥 두지 않겠다. 얏!"

검을 뽑아 든 래드가 오토를 향해 달려들었다. 오토의 옆에 있던 기사들이 달려드는 래드를 향해 일시에 검을 휘둘렀다.

촤악!

“크악!”

기사들의 검에 맞은 래드가 피를 뿌리며 나동그라졌다. 끝까지 반항하는 래드를 내려다보던 오토가 중얼거렸다.

“병신 같은 놈, 이미 대세는 기울었다. 너희들은 성문을 열어라.”

“옛, 군단장님.”

군사들과 기사들이 달려가 성문을 열었다.

두두두두.

우우우우.

열려진 성문으로 블랙울프 전사단이 파도처럼 밀려들어왔다. 성문 위에 선 군사들은 블랙울프 전사단과 싸우지 않게 되어 가슴을 쓸어내렸다. 이제 죽을 걱정은 하지 않아도 된 것이다.

“이제부터 성을 공격한다. 가자.”

“옛!”

앞에서 달리는 군단장을 따라 오토의 군단이 창끝을 돌렸다. 온 성안이 돌격해 들어온 블랙울프 군의 말발굽 소리로 진동하고 창검이 부딪치는 소리와 비명 소리로 아수라장이 되었다.

차차창!

“크악! 아악!”

영주의 집은 기사들이 죽어가며 지르는 비명 소리로 난장

판이었다.

"이게 어떻게 된 일이냐?"

"영주님! 블랙울프 군이 성안으로 들어왔습니다!"

기사의 말에 카마센 영주 매콜라드는 기겁하였다. 20만이 지키는 성을 어떻게 소리도 없이 들어왔단 말인가?!

"오토가 배신을 하여 성문을 열었습니다, 영주님."

"뭐라고? 으… 그놈을 죽였어야 하는 것을……."

매콜라드가 이를 가는데 집사가 뛰어들어 왔다.

"영주님, 저택에 블랙울프 군이 들어왔습니다."

"기사들은 뭐 하느냐? 어서 막아라!"

"옛!"

기사가 달려나가자 자리에서 벌떡 일어선 매콜라드는 집사를 보며 황급히 명을 내렸다.

"빨리 재물을 가지고 빠져나가야겠다. 어서 준비하라."

"옛, 영주님."

밖으로 달려나온 매콜라드의 눈이 둥그레졌다. 검은 옷을 입은 자가 앞서 들어오며 자기의 기사들을 마치 풀 베듯 베어버리고 있었다.

차차창.

"아앗! 윽!"

그의 검이 뿌연 원을 그릴 때마다 기사들의 몸이 두 동강이 되어 쓰러지고 있었다.

“막아라!”

카마센 영지의 기사단장이 최후의 기사들을 모아놓고 다가오는 헤럴드를 노려보고 있었다.

넓은 정원에 공격해 들어오는 100명의 블랙울프들과 카마센의 기사들이 서로 노려보고 있었다. 조용한 정적을 깨며 헤럴드의 목소리가 울려 퍼졌다.

“난 후두라임의 영주 헤럴드 후작이다. 네가 카마센 영주 매콜라드인가?”

헤럴드의 말에 매콜라드의 몸이 후들후들 떨렸다. 드디어 올 것이 온 것이다. 소드 마스터인 저자를 상대하여 자기의 기사들이 과연 이길 수 있을까? 결론은 아니었다. 도망치고 싶었지만 뒤에도 공격해 들어오는 블랙울프 군의 함성과 창검이 부딪치는 소리가 요란했다.

“힘이 있다고 이렇게 다른 귀족의 영지를 공격해도 되는가, 헤럴드 후작!”

매콜라드가 용기를 내서 말하자 헤럴드의 서늘한 눈빛이 그를 노려보았다.

“나를 먼저 건드린 것은 바로 너다. 네놈의 모략으로 내 자식 같은 영지민들이 죽었다. 똑똑히 들어라, 매콜라드. 난 피는 피로써 갚는다.”

헤럴드의 샤벨에서 푸른 빛이 뿜어져 나왔고 창검을 들고 버티고 있는 기사들을 향하여 쏟아져 들어갔다.

우르릉! 콰콰콰콰!

그것은 하늘에서 쏟아지는 푸른 별무리였다. 수를 셀 수 없는 파란 빛들이 기사들을 직격했고 무서운 폭발이 일어났다.

콰콰쾅! 콰쾅!

"아악! 으악!"

쏟아진 혼돈의 기가 닿는 모든 것을 무자비하게 폭발시켰고 기사들의 몸뚱이와 팔다리는 찢겨져 공중으로 날아올랐다. 무시무시한 장면이었다.

후드득.

공중으로 날아올랐던 뼛조각과 살점들이 마당으로 떨어져 내리자 살아남은 기사들과 군사들은 모두 풀썩 주저앉아 공포에 질려 부들부들 떨고 있었다.

"으으으."

땅에 주저앉은 매콜라드의 입에서 허연 거품이 흘러내리고 눈은 반쯤 풀어져 있었다.

"모두 끌어내라."

"옛."

블랙울프 전사들이 와르르 달려들어 방마다 들어 있던 매콜라드의 가족과 귀족들을 잡아내기 시작하였다. 이곳에는 각성에서 도망쳐 온 귀족들이 모여 있었는데 그만 불벼락을 맞은 셈이었다.

"살려주세요, 후작님!"

"뭐든지 하겠어요! 살려만 주세요!"

귀족들의 부인과 레이디들이 군사들에게 끌려 나오며 헤럴드에게 애절한 눈빛을 보냈다.

이 시대의 귀족 여인들은 전쟁에서 패하면 노예로 되거나 군사들에게 겁탈을 당하고 죽임을 당한다. 그러니 그녀들이 공포에 질리는 것은 당연했다.

"레나, 여자들은 따로 가두고 군사들이 손을 못 대게 하라."

"알았어요."

레나가 대답하고는 바람처럼 달려갔다.

"군단장."

"옛, 후작님."

"매콜라드 영주와 가족 중 남자들은 목을 베어 성문에 매달아라. 그리고 여자들은 노예로 만들고 다른 귀족들은 몸값을 받고 살려줘라."

"알겠습니다."

군단장이 달려가자 헤럴드는 핏빛으로 물든 카마센의 하늘을 쳐다보았다.

'나를 건드리는 자는 누구든 피로 갚아줄 것이다.'

날이 환하게 밝은 카마센 성은 블랙울프 군에게 함락되었고 성벽 위에는 포효하는 늑대의 깃발이 휘날렸다.

대륙력 12,010년 봄, 헤럴드의 블랙울프 군은 카마센 성을 점령하고 후두라임 영지로의 합병을 선포하였다.

*　　　*　　　*

후두라임 영지의 서쪽에 있는 파루데 영지는 인구 30만의 농업 인구가 사는 곳이다. 타판파스가 초원의 유목 국가이기는 하지만 이런 영지가 몇 곳이 있는데 파루데 영지가 그런 곳들 중 하나였다.

이곳으로 타마가 이끄는 블랙울프 제2군이 진격하고 있었다. 무연한 밀밭이 펼쳐진 파루데 벌판에서 블랙울프 군과 파루데 군의 치열한 격전이 벌어지고 있었다.

우우우우.

두두두두.

블랙울프 군의 기마 군사들이 휘파람을 불며 맹렬한 속도로 파루데 군의 장갑병들을 향해 돌진해 들어가고 있었다.

"거창!"

방진형으로 늘어선 파루데 장갑병들이 창끝에 초생달 같은 새파란 날이 붙어 있는 포차드를 들고 대지를 흔들며 달려오는 블랙울프 군을 노려보고 있었다.

우우우우.

진격하는 말의 선두에 선 네모가 거대한 배틀액스를 들고 빛살처럼 달리고 있었다.

여기까지 진격해 오면서 블랙울프 제2군은 모든 전투에서 승리하였다. 하지만 이 파루데 벌판에서는 벌써 며칠째 치열한 일진일퇴를 거듭하고 있었다. 저 방진형의 대열 속에는 200여 명의 파루데 전사들이 있었는데 그들 때문에 공격할 때마다 실패했다.

"이번에는 반드시 격파한다. 뒈질 놈의 새끼들."

네모는 이를 갈며 말을 때려 몰았다.

"쏴라."

맹렬하게 돌진하던 오천의 기마대가 일제히 활을 치켜들었고 하늘이 새까맣게 물들었다. 블랙울프 군의 특기인 궁사가 시작되었다.

슈슈슈슉. 퍽퍽퍽.

빗발처럼 날아간 화살들이 파루데 군의 몸에 꽂혀 방진형의 대열 곳곳에서 군사들이 쓰러지는 것이 보였다. 파루데 군의 기사들이 악을 쓰는 것이 보였다.

"방패를 들어라!"

"대열을 유지하라!"

두두두두.

적들의 방진형이 점점 눈앞에 확대되어 왔다.

"투창!"

적들의 방진형에서 날아오른 수백 개의 필럼(던지는 작은 창)이 기마를 향하여 쏟아져 들어왔다. 달려들어 가던 기마들이 방패를 들어 막았다.

쾅! 쾅! 픽! 픽!

히히힝—

사람은 방패를 들어 막았지만 수없이 날아오는 필럼에게
서 말까지 보호할 수는 없었다. 말들이 비명을 지르며 쓰러지
자 군사들이 떨어져 내렸고 뒤따라오던 말들이 뒤엉켜 곤두
박질쳤다.

"돌격하라!"

"와~"

창창창.

"컥! 크악!"

방진형의 대열에서 예의 붉은 가죽 옷을 입은 자들이 선두
에 서서 달려나왔고 포차드를 휘둘러 무자비하게 블랙울프
군을 도살하기 시작하였다.

네모의 눈에서 불꽃이 피어났다.

"이놈들, 내가 간다! 네모가 간다!"

붉은 가죽 옷의 무리 속으로 돌진한 네모가 배틀액스를 휘
둘러 닥치는 대로 찍어 넘기기 시작하였다.

픽픽! 쩌억!

네모의 도끼에 맞은 자들이 머리가 두 쪽으로 갈라지고 몸
통이 박살나 쓰러졌다.

하지만 적의 수는 너무 많았다.

척척척.

방진형 대열이 앞으로 나가며 창과 화살을 날리기 시작하였다. 블랙울프 군의 전사들이 피를 뿌리며 쓰러져 갔다.

갑자기 블랙울프 군의 진영에서 퇴각을 알리는 북소리가 울려 퍼졌다.

"이놈들, 모두 죽여 버릴 테다!"

눈에 불길이 펄펄 솟는 네모가 퇴각하지 않고 놈들을 박살 내고 있었다.

"네모! 후퇴하란 소리를 듣지 못했느냐?"

진영에서 달려나온 타마가 모닝스타를 들고 포위된 네모를 구출하기 위하여 주변의 적들을 닥치는 대로 짓이겨 버렸다.

"형님, 우리 군사들이 너무도 많이 죽었소! 어헝."

네모의 눈에 피눈물이 흘러내렸다.

"어서 말에 올라라. 이건 명령이다."

할 수 없이 말에 오른 네모가 눈물을 뿌리며 진영을 향해 달려갔다.

"적장이 도망친다! 잡아라!"

붉은 갑옷을 입은 자들이 뒤를 바싹 추격해 왔다.

"스톤 스파이크."

"라이데인."

진영에서 지켜보고 있던 샤칸의 마법이 따라오는 적들에

게 쏟아졌다.

달려오는 적들의 앞에 갑자기 거대한 가시들이 솟아올랐고 한자리에 집중적으로 시퍼런 벼락이 연이어 떨어져 내렸다.

콰콰쾅!

"크악! 으악!"

붉은 갑옷들이 벼락에 맞아 땅바닥을 뒹굴었다.

그런데 이게 웬일인가? 쓰러져 뒹굴던 군사들이 멀쩡하게 일어섰다. 온몸이 벼락에 새카맣게 그을리고 살점이 떨어졌지만 그들은 고함을 지르며 그대로 돌격해 왔다.

삐익, 삐익.

달려오던 붉은 갑옷들이 나팔 소리가 울리자 멈칫 서더니 돌아서 퇴각하기 시작하였다.

참으로 불가사의한 일이었다.

"네모, 네가 무슨 짓을 했는지 아느냐?"

타마가 진영에 돌아와 네모를 꾸짖고 있었다. 네모는 무릎을 꿇고 있었다.

"형님, 참을 수가 없었소. 우리 전사들이 그놈들에게 너무 많이 죽었소. 흐흑."

"이놈아! 나는 네 의형이기 전에 군단장이다. 다시 한 번 군율을 어기면 내가 네 목을 베어버린다. 돌아가라."

타마의 말에 네모가 눈물을 흘리며 겔 밖으로 나갔다.

"샤칸님, 주군께서는 어디까지 오셨습니까?"

"내일 아침이면 이곳에 도착할 겁니다. 그동안 전투를 중지하고 대기하란 명입니다."

샤칸의 말에 타마는 한숨을 내쉬었다.

붉은 갑옷, 그놈들은 어떻게 된 것인지 잘 죽지도 않았다. 그놈들 때문에 매번 공격이 중단되니 주군을 뵐 면목이 없었다.

"걱정 마세요, 타마님. 헤럴드가 오면 저놈들은 끝장입니다."

말을 하며 헤럴드가 오고 있을 남쪽을 바라보고 있는 샤칸의 눈에 그리움이 넘쳐 났다. 헤어진 지 얼마 되지도 않았는데 왜 이렇게 그가 보고 싶은지 샤칸은 자기의 마음을 이해할 수가 없었다.

'빨리 와, 헤럴드.'

"주군께서 오시면 이놈들 두고 보자."

타마가 이를 부드득 가는 소리가 들렸다.

*　　　*　　　*

두두두두.

늑대가 포효하는 깃발이 초원 위를 날리고 5만의 기마군이 대지를 흔들며 달리고 있었다.

맨 앞에 선 블랙이 헤럴드를 태우고 힘차게 달리고 있었다.

"블랙아, 오랜만에 달리니 기분이 좋지?"

우우우우.

블랙이 헤럴드의 말에 냅다 소리를 질렀다. 기쁨의 포효다.

"호호. 오빠, 블랙이 신이 난 것 같아요."

블랙은 후두라임 영지에서 성안에만 있었다. 그러니 초원을 달리는 지금 신이 날 수밖에 없었다. 5만의 기마군이 달리는 초원은 마치 지진을 만난 것처럼 흔들리고 있었다. 헤럴드는 카마센 영지의 군사들 중 3만의 기마 군사들을 편입시켰고, 지금 이렇게 많은 기마들이 달려가고 있는 것이다.

두두두두.

"주군께서 오신다!"

겔에 앉아 무엇인가 생각에 잠겨 있던 샤칸은 밖에서 전사들이 외치는 소리에 달려나갔다. 그리고 온 벌판을 덮으며 달려오는 엄청난 기마의 군세를 보았다.

벌판 가득 내달리는 기마들, 그 위에 휘날리는 포효하는 늑대의 깃발들, 대지가 지진을 만난 것처럼 흔들거린다.

샤칸의 눈에 눈물이 스르륵 흘러내렸다.

'보고 싶었어, 헤럴드.'

맨 앞에 레나와 같이 달려오는 헤럴드의 모습이 점점 크게 안겨왔다.

"영주님 만세!"

"블랙울프 만세!"

군사들이 환성을 지르는 소리로 귀가 멍멍하였다.

*　　　*　　　*

파루데 영지의 중심인 파루데 성의 한쪽 변두리에 있는 윈드 여관은 언제나 조용하였다. 그곳으로 한 명의 남자가 들어섰다.

"어서 오세요."

30대 초반의 남자가 손님을 맞이하였다.

"숙박을 하시렵니까?"

청년은 물어보면서도 눈에 의심스러운 빛이 어려 있었다. 지금 온 파루데 시가 전쟁의 소용돌이에 휩쓸렸는데 여관에서 잠을 잘 사람이 없기 때문이다.

"아니, 난 정보 길드 지부장을 만나러 왔다."

사내의 말에 청년은 당황함을 감추지 못했다.

"손님은 잘못 오신 것 같군요. 여긴 윈드 여관입니다."

"난 헤럴드 후작이다. 당장 지부장을 불러라."

"허헉!"

청년은 헛바람을 들이켰다.

헤럴드 르 쥬신.

크라이카 전사단을 괴멸시켰고 지금은 단 며칠 동안에 카마센 영지를 합병하고 파루데 영지로 진격하는 타판파스 왕국의 가장 무서운 사람이었다.

초원에서는 헤럴드를 광풍전사라고 부른다. 그가 적의 중심인 이곳에 들어왔다는 것은 그만큼 자신감이 있다는 것을 말한다.

"자, 잠시만 기다려 주십시오."

청년이 안으로 급히 사라져 갔다.

윈드 여관의 지하에 있는 지부장의 방.

"난 광전사들을 만드는 곳을 알고 싶다. 미리 말해두지만 나를 속이려 하지 마라. 나에게 협조하면 너희들의 정보 길드는 그대로 존속하겠지만 그렇지 못할 경우 정보 길드를 지상에서 지워 버릴 것이다."

헤럴드의 앞에 허리를 굽히고 있던 지부장은 미미하게 다리를 떨었다. 앞에 있는 이 후작이라는 자는 상당히 위험한 자였다.

후두라임 영지의 제왕처럼 행동하던 전사단들이 영주의 무자비한 철퇴를 맞았고 검은 조직들이 모두 체포되어 도로를 닦는 강제 노동을 하고 있다는 것을 지부장은 알고 있었다.

　한마디로 이 사람은 말을 내뱉으면 그대로 행동하는 사람이다.

　"무엇을 원하십니까, 후작님?"

　"난 광전사 만드는 곳을 알고 싶다. 또 누가 만드는지도. 지금 자료를 보여줄 수 있나?"

　헤럴드의 말에 지부장이 제꺽 대답하였다.

　"알겠습니다. 그에 대한 자료는 저희들에게 약간 있습니다."

　지부장의 대답에 헤럴드는 역시 하고 생각하며 머리를 끄덕였다.

　파루데 벌판에서의 전투를 보고받으며 헤럴드는 붉은 갑옷을 입은 자들에 대하여 의문점을 가졌다. 분명 광전사인 것 같다는 샤칸의 말을 들은 헤럴드는 비밀리에 파루데 성으로 잠입했고 이곳에 있는 에리세드 상단 지부의 도움으로 정보 길드를 찾은 것이다.

　몇 시간 동안 정보 길드에서 파루데 영지의 자료를 본 헤럴드는 머리를 끄덕였다.

　원래 파루데 영주 파르몽은 귀족이 아니라 이곳에 있던 작은 마탑 주인 랑케의 제자였다.

　그런데 어느 날 갑자기 탑 주인 랑케가 행방불명이 되고 파르몽은 파루데 영주와 백작의 작위를 받았다.

　"5서클 마법사 랑케?"

자료를 본 헤럴드는 여기에 어떤 비밀이 있다는 것을 알아
차렸다.

'그렇다면 마탑을 한번 휘저어봐야겠지.'

헤럴드의 눈이 어둠 속을 지그시 응시하였다.

*   *   *

캄캄한 어둠에 싸인 마탑이 마치 어둠 속에 웅크린 괴물처
럼 보이고 어슴푸레한 마법등의 불빛만이 희미하게 보인다.

휘익~ 팟.

"응, 뭐지?"

마탑의 정문을 지키는 파수병이 졸리는 눈을 부릅뜨고 주
위를 둘러보았다. 아무리 둘러보아도 아무도 없는 어둠뿐이
다.

"내가 잘못 들었나? 아휴 졸려."

파수병이 길게 하품을 하고는 꾸벅꾸벅 졸기 시작하였다.

순간 검은 그림자가 바람처럼 마탑 안으로 스며들었다. 탑
안에 들어선 헤럴드는 주위를 찬찬히 바라보고 있었다.

지부장의 말에 의하면 이곳 지하에 마탑의 전 탑주와 그의
애인 샤니, 그리고 탑주를 따르던 제자들이 모두 갇혀 있다는
것이다.

마탑의 어린 청소부로 있는 미샤가 지부장에게 넘겨준 정

보였다.

헤럴드의 몸이 바람처럼 사라졌다.

하인들이 묵고 있는 방에서 쪼그리고 잠들었던 미샤는 누가 흔들어 깨우는 바람에 눈을 떴다.

새카만 옷을 입은 사람이 자기를 내려다보고 있었다. 깜짝 놀란 미샤가 비명을 질렀다.

"허억!"

하지만 사내의 손이 입을 막고 있어 소리가 새어 나오질 않았다.

"쉿, 네가 미샤냐? 나는 탑주를 구하러 온 사람이다. 알았으면 머리를 끄덕여라."

헤럴드의 말에 미샤의 눈에 기쁨이 어렸고 머리를 끄덕였다. 헤럴드는 미샤가 고개를 끄덕이자 손을 치웠다.

"탑주님께서는 지하의 방에 갇혀 있습니다."

"그래? 앞서라. 가서 구해야지."

"예, 알겠습니다."

미샤는 이곳에서 일한 지 5년이 된 어린 노예다. 4년 전 정보 길드의 지부장에게 흡수된 그녀는 이번 일만 끝나면 당당히 노예에서 벗어나 자유민이 될 수 있었다.

"저 복도 끝에 있는 방이 지하로 들어가는 입구입니다. 그곳에는 두 명의 마법사가 지키고 있습니다."

"그래, 알았다. 너는 방으로 가 있어라."

어린 정보원을 돌려보낸 헤럴드의 몸이 순식간에 어둠 속으로 동화되어 사라졌다. 천지은신술이 전개된 것이다.

파파팟.

"컥! 큭!"

방 입구에 앉아 있던 두 명의 마법사는 뭔가 희끗하는 순간 몸이 굳어졌고 눈만 데굴거리며 공포에 젖어 앞에 서 있는 검은 옷의 사내를 바라보았다.

"마법 아이템에 이상이 없게 문을 열어라. 만일 신호가 가면 너희들은 죽는다."

사내의 입에서는 낮으나 소름 끼치는 말이 새어 나왔고 손끝에서 무엇인가 번개처럼 날아가 철문을 타격하였다.

치지직.

철문의 한 점이 지글지글 끓으며 동그란 구멍이 뚫렸다.

천지무의 화열지이다.

그것을 본 두 명의 마법사의 눈이 화등잔만 해졌고 기겁하여 눈만 깜빡거렸다. 살고 싶었지만 점혈되어 손 하나 까딱할 수 없었고 아혈까지 봉쇄되어 말도 할 수 없었다.

팟팟.

헤럴드의 손끝에서 날아간 지풍에 아혈이 풀리자 두 명은 황급히 말문을 열었다. 자칫하면 오늘이 내년 제삿날이 될 수 있다는 것을 그들은 판단한 것이다.

"사, 살려주십시오!"

“살려준다. 안에 누가 있는가?”

“좌측 복도의 감방에는 전 마탑주와 제자가 갇혀 있고 우측의 감방에는 그의 제자들이 있습니다.”

점혈이 풀린 마법사들이 문을 열자 안으로 들어선 헤럴드의 손에서 지풍이 날아가 그들을 쓸어버렸다.

“컥! 개새끼, 살려준다더니…….”

털썩!

두 명이 이마에 동그란 구멍이 뚫려 쓰러지자 헤럴드의 입에서 차가운 말이 흘러나왔다.

“한번 배신한 자는 두 번 배신하는 법. 나는 그런 자들은 살려두지 않아.”

기다란 복도가 두 곳으로 나 있었는데 한곳은 우측으로, 다른 하나는 좌측이었다.

헤럴드의 발길이 좌측의 감방으로 소리없이 다가갔다.

“흐흐, 꼴좋다. 탑주에게 붙어 꼬리를 흔들며 우리를 사람으로 보지 않더니, 너도 벗겨놓으니 꽃집(사창가)의 계집들과 별반 다른 것이 없구나. 크크.”

감방 안에 보초를 서는 마법사가 온몸에 실 한 올 걸치지 못하고 묶여 있는 샤니를 보며 킬킬거리는 소리였다. 평소에 샤니를 보며 그렇게 구애를 했지만 샤니는 그를 거들떠보지도 않았다. 하긴 사랑이 어떻게 일방적으로 되겠는가?

샤니의 사랑은 그녀의 스승이었으니, 이자도 반란에 가담한 후 파르몽의 지시로 며칠에 한 번씩 밤마다 보초를 서며 스승과 샤니에게 치욕을 주고 있었다.

그동안 아무리 겁탈을 하고 치욕을 주어도 샤니와 랑케는 묵묵히 버티고 있었다.

눈을 감고 묶여 있는 샤니는 치욕으로 몸을 부르르 떨고 있었다.

빨리 죽었으면 좋으련만 파르몽 이놈은 죽이지도 않고 두고두고 치욕을 주고 있었다.

하지만 놈이 바라는 대로 미쳐서 죽고 싶지는 않았다.

"아아, 그날 나만 아니었다면 스승님이 이렇게까지 되지 않았을 것을……."

샤니의 눈에 그날의 일이 주마등처럼 떠올랐다.

원래 파르몽과 샤니는 둘 다 랑케의 총애를 받는 제자였다. 그런데 언제부터인가 파르몽이 샤니를 향해 뜨거운 눈길을 보내기 시작하였다.

"샤니, 난 너를 사랑해."

하지만 샤니는 받아들일 수가 없었다.

"파르몽님, 저는 사랑하는 사람이 있습니다."

샤니의 말에 파르몽의 눈이 파르르 떨렸다.

"내가 탑주가 된 다음에도 그런 소리를 할래? 내가 스승님보다 못한 게 무엇인데? 응? 샤니, 말해봐!"

"그건 아녜요. 다만 제 가슴에 스승님이 들어와 있을 뿐입니다. 다른 누구도 사랑할 수가 없어요."

샤니의 대답에 파르몽은 이를 부드득 갈았다.

"두고 봐. 너를 가지기 위해서는 난 무슨 짓이든 할 테니까!"

그때 파르몽의 눈에는 불길이 펄펄 일고 있었다. 하지만 그가 무엇을 하려는지, 그의 마음속에 어떤 악마가 들어 있는지 샤니는 생각하지 못했다.

그런데 일은 스승님과 샤니가 슈마라이 산에 있는 던전을 찾은 다음이었다.

그 던전에서 스승은 마법서와 광전사를 만드는 마법진이 적힌 책을 찾아냈다.

당시 스승님은 지하의 방에서 던전에서 얻은 아쇼만티움을 가지고 마법 활성화를 어떻게든 시키려고 실험을 하곤 하였다. 아쇼만티움은 마법을 차단할 수도 있지만 활성화시킬 수도 있는 신의 금속이었다.

그러던 어느 날 일이 터지고 말았다.

"샤니님, 지하에서 실험을 하시던 파르몽님께서 찾으십니다. 실험이 성공했답니다."

탑의 실험실에 있던 샤니는 자리를 차고 벌떡 일어났다.

실험의 성공이라면 아쇼만티움의 마법 활성화다. 너무도 기쁜 나머지 샤니는 별생각없이 지하로 달려갔다.

"파르몽님, 성공했다면서요? 축하해요. 끝내 해냈군요."

샤니의 축하에 파르몽이 돌아섰다.

그런데 그의 눈에 핏발이 서 있었다.

"성공했지! 샤니, 이제부터는 내가 마탑의 탑주야. 나를 따르겠지?"

파르몽의 말에 샤니는 자기의 귀를 의심하였다.

"지금 무슨 소리를 하는 거죠? 탑주가 되다니요?"

"들은 대로다. 이미 마법사들은 모두 나의 편이다. 탑주를 따르던 제자들은 모두 갇혔어. 샤니, 나를 따를 테냐?"

샤니는 어이가 없었다. 이놈이 이렇게 비열한 놈이라니……

비록 그의 사랑을 받아주지는 못했어도 이런 놈인 줄은 정말 몰랐다.

"비열한 놈. 자기를 키워준 스승을 해치려고 하다니… 더러운 놈, 네놈을 결코 용서하지 않겠다. 컥!"

마법을 실행하려던 샤니는 머리에 강한 타격을 받고 쓰러졌다. 뒤에 서 있던 파르몽의 부하가 몽둥이로 머리를 내려친 것이다.

파르몽이 쓰러진 샤니에게로 다가갔다.

"샤니, 나도 이렇게 하고 싶지는 않았다. 하지만 나는 너를 그 늙은이에게 절대로 주지 않아. 네 마음을 갖지 못하면 네 육체라도 갖겠다. 그리고 내 야망을 실현할 거야. 크크크."

놈이 광기에 차서 웃어댔다.

"수갑을 채워라."

"예, 탑주님."

반란에 가담한 부하들이 다가와 샤니의 손목에 수갑을 채웠다. 저 수갑은 바로 던전에서 가져온 아쇼만티움으로 만든 것으로 마법을 실행하지 못하게 하는 것이다.

파르몽은 비밀리에 아스톤 제국과 연계를 취하였고 광전사를 만드는 방법을 알려주는 대가로 파루데 영지의 영주로 만들어줄 것을 약속받았다.

타판파스 왕국의 마틴 공작이 친 아스톤 제국파여서 일은 쉬웠다.

그때였다. 부하의 유인에 걸린 탑주 랑케가 급히 뛰어들어오며 소리쳤다.

"대체 무슨 일이냐? 샤니가 어떻게 됐다고?"

그런데 이게 웬일? 샤니의 손목에 수갑이 채워져 있고 파르몽이 그녀의 목에 칼을 겨누고 있는 것이 아닌가?

"이게 대체 무슨 짓이냐?"

랑케가 너무도 어이없는 일에 억이 막혀 외쳤다.

"탑주님, 우린 더 이상 탑주님을 따르지 않기로 결정했습니다. 무릎을 꿇고 족쇄를 받으면 샤니는 살겠지만 그렇지 않으면 당장 피를 볼 것입니다. 자, 결정하십시오."

파르몽의 칼이 샤니의 목에 살짝 박혀 들어가며 피가 흘러나왔다.

"네 이놈 파르몽. 이이……!"

기가 막힌 랑케가 부들부들 떨며 놈을 노려보았지만 별수 없었다. 배신한 마법사들이 그를 둘러싸고 있었고 샤니의 목에 겨누어진 칼에 점점 힘이 들어가고 있었다.

"좋다, 내가 묶이겠다. 대신 샤니는 놔주어라."

랑케의 말에 파르몽이 앙천광소를 터뜨렸다.

"크하하, 내가 바보인 줄 아시오? 먼저 족쇄를 차시오. 그럼 샤니는 풀어줄 테니까. 나도 피를 보고 싶지 않소."

파르몽의 눈짓에 마법사들이 다가와 랑케에게 수갑과 족쇄를 채웠다.

"크크크! 이젠 됐다! 내가 왜 이런 짓을 한지 아시오? 당신이 내가 사랑한 샤니를 가졌기 때문이오! 난 이걸 용납할 수가 없소!"

파르몽의 광기에 찬 말에 랑케는 어이가 없었다. 그렇게 랑케와 샤니는 놈의 손안에 잡혔다.

"하나만 물어보자. 네 실력으로는 아쇼만티움을 가공할 수 없다. 누구냐? 누가 저 족쇄를 만들었느냐?"

랑케의 말에 파르몽이 승리자의 웃음을 지었다.

"이젠 숨길 것도 없지. 그건 아스톤 제국에서 만들었다. 너도 만들지 못하는 것을 내가 어떻게 만들겠냐? 이젠 속이 시원하냐?"

놈의 말에 랑케는 눈앞이 흐려왔다. 아스톤 제국에는 5서클의 마법사가 있다. 그리고 이 세계에서 마법사들이 가장 많은 마법 나라가 바로 아스톤 제국이다.

그들이라면 아쇼만티움을 가공할 수 있을 것이다.

아스톤 제국이 지원했기에 마법사들이 자기를 배신했던 것이다. 결코 저 파르몽의 수준으로는 그들이 배신할 생각을 할 수가 없었다.

"아스톤 제국! 으드득!"

랑케는 허탈하여 이를 갈았다.

그날의 일을 생각하는 샤니의 눈에 눈물이 고여 흘러내렸다.

놈은 그날 스승의 앞에서 샤니를 무참하게도 겁탈하였다. 그 후부터 랑케와 샤니의 입은 철문처럼 봉해졌다. 놈은 스승에게 있는 마법서를 빼앗아내기 위해 샤니를 무자비하게 겁탈했지만 랑케는 입을 열지 않았다. 샤니가 결사적으로 안 된다고 하였기 때문이다. 어차피 놈에게 버린 몸, 마법서를 내주어 놈의 야심을 도울 수는 없었다.

하지만 파르몽은 끈질겼다. 놈은 마법서를 빼앗기 위해 절대로 죽지도 못하게 했고 계속 고통과 치욕을 주고 있었다.

'아아, 주신이시여! 저에게 복수할 힘을 주세요. 복수만 할 수 있다면 영혼이 타서 없어져도 한이 없습니다. 주신이시여.'

샤니가 속으로 중얼거리는 그 순간이었다. 갑자기 히죽거리던 파르몽의 부하가 비칠거리며 물러서는데 가슴에서 피가 콸콸 쏟아져 내린다.

샤니는 무슨 영문인지 몰라 주위를 두리번거렸지만 아무

도 보이지 않았다.

"누, 누구냐?"

촤악!

"크윽!"

갑자기 은빛이 눈앞에 번쩍이더니 놈의 목이 둥실 떠올랐다가 바닥으로 떨어져 내렸다.

철써덕. 쏴아.

목이 없어진 몸뚱이에서 피가 분수처럼 쏟아지더니 바닥으로 무너져 내렸다. 그리고 검은색의 옷을 입은 사람이 나타났다. 마치 텔레포트로 나타나듯 그렇게.

"누, 누구세요?"

샤니의 목소리가 떨려 나왔다. 지금 이 순간 부끄러움도, 수치심도 문제가 아니었다.

파르몽의 부하를 죽였다는 것은 자기들에게 희망이 생겼다는 것을 의미하는 것이다.

"당신이 마탑주 랑케요?"

헤럴드의 물음에 랑케가 머리를 끄덕였다. 이 사람이 누군지는 모르지만 구원만 받는다면 배신자들을 하나도 살려두지 않을 것이다. 그 대가가 설사 노예가 된다고 하여도.

"내가 랑케요. 당신은 누구요?"

"난 후두라임의 영주 헤럴드 후작이오. 당신을 구하려고 왔소."

헤럴드의 말에 랑케와 샤니의 눈이 둥그레졌다.

후작이라고? 저 젊은 나이에?

헤럴드라는 사람은 아무리 봐도 이제 20세 정도밖에 안 돼 보였다. 혹시 어느 대귀족의 아들인가? 그들이 의문을 가지는데 그가 들고 있는 샤벨에서 푸른색의 오러 블레이드가 불쑥 솟구쳐 올랐고 철창을 두부처럼 베어버렸다.

"오러? 그럼 소드 마스터?"

랑케의 커진 눈에 헤럴드의 웃는 얼굴이 보였다.

"그 족쇄를 잘라 버립시다."

헤럴드의 말에 랑케와 샤니의 눈에서 눈물이 흘러나왔다. 드디어 구원의 손길이 자신들에게 온 것이다.

이 사람이 무엇 때문에 구하려는지 몰라도 복수만 할 수 있다면 영혼이라도 팔 수 있다.

"이 옷을 입으시오. 그리고 내가 당신들을 구하려는 것은 광전사가 출현했기 때문이오. 알겠소?"

자기의 웃옷을 벗어 샤니를 가려주며 하는 헤럴드의 말에 랑케는 충격을 받았다.

광전사의 출현. 그것은 자신의 잘못 때문이었다. 마법사의 호기심으로 그것을 연구하지 않았다면, 아니, 처음부터 없애 버렸다면 이런 일은 없었을 것이다.

"고맙습니다, 후작님. 이 은혜는 반드시 갚겠습니다."

랑케의 말에 헤럴드는 빙그레 웃었다.

“은혜는 나중에 갚아도 되고, 지금은 저놈들과 싸워야 할 것 같소.”

헤럴드의 말에 랑케가 머리를 끄덕이는데 눈에서는 증오의 불길이 펄펄 타올랐다.

이제 마나를 되찾았으니 저놈들을 모두 죽여 버릴 것이다. 복수의 시간이 다가왔다.

아쇼만티움에서 해방된 두 명의 남녀가 말릴 새도 없이 밖으로 달려나갔다.

“오늘 마탑이 피바다가 되겠군.”

헤럴드가 싱긋 웃으며 뒤따라 나갔다.

마탑의 마당은 아수라장이었다. 파르몽은 백작이 된 다음에도 마탑에 거주하고 있었다. 그것을 보고 귀족들은 그가 마법사 출신이기 때문에 그렇다고 하였지만 실제로는 광전사를 만들기 위해서였다.

그런데 파르몽은 지금 어이가 없었다.

지하 감방은 낯선 사람이 들어서면 마법 트랩이 작동하여 파르몽의 방에 신호가 온다. 비상 신호에 적이 쳐들어온 줄 알고 달려나왔더니 랑케와 샤니가 달려나오는 것이 아닌가? 저놈들이 어떻게 아쇼만티움 족쇄에서 벗어났는지 알 수가 없었지만 죽여 버리면 그만이었다.

“죽여라! 어서 공격하라!”

파르몽의 악쓰는 소리와 함께 마법사들의 공격이 시작되

었다.

"매직 애로우."

"파이어 애로우."

"파이어 볼."

"파이어 랜스."

15명의 마법사가 총동원되어 마법 공격을 했지만 그들은 마법의 서클이 왜 중요한지 이번 싸움을 통해 알게 되었다.

랑케와 샤니는 둘 다 5서클 마스터다. 던전에서 얻은 마법서에는 서클을 올릴 수 있는 구체적인 방도가 적혀 있었다. 만약 마나량만 충분하다면 6서클도 되었을 랑케와 샤니다. 하지만 누구도 그 사실을 모르고 있었다. 아마 대륙에서 알았다면 서로 데려가려고 귀족의 작위를 주었을 그런 사람들이다.

"컨프젼."

랑케의 마법이 시전되자 파르몽과 마법사들은 적아를 구분할 수 없는 환상에 빠져 우왕좌왕하였다.

"으으! 이게 어떻게 된 일이냐?"

파르몽은 자기 주변에 얼씬거리는 마법사들에게 공격을 퍼붓고 나서 경악에 차서 부르짖었다. 자기가 공격한 에어로 봄의 마법에 죽어 쓰러진 것이 바로 자신의 부하였기 때문이다.

"플레어!"

랑케의 주문에 초고온의 화염이 마법사들에게 쏘아져 나갔다. 거기다가 샤니의 마법까지 가세했다.

“아이스 캐논.”

무엇이든 얼려 버리는 새하얀 광선이 마법사들의 몸을 얼음조각으로 만들어 버렸다.

“컥! 크악!”

마법사들이 초고온의 화염에 맞아 새까맣게 불타올랐고 얼음으로 조각조각 부서져 내렸다.

“으으으!”

부하들이 다 죽고 혼자 남은 파르몽이 비칠거리며 물러섰다. 그의 앞으로 랑케와 샤니가 한 걸음씩 다가갔다.

“네놈은 이런 날이 올 줄 몰랐을 거다! 이 더러운 놈!”

샤니의 눈이 증오로 태워 죽일 것처럼 새파랗게 번쩍였다.

“으으… 죽여라, 난 후회하지 않는다. 으하하!”

눈이 새빨갛게 충혈된 파르몽이 입 한가득 거품을 물고 비칠거렸다.

이미 한쪽 팔은 잘렸고 다른 쪽 팔은 얼어붙어 부서져 나갔다.

랑케가 그런 파르몽을 측은하게 바라보더니 손을 들어 가리켰다.

“체인 라이트닝.”

콰콰콰! 버언쩍!

파아란 번개가 무서운 속도로 파르몽의 몸을 덮쳐 갔다. 그 순간 헤럴드의 검이 번쩍 빛을 뿌렸다.

콰콰쾅!

번개와 오러 블레이드가 충돌하며 폭발을 일으켰다.

번개같이 파르몽의 옆으로 다가온 헤럴드는 놈의 잘린 팔을 지혈하였고 몸을 점혈하여 움직이지 못하게 하였다.

"왜?!"

랑케와 샤니의 눈이 둥그레졌다. 그들로서는 헤럴드가 무엇 때문에 놈을 살려놓는지 의아했다.

"지금 이곳으로 수많은 기사와 군사가 달려오고 있소. 이놈의 죄행을 사람들은 모르고 있으니 폭로하는 게 좋을 것이오."

헤럴드의 말에 랑케와 샤니는 머리를 끄덕였다. 저놈을 죽이는 것은 그다음에 해도 될 일이었다.

샤니가 사랑하는 사람을 쳐다보더니 랑케의 품에 와락 안겨들었다.

"스승님! 으흐흑……."

샤니가 여태껏 울지 못했던 울음을 마음껏 터뜨렸다.

"그래, 울어라. 그리고 잊어라. 이건 그냥 나쁜 꿈일 뿐이었다. 우리 이제부터 새출발하자."

랑케는 샤니의 손을 잡고 헤럴드의 앞에 무릎을 꿇고 앉았다.

"후작님, 다 죽었던 이 목숨들을 살려줬으니 우린 이제부터 목숨을 드리겠습니다. 받아주십시오."

"받아주세요. 저희들의 목숨을 후작님에게 바칩니다."

두 사람의 말을 듣던 헤럴드가 천천히 걸어왔다. 그리고는 엎드린 그들을 잡아 일으켰다.

"그대들의 뜻을 받아들이겠다. 우리 함께 대륙을 질타해 보자."

헤럴드의 말에 두 명의 마법사가 눈물을 흘렸다.

"탑주님을 뵙습니다."

감방에서 풀려 나온 12명의 마법사가 랑케와 샤니에게 인사를 했다.

"나는 이제부터 너희들의 주인이 아니다. 우리들의 주인은 여기 있는 분이시다. 모두 인사드려라."

랑케의 말에 방금 풀려 나온 마법사들이 헤럴드에게 허리를 숙였다.

"미천한 목숨을 살려주신 주군을 뵙습니다."

"고맙다. 나는 앞으로 그대들을 내 형제와 같이 아낄 것이고 생사를 함께할 것이다. 나를 따르겠는가?"

"충!"

"충!"

마법사들의 눈에 눈물이 흘러내렸다. 이 세계에서 주인이 부하들과 생사를 함께하겠다는 사람이 몇이나 될까? 없다. 하지만 자기들의 주군은 형제로서 목숨도 같이하겠다고 한다. 모두 감격의 눈물을 흘릴 수밖에 없었다.

"포위하라! 백작님께서 놈들에게 잡혔다!"

마탑을 겹겹이 둘러싼 기사들과 군사들이 일제히 활을 겨누며 서서히 조여왔다. 서슬 퍼런 기세로 창검을 비껴들고 다가오는 군사들을 향해 랑케가 앞으로 나섰다.

"너희들은 나를 봐라. 나는 이전 이 마탑의 탑주였던 랑케다. 바로 이 파르몽의 음모에 속아 지하의 감방에 갇혀 있던 사람이다."

랑케의 말에 파루데 기사단장이 앞으로 나서 검을 겨누었다.

"난 그런 것 모른다. 내가 충성할 상대는 파르몽 백작님뿐. 너는 귀족을 죽이려 했으니 죽어야 한다."

단장이 검을 겨누자 기사들이 검을 겨누고 다가왔다. 랑케와 샤니, 12명의 마법사들이 마법의 주문을 외울 준비를 하기 시작하였다.

"네가 이곳의 기사단장인가? 나는 헤럴드 르 쥬신이다. 나를 알겠는가?"

헤럴드가 앞으로 걸어나오자 기사단장이 흠칫 놀랐다. 그만이 아니었다. 검을 들고 있던 기사들도, 활을 겨누었던 군사들도 부르르 몸을 떨었다.

광풍의 전사 헤럴드를 모르는 사람이 어디 있겠는가? 그런데 자기들과 전쟁을 하는 영지의 영주가 이곳에 들어오다니 기가 막힌 일이었다.

"너희 영주 파르몽은 이곳에서 광전사를 만들었다. 광전사는 숫처녀들의 피로 만들어야 하고 100명을 만드는 데 천 명의 숫처녀가 필요하다. 현재 200명을 만들었으니 2천 명의 숫처녀가 희생되었을 것이다. 이 지하에는 지금도 처녀들을 잡아다 광전사를 만드는 제물로 바치고 있다. 바로 이것이 너희 영주 파르몽의 정체다. 미샤, 여기 어디에 그런 곳이 있지?"

헤럴드의 물음에 어린 미샤가 앞으로 나섰다.

"저기 지하에 처녀들을 납치해 들어가곤 했어요."

미샤의 손짓에 따라 군사들이 웅성거렸다. 이들 중에는 잃어버린 딸들이 있었기 때문이다. 언젠가부터 이 영지에서 행방불명되는 처녀들이 있었는데 이제는 이해가 되었다.

한 군사가 활을 내리고 앞으로 나섰다.

"전 3개월 전에 딸을 잃어버렸습니다. 저 안에 들어가 보겠습니다."

그의 말이 끝나자 다른 군사들도 앞으로 나섰다.

"저도 한 달 전에 딸을 잃었습니다."

"들어가 봅시다."

군사들이 이구동성으로 외치자 기사단장은 속으로 한숨을 내쉬었다. 정말로 그런 일이 있다면 파루데 영지는 무너질 것이다. 누가 자기의 딸들을 잡아다 광전사를 만드는 데 쓴 영주를 따르겠는가? 저들이 하는 말이 결코 거짓은 아닐 것이다. 단장도 이번 전쟁에서 싸우고 있는 붉은 갑옷을 입은 특이한 전사들에 대해 의심을 가지고 있었던 것이다. 단장은 한

숨을 내쉬었다. 이제 군사들은 창끝을 돌릴 것이고 파루데 영지는 합병될 것이다. 군사들의 의혹이 서린 얼굴들을 보던 단장은 명을 내렸다.

"모두 들어가 보라."

단장의 말이 떨어지자 군사들과 기사들이 지하로 들어갔다. 그리고 그들은 끔찍한 것을 보게 되었다.

거대한 통에 붉은 피가 가득 차 있고 주변에는 발목들이 잘린 처녀들이 피를 빨리고 죽어 있었다. 통 속에는 새로이 만들어지는 200명의 사내들이 누워 있었다.

"메, 메리야!"

"마가리트야! 이게 웬일이냐?"

정신없이 달려나온 두 명의 군사가 매달려 죽어 있는 처녀의 몸을 끌어안았다.

"어떻게 이런 일이, 어떻게……?"

울부짖던 군사가 창을 움켜잡고 달려나갔다. 그의 눈에는 자식을 잃은 분노가 화산처럼 끓어 번지고 있었다.

"네놈을 당장 죽여 버릴 테다! 이 짐승 같은 놈!"

군사가 달려가자 다른 군사들도 창을 들고 함께 달려가기 시작하였다.

"저놈을 죽여라!"

"와~"

분노한 군사들이 달려들어 파르몽을 창으로 찌르고 짓밟

기 시작하였다.

퍽퍽퍽!

"으악!"

파르몽은 온몸을 비틀었지만 잠깐 새에 걸레처럼 찢겨지고 말았다.

파르몽이 널브러지자 분노하던 군사들이 조용해졌다. 이제 영주를 죽였으니 자기들은 귀족을 죽인 죄로 참형을 당해야 할 죄인들이었다. 그가 어떤 죄를 범했던 파르몽은 백작이었다.

수많은 군사들의 눈이 헤럴드를 바라보았다. 그리고 무릎을 꿇기 시작하였다.

"광풍의 전사님! 저희들은 블랙울프 군에 항복하겠습니다! 받아주십시오!"

"받아주십시오!"

군사들이 외치는 소리가 마탑을 쩌렁쩌렁 울렸다. 무릎을 꿇고 외치는 군사들을 바라보던 헤럴드가 조용히 입을 열었다.

"나는 그대들의 요청을 받아들인다. 이제부터 그대들은 블랙울프의 군사들이다. 나를 따르겠는가?"

"따르겠습니다."

"충성을 다하겠습니다."

이제 대세는 기울었다. 기사단장도 기사들도 모두 무릎을 꿇었다. 그리고 충성을 외쳤다.

'나의 주군은 보통 분이 아니시다!'

랑케는 파르몽의 악행을 폭로하여 잠깐 새에 사람들의 마음을 돌려세우는 주군의 능력에 탄복하였다. 파루데 영지에 아침이 밝아오고 성문이 활짝 열렸다. 동부 초원의 판도가 바뀌는 순간이었다.

두두두두.
포효하는 늑대가 그려진 깃발을 펄럭이며 수만의 기마 군사들이 성안으로 들어오고 있었다.
"블랙울프다!"
"광풍의 전사가 온다!"
성의 곳곳에서 달려나온 사람들이 무혈로 입성하는 헤럴드의 군사들을 환영하고 있었다.
이제 파루데는 후두라임 영지의 한 부분이 된 것이다.
타판파스 초원의 동쪽 지역에서 벌어진 영지 전쟁은 후두라임 영지의 승리로 막을 내리게 되었다.
이 전쟁에서 승리하면서 헤럴드는 파루데 30만, 카마센 35만, 후두라임 15만을 합쳐 80만의 영지민을 가진 대영지로 성장하게 되었다. 그뿐이 아니었다. 헤럴드는 이때부터 10만 기마군을 가지게 되었고 대륙을 휩쓸 병단을 훈련시키기 시작하였다.
타판파스 왕국에 강력한 제3세력의 탄생이었다.

CHAPTER
03

사랑과 증오

THE Warrior
Gale of Wind

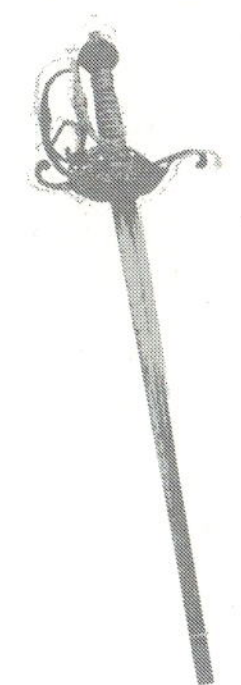

붉은빛 운무가 자욱하게 서린 방에 한 명의 여인이 앉아 숨을 내쉬고 있었다.

그녀의 숨결을 따라 점차적으로 붉은 운무가 희미하게 엷어지고 나중에는 아무런 빛깔도 보이지 않았다. 온몸에 실 한 올 걸치지 않은 여자의 몸은 눈이 부실 정도로 아름다웠다.

그런데 여인이 앉아 있는 마법진의 안에는 말라비틀어진 다섯 구의 미라가 있었다. 바로 선천적인 마나를 여자에게 모두 빼앗기고 죽은 사람들의 시신이었다. 앉아 있던 여자의 눈이 번쩍 떠지자 붉은 빛이 번개처럼 뻗어나갔다.

"이제 소드 마스터 중급이다."

그녀는 브리지트였다.

그런데 예전의 그 브리지트가 아니었다. 눈에는 붉은빛이 감돌고 있었고 머리의 색도 붉은색이었다. 성격도 변하여 이제는 사람 하나 죽이는 것은 눈도 깜짝하지 않았다.

그러나 생김새는 폭발적인 염기를 뿌려 어떤 남자도 한번만 보면 눈을 떼지 못할 정도였다.

문이 열리더니 집사가 들어왔다.

"브리지트님, 갯들리츠님께서 황궁에서 돌아오셨습니다."

"그게 나와 무슨 상관이냐?"

브리지트의 입이 열리더니 북풍한설처럼 차가운 목소리가 울려 나왔다.

집사가 조심스럽게 입을 열었다.

"갯들리츠님께서 급한 일이 있다고 찾으십니다."

"볼일이 있으면 여기로 오라고 하라."

브리지트의 말에 집사는 난감한 표정이었다.

"저, 그게……."

"죽고 싶으냐?"

브리지트의 눈에서 붉은빛이 번쩍이자 집사는 그만 질겁하였다.

벌써 여러 명이 브리지트의 심기를 건드려 몸이 바짝 말라 죽었다. 도대체 어떻게 죽었는지는 모르겠지만 그렇게 죽고 싶지는 않았다.

“아, 알겠습니다. 그럼.”

집사가 황급히 나가는데 갯들리츠가 방으로 들어섰다.

“쓸모없는 놈. 나가라.”

“예? 예.”

공포에 질린 집사가 허리를 굽실거리며 방을 나서 황급히 도망쳤다. 그리고는 숨을 후 내쉬었다. 오늘도 죽지 않고 살아난 것이다. 지금 이 공작의 집에서 제일 무서운 것은 바로 그녀 브리지트였다.

“넌 여전하구나.”

“무슨 일인데?”

오빠가 들어왔지만 브리지트는 벗은 몸을 가리려고도 하지 않았다. 아니, 무심하였다.

“대전에 가야겠다. 가서 네 실력을 한번 보여라.”

“그따위 쓰레기 같은 놈들 앞에서 흥을 돋우기 위해 검을 수련한 내가 아니야.”

브리지트의 말에 갯들리츠는 입맛을 다셨다. 어떻게 된 것인지 자기는 소드 마스터 초급에서 더 이상 실력이 올라가지 않았다. 그러나 브리지트는 벌써 중급이다. 아마도 조금 더 있으면 상급에 도달할지도 몰랐다.

“타판파스 왕국의 조지 공작이라는 자의 특사가 비밀리에 왔다. 아마도 내전이 벌어질 것 같은데 도움을 달라는 것이다. 그곳에 같이 가서 공을 세우면 우리의 야망을 이루는 데

도움이 될 것이야."

"난 관심없어."

그럴 줄 알았다는 듯이 머리를 끄덕인 갯들리츠가 몸을 돌려 걸어나갔다. 그러면서 한마디 하였다.

"헤럴드가 그곳에 후작으로 있다고 해서 데리고 가려고 했는데 미안하다. 넌 계속 수련이나 해라."

가만히 앉아 있던 브리지트의 몸이 부르르 떨렸다. 그리고 자리에서 벌떡 일어섰다. 그녀의 눈에서 섬광 같은 붉은 빛이 뿜어져 나왔다.

"정말이야? 거짓이면 오빠는 내 손에 죽는다."

"아니, 내가 왜 거짓을 말하겠냐? 사실이다."

"좋아, 가겠어."

브리지트가 갯들리츠의 옆을 지나 밖으로 나갔다. 그녀의 뒷모습을 보던 갯들리츠가 다급히 소리쳤다.

"브리지트야, 옷 좀 입고 나가라. 아니면 남자들은 너 때문에 모두 상사병에 걸릴 게다."

브리지트가 훅하니 들어오더니 옷을 입고 밖으로 나갔다. 그런데 그 속도가 얼마나 빠른지 마치 붉은 빛이 지나가는 것 같았다. 갯들리츠는 머리를 절레절레 흔들며 밖으로 나갔다.

그들이 나간 방에는 한 자루 단검, 바로 마검 할바데루만이 요요한 붉은 빛을 뿌리고 있었다. 그런데 단검이 이전보다 배나 커져 있었다.

니힐리스 제국의 황궁근위기사단의 수련장에는 황자들과 공작들을 비롯한 귀족들이 모여 웅성거리고 있었다.

오늘 새로운 소드 마스터에 대한 실력 검증을 한다고 하여 귀족들은 저마다 수군거리고 있었던 것이다. 이제까지 제국의 소드 마스터는 4명이었다. 황궁에 한 명, 이대 공작가에 각 한 명씩 있었고 갯들리츠가 후작으로 소드 마스터였지만 어느 파에도 소속되어 있지 않았다.

그러나 최근에는 갯들리츠 후작에게 공작의 작위를 줘야 한다는 소리가 높아지고 있었다. 그것은 갯들리츠의 세력이 그만큼 커지고 있음을 반증하는 것이다.

"황제 폐하께서 드십니다!"

시종장의 목소리가 울려 퍼지고 황제의 친위대가 들어와 서자 늙은 황제가 시종들의 부축을 받으며 겨우 들어와 앉았다.

숨을 씩씩거리는 황제가 자리에 앉자 귀족들이 모두 허리를 굽혔다.

"황제 폐하를 뵙습니다."

"모두 자리에 앉으시랍니다."

골수까지 병이 든 황제를 대신하여 시종장이 귀족들에게 말을 전하였다.

지금 제국의 후계자는 황태자가 아니다. 얼마 전 제국의 황

태자는 정신병이 생겨 죽었고 2황자와 3황자가 서로 후계를
노리고 있었고, 두 공작가도 그들을 중심으로 파가 갈려 있었
다.

　"짐은 오늘 제국에 또 한 명의 소드 마스터가 생긴 것을 기
쁘게 생각한다. 이제 실력이 검증되고 나면 작위를 하사할 것
이다. 그럼 검증을 시작하라."

　황제의 말에 북소리가 울려 퍼지고 황제 친위대의 기사단
장이 앞으로 나섰다.

　"브리지트 르 게르하르는 대결장에 나오라."

　시종장의 호명이 울리자 귀족들의 눈이 둥그레졌다. 분명
이름을 보니 여자였고 그것도 예전 스텔리쯔 공작가의 딸이
었다.

　브리지트가 대결장의 문을 열고 나서자 연단에 앉아 있던
귀족들이 한순간에 조용해졌다. 아니, 숨도 제대로 쉬지 못하
고 있었다. 브리지트의 모습이 너무도 폭발적인 염기를 뿌리
고 있었기 때문이었다. 빨간 단발에 붉은빛이 은은하게 감도
는 눈과 오뚝한 코, 도톰한 붉은 입술, 풍만한 가슴과 늘씬한
허리는 사람들의 눈을 부시게 했다. 팽팽하게 조여진 붉은 옷
을 입은 브리지트가 황제의 단상에 걸어나와 허리를 굽혔다.

　"신 브리지트, 소드 마스터의 검증을 받기 위하여 영광스
럽게도 폐하의 앞에 서게 되었습니다. 영광입니다, 폐하."

　멍하니 바라보던 황제가 가까스로 정신을 차리고 입을 열

었다.

"소드 마스터가 여자라니 이는 제국의 길조다. 그대는 훌륭한 검술을 보여 제국의 기상을 떨쳐라."

"예, 폐하."

머리를 끄덕인 황제가 신호를 하였다.

"시작하라."

시종장의 말소리가 울리자 황제친위대의 단장이 검을 들고 마주 나왔다.

마주 서서 인사를 끝낸 단장이 검을 겨누었다.

"그대가 여자지만 검에는 사정이 없다. 최선을 다하기 바란다."

"나 역시 그렇습니다, 단장님."

차가운 말로 대꾸한 브리지트가 숏 소드를 뽑아 들었다. 여자에게 맞게 작은 검이지만 소드 마스터에게 검의 길이는 그다지 상관이 없었다. 반면 단장은 롱 소드를 들었다.

둥둥둥!

북소리가 울려 퍼지자 연무장은 숨소리 하나 없이 조용하였다. 소드 마스터 중급인 단장은 사실 니힐리스 제국에서 가장 강한 검사였다.

서로를 겨누며 돌아가던 브리지트가 선공을 감행하였다. 붉은 빛이 번쩍하는 순간 브리지트의 몸이 흔들 하더니 단장의 우측에 나타나 숏 소드로 찔러 들어갔다.

차창!

번개처럼 들어오는 검을 몸을 젖혀 피한 단장은 롱 소드를 가로세워 브리지트의 검을 막았다. 요란한 쇳소리가 울리고 불꽃이 일어났다. 단장은 이마에 흐르는 땀을 씻으며 자세를 바로잡았다. 사실 여자라고 생각하여 경시하였는데 이 한 번의 공격으로 상대의 실력이 보통이 아니라는 것을 알았다.

정신을 차리고 최선을 다하지 않는다면 개망신을 당할 수도 있었다.

차앗!

이번에는 단장의 롱 소드가 은빛 선을 그리며 브리지트를 향해 휘둘러졌다. 반원을 그리며 머리를 향해 떨어지던 롱 소드가 순간적으로 방향을 바꾸며 옆구리를 향하여 번개처럼 공격해 들어갔다.

브리지트의 붉은빛이 감도는 눈에 검의 길이 확연하게 보였다. 이것도 마검 할바데루에게서 얻은 능력이었다. 언제부터인가 마검 할바데루에서 검을 쓰는 모습이 머릿속에 떠오르는데 그것은 이들이 쓰는 검과는 차원이 다른 검술이었다.

브리지트가 차갑게 웃으며 검의 진로에 숏 소드를 들이댔다.

차창!

또다시 불꽃이 일어나고 검이 막히자 뒤로 물러선 단장은 숨을 거칠게 몰아쉬었다. 저 여자는 결코 자기보다 약한 실력이 아니었다. 오히려 자기를 가지고 노는 듯한 감이 느껴졌다.

"그렇다면!"

단장이 온몸의 마나를 끌어올려 검에 주입하기 시작하자 하얀빛의 오러 블레이드가 2미터가량 솟아올라 찬연한 빛을 뿌렸다. 소드 마스터 중급의 확실한 징표였다.

"우와~"

"역시!"

귀족들과 기사들이 감탄하며 단장을 바라보았다. 저것은 검의 절대 강자의 표시이고 기사들의 꿈의 경지였다. 그러나 그들의 놀라움은 잠시 후에 경악으로 바뀌어갔다.

브리지트의 숏 소드에서 빨간빛의 오러 블레이드가 쭉 올라오더니 2미터가량의 붉은 검을 형성하였다.

"소드 마스터 중급이다!"

"와~"

찬탄, 경악 등의 감정이 연무장을 휩쓸고 브리지트를 보는 모든 귀족들의 눈에 탐욕이 이글거렸다. 단지 여자를 보는 그런 탐욕과는 좀 다른, 강자이며 절세의 미인인 저 여자를 소유하고 싶다는 감정을 여과없이 내비치고 있었다.

"중지하라! 폐하의 명이시다! 대결을 중지하라!"

시종장의 목소리가 울려 퍼지고 그때야 두 명의 강자는 오러 블레이드를 거둬들였다.

　단장은 이마의 땀을 훔치고 브리지트를 보았지만 그녀는 평온한 기색이었다. 단장의 얼굴이 찌푸려졌다. 저 여자는 자기보다 더 강자였다.

　서로 예를 취한 두 사람이 물러서자 시종장의 목소리가 울려 퍼졌다.

　"브리지트 양은 폐하 앞으로 오라는 명이시다!"

　브리지트가 황제의 앞으로 가자 늙은 황제는 한참 동안 브리지트를 내려다보았다.

　"짐은 니힐리스 제국의 황제로서 브리지트에게 오늘부터 기사의 칭호를 내리며 후작의 작위를 하사한다. 브리지트는 짐과 제국에 충성스러운 신하가 되겠는가?"

　"신은 황제 폐하와 제국에 충성을 다하겠습니다."

　브리지트가 선서를 끝내자 황제가 호탕하게 웃었다.

　"나는 오늘 정말 기쁘다. 브리지트 후작, 나는 그대에게 한 가지 특혜를 주고자 한다. 나의 황자들 중에서 그대가 마음에 드는 황자와 혼인을 하고 싶으면 누구든지 배필로 정하라. 짐이 직접 윤허한다."

　황제의 말에 귀족들이 바짝 긴장했다. 만약 중급의 소드 마스터가 어느 황자를 찍으면 제국의 후계 문제가 달라질 수 있기 때문이다.

　"폐하, 황공합니다. 그러나 신은 아직 혼인할 생각이 없습니다."

“하하하! 그런가? 아깝다, 하지만 언제든지 말하라. 그리고
그대의 영지는 귀족들과 협의하여 하사하도록 하겠다.”

“황공하옵니다, 폐하.”

브리지트가 물러나 자리에 앉자 귀족들은 한숨을 내쉬었
다. 하지만 그들은 마음을 놓을 수가 없었다. 2황자부터 14황
자까지 13명의 황자들의 눈이 브리지트에게서 떨어질 줄 몰
랐기 때문이다. 제국의 후계에 새로운 변수의 등장이었다.

갯들리츠는 속으로 웃음집이 흔들리는 것을 참을 수가 없
었다. 황자들의 눈에 이글거리는 탐욕을 읽었기 때문이다. 바
로 이것을 위해 황제에게 동생이 소드 마스터라는 것을 고했
고 일은 뜻대로 되어가고 있었다.

*　　　*　　　*

타판파스 왕국의 수도 카사코프시의 이대귀족가 중 하나
인 마틴 공작의 저택은 마법의 등불이 밤을 대낮처럼 밝히고
있었고 수많은 남녀들이 쌍쌍이 춤을 추며 돌아가고 있었다.

바로 오늘이 친 아스톤 파의 수장인 마틴 공작의 아들 아핀
후작이 결혼을 하는 날이다. 게다가 그의 신부는 친 아스톤
제국파의 두 번째 실력자인 베르토 후작의 딸이었다.

그러니 귀족들이 많이 올 수밖에 없었다.

결혼이 끝나고 피로연이 열리는 지금 수많은 귀족들이 맘

에 드는 귀족들과 춤을 추고 있었다. 헤럴드도 오늘 이 결혼에 참석하기 위하여 샤칸과 함께 수도에 왔다.

"정말 기쁘시겠습니다, 공작 각하."

"어서 오게, 후작. 참 오랜만일세!"

마틴 공작이 헤럴드를 반갑게 맞았다. 이제 헤럴드는 타판 파스 초원의 떠오르는 강자여서 많은 귀족들이 헤럴드에게 인사를 하고 있었다.

"축하합니다, 후작님. 영지가 많이 커졌더군요."

"후작님의 영지 소식은 늘 듣고 있습니다."

귀족들이 하는 인사를 들으며 헤럴드는 기분이 언짢았지만 가까스로 참고 있었다. 대영주의 결혼이라고 꼭 와야 한다는 왕후 세리나의 전갈 때문에 오긴 하였지만 이런 장소는 그에게 어울리지 않았다.

샤칸은 귀족가 청년들의 눈이 자기에게 쏠리는 것을 의식하고 있었지만 무표정하게 헤럴드의 옆에 앉아 있었다.

"후작님, 왕후마마께서 춤을 신청하셨습니다."

왕후의 시종이 다가와 헤럴드에게 하는 말에 샤칸의 얼굴이 굳어졌다.

원래 이번 수도행에 샤칸은 오게 되어 있지 않았다. 하지만 레나가 헤럴드를 절대로 혼자 보낼 수 없다고 떼를 쓰는 바람에 샤칸이 따라왔다. 레나의 주장대로라면 헤럴드 혼자 가면 여우들이 유혹하기 때문에 안 된다는 것이었고 샤칸도 그 말

에 동의하였다. 그러나 샤칸이 보기에는 다른 어느 여자보다
도 왕후가 더 위험하다고 생각되었다. 특별히 눈에 나타나는
것은 없지만 여자로서의 직감이 머릿속에 경고를 울리고 있
었다.

헤럴드가 왕후가 앉아 있는 곳으로 가서 허리를 굽히는 것
이 보였다. 귀족 부인들과 이야기를 하던 왕후 세리나가 헤럴
드를 보며 환하게 웃었다.

“저와 한 곡 추시겠어요, 헤럴드 후작?”

왕후의 말에 헤럴드는 머리를 숙였다.

“저로선 영광입니다, 왕후마마.”

방긋이 웃으며 일어나 왕후의 손을 잡고 홀로 나간 헤럴드
와 왕후가 은은한 곡에 맞추어 춤을 추기 시작하였다.

“영지가 안정되고 있다는 보고를 받았어요. 당신은 역시
제 기대를 저버리지 않았어요.”

“모든 것이 왕후마마의 덕분입니다.”

헤럴드의 말에 세리나가 화사하게 웃었다.

“당신도 아부를 할 줄 아는군요. 한 자루의 날카로운 검인
줄 알았는데……”

왕후의 말에 헤럴드도 빙긋이 웃었다.

“인간은 환경에 적응하는 동물이지요. 지금은 제가 마마의
사람이 아닙니까?”

“그 말 잊지 마세요. 내 사람이라는 것……”

왕후의 뜨거운 눈이 헤럴드를 삼킬 듯이 바라보았고 온몸
을 붙여왔다.

"왕후가 이젠 대놓고 춤을 추고 있군."

조지 공작이 춤을 추는 헤럴드와 왕후를 보며 어금니를 지
그시 물었다. 저들은 분명히 예사로운 관계가 아니었다. 반드
시 저들의 관계를 알아내야 했다.

'조금만 기다려라, 왕후여. 내가 왕이 되면 너는 내 것이
되리라.'

조지 공작의 눈이 왕후를 쏘아보고 있었다. 사실 조지 공작
은 왕궁에 있는 첩자를 통해 왕후 세리나가 신혼 첫날밤도 왕
과 함께하지 못한 숫처녀라는 것을 이미 알고 있었다.

국왕은 결혼도 형식적으로 하였고 매일 궁녀들 속에만 파
묻혀 있는 것이다.

야망을 품고 있는 조지 공작의 얼굴이 찌푸려졌다.

왕국의 주인이 되려면 명분이 있어야 한다. 왕은 후계자가
없었고 그를 죽이면 가장 좋은 명분이 왕후의 남편이 되는 것
이다.

그런데 뛰는 놈 위에 나는 놈이 있다고, 저 애송이 헤럴드
후작이 꽃을 꺾어버렸던 것이다.

분하지만 어쩔 수 없었다. 하지만 왕궁을 점령한 후 당분간
왕후로 맞이한 다음 죽여 버리면 그만인 것이다.

*   *   *

왕궁에 어둠이 깃들었다. 연회에서 돌아와 운기를 하고 있던 헤럴드는 발자국 소리에 운기를 멈췄다.

"후작 각하, 왕후마마께서 부르십니다."

밖에서 시녀의 조심스런 말소리가 들려왔다.

왕후는 헤럴드가 내일 영지로 돌아가니 앞으로의 일을 토의하려 할 것이다.

"곧 간다고 전해라."

시녀에게 대답한 헤럴드가 자리에서 일어났다.

"왕후에게 가는 거야?"

밖으로 나오니 샤칸이 불안한 눈으로 헤럴드를 보고 있었다.

"응. 이번에 떠나면 한동안 이곳에 올 수 없어. 뭔가 토의하려고 하겠지."

"하지만 빨리 와. 알았지?"

샤칸의 말에 헤럴드는 고개를 끄덕였다.

"응, 걱정 말고 먼저 자."

샤칸의 어깨를 두드려 준 헤럴드가 별궁을 향하여 걸어갔다.

"호—"

샤칸은 한숨을 내쉬었다.

별일은 없겠지만 왜인지 왕후에게 가는 것이 마냥 불안하였다.

샤칸은 머리를 흔들고는 안으로 들어갔다. 자기의 생각이 기우이길 바라면서…….

은은한 향기가 감도는 왕후의 방에 들어서자 세리나가 차를 내놓으며 말했다.

"영지를 꾸리는 데 어려움은 없나요?"

왕후 세리나가 그윽한 눈매로 헤럴드를 보며 물었다. 이 남자는 짧은 기간에 기대 이상으로 일을 처리하였다. 이제 그 누구도 동쪽의 맹수는 헤럴드라는 것을 의심하지 않는다.

그 모든 것을 이 사내는 해냈다.

'당신이 왕이었다면 얼마나 좋았을까요?'

왕후의 애절한 심정을 모른 체한 헤럴드가 입을 열었다.

"괜찮습니다. 다만 후두라임 영지에는 철제 무기를 만들 광산이 없어 그것이 난관입니다. 지금은 아이스 왕국의 첸모라 부족에게서 무기를 수입하고 있지만 많은 양을 가져올 수는 없습니다."

왕후는 헤럴드의 말에 머리를 끄덕였다. 후두라임 영지에는 철광산이 없다. 하지만 바로 이웃인 아이스 왕국에는 철광이 많았다.

"아이스 왕국은 세 개의 부족이 연합한 국가입니다. 하나의 국가를 내세우고 있지만 사실 그들은 서로가 싸우고 있는 사람들이지요, 만일 당신이 첸모라 부족을 품에 안을 수만 있다면 부족한 철도 해결할 수 있고 가장 중요한 드워프 장인들을 얻을 수 있어요."

왕후의 말에 헤럴드는 모르고 있던 정보를 하나 알게 되었다. 바로 드워프에 대한 정보였다.

이 세계 최고의 장인인 드워프. 바로 그들이 첸모라 부족에게 있는 것이다.

아이스 왕국은 드워프들이 살던 땅이다.

옛날 타판파스 초원에 살던 몇 개의 부족이 그곳으로 이주하여 나라를 세웠고 드워프들을 잡아 노예로 만들었다. 지금 아이스 왕국은 드워프제 제품으로 대륙에서 이름을 떨치고 있었다.

"정말 감사합니다. 이 정보를 유용하게 쓰겠습니다."

"당신의 일이 제 일인걸요."

왕후의 얼굴에 웃음이 활짝 피어났다. 하나라도 도움을 준 것이 기뻤던 것이다.

헤럴드는 왕후의 앞이라는 것도 잊고 생각에 잠겨 들어갔다.

앞으로 제국과 전쟁을 하려면 강력한 기마군단을 만들어야 했다. 그러자면 강한 무기가 있어야 하는 것은 두말할 것도 없었다.

‘드워프, 그들을 모두 데려와 내 사람으로 만들어야 해.’

깊은 생각에 잠겨 있는 헤럴드를 보고 있던 세리나 왕후가 살며시 일어났다. 그리고 헤럴드에게 다가왔다.

앞으로 아이스 왕국에 대한 일을 생각하던 헤럴드는 코끝으로 스며드는 상쾌한 향기에 정신이 번쩍 들었다.

“아, 아니, 마마!”

“아무 말 마세요.”

헤럴드의 품에 안긴 세리나 왕후가 부드러운 손가락으로 그의 입을 막았다. 왕후의 진한 녹색의 머리칼에서 향기로운 냄새가 풍겨왔다.

“마마, 하지만…….”

“난 열아홉 살에 이 왕궁에 시집을 왔어요. 그러나 단 한 번도 왕후가 되지 못했어요. 제 말뜻을 알겠어요?”

왕후 세리나의 눈에 눈물이 가득 고였다.

왕후 세리나는 비운의 여자였다. 이 세계의 가장 큰 상단의 주인이 세리나의 아버지였고 그녀는 부러움을 모르고 자라났다. 왕후가 19세가 되던 해 타판파스 왕국의 왕후가 죽었고 상단의 재산을 노린 두 공작의 협박으로 세리나는 왕후로 들어갔다. 그러나 국왕은 이미 폐인이 되어 있었다.

국왕이 왜 폐인이 되었는지, 왜 왕이 힘이 없는지 왕궁에 들어오고 얼마 후에야 세리나는 알게 되었다.

두 제국의 지원을 받는 조지 공작과 마틴 공작은 왕궁의 모든 것을 장악하고 있었다. 그 상태에서 과연 국왕이 무엇을 할 수 있겠는가? 그런데 이상한 것은 왕이 자식을 낳을 수 없는 것이었다. 그때부터 세리나는 왕권을 바로 세우려고 모든 힘을 쏟아 부었지만 도저히 어떻게 할 수가 없었다. 거기다 아버지는 두 공작의 음모로 암살되었고 상단은 해체되었다. 그때부터 왕후는 복수를 다짐했지만 믿고 의지할 기둥이 없었다.

그런데 이제는 헤럴드가 있다.

"날 나쁜 여자라고 해도 좋아요. 하지만 난 당신의 여자가 되고 싶어요."

세리나가 헤럴드의 품에 얼굴을 묻었다. 그녀라고 왜 부끄럽지 않겠는가? 헤럴드는 말없이 그녀를 안아주었다.

어차피 제국을 징벌하려면 이 초원의 왕국을 자기 것으로 만들어야 했다. 헤럴드는 말없이 결심을 다졌다.

'그래. 이 여자를 내 것으로 만든다고 해서 잘못될 것은 없다.'

복수를 하기 위해서는 어떤 길도 걸을 수 있는 것이 헤럴드였다.

"당신을 내 여자로 받아들이겠소. 하지만 내가 가는 길은 쉽지만은 않을 거요. 그래도 나를 따를 수 있겠소?"

헤럴드의 말에 왕후 세리나의 얼굴이 살짝 붉어졌다. 가슴을 세차게 치는 심장의 고동이 밖으로 들리는 것 같았다.

“아……."
드디어 이 어린 정인이 자기를 인정해 주었다, 왕궁의 높은 벽에 갇혀 숨막히던 자기를.
세리나는 머리를 끄덕였다.
“따르겠어요, 당신을!”
눈을 꼭 감고 말하는 세리나 왕후를 품에 안은 헤럴드가 침대로 걸어갔다. 세리나 왕후는 너무도 기쁘고 부끄러워 두 눈을 감고 헤럴드의 목을 으스러지게 잡았다.
쿵쿵쿵!
세차게 뛰는 가슴을 달래며 왕후는 행복한 미소를 지었다.
‘당장 하늘이 무너져도 좋아. 이제 더 이상 바랄 것이 없어.’
왕후는 세상을 다 가진 것 같았다. 이 젊고 늠름한 정인과 함께라면 더 이상 바랄 것이 없었다.
폭풍 같은 열풍이 몰아치는 왕후의 침실 밖에 있던 시녀장이 소리없이 자리를 떴다. 그리고 총총걸음으로 어디론가 향하였다.

*　　　*　　　*

두두두두.
무연한 초원 위로 수십 마리의 말이 한 대의 마차를 호위하며 달려가고 있었다.

말을 타고 가는 조지 공작의 부관인 발로프 백작은 흐뭇한 마음으로 말을 달리고 있었다. 마차에는 여자지만 무서운 실력의 소유자인 브리지트 후작이 타고 있었고 그의 오빠인 갯들리츠 후작이 함께 가고 있었다. 저들 두 명의 소드 마스터라면 조지 공작파에 엄청난 힘을 줄 것은 명백한 사실이었다. 마틴 공작이 아스톤 제국의 마법사들을 끌어들이겠지만 그 나라에도 5서클 마법사는 한 명밖에 없다. 온다고 해봐야 4서클 미만일 것이고 그들은 저 두 명에게 상대가 안 된다.

이제 타판파스 왕국은 조지 공작의 것이 될 것이다.

거대한 정원에 온갖 기이한 화초가 피어 있는 이곳은 조지 공작의 대저택이다. 사방에 솟아 있는 감시탑들과 성벽은 마치 왕궁을 연상시켰다.

저택의 어느 방에서 4명의 남녀가 모여 앉아 마법수정구에서 나오는 영상을 보고 있는 중이다.

이들은 조지 공작과 그의 부관 발로프 백작, 갯들리츠와 브리지트였다.

영상을 보는 브리지트의 어금니가 꽉 물려지고 얼굴의 근육이 파르르 떨린다.

그 모습을 보고 있던 갯들리츠가 조심히 말을 꺼냈다.

"보았느냐? 바로 저런 놈이 헤럴드다. 네가 눈물로 세월을 보내고 있을 때 저놈은 이곳에서 계집들과 노닥거리고 있었어. 저놈을 언젠가는 갈가리 찢어 죽이고 말 테다.”

“입 다물어, 오빠.”

브리지트의 갈린 목소리가 흘러나오고서야 갯들리츠는 입을 다물었다. 브리지트의 목소리가 한겨울의 얼음처럼 차가웠다. 수정구에는 왕후와 춤을 추고 있는 헤럴드, 침실에서 왕후와 뒤엉킨 모습, 말을 타고 다정하게 달리는 샤칸과 레나의 모습이 나타나고 있었다. 이 모든 것은 왕궁의 시녀로 있는 첩자를 통해 촬영한 마법영상이었다.

브리지트의 눈에 증오의 불꽃이 피어올랐다.

‘헤럴드, 내가 왔어. 당신이 어떻게 이럴 수 있지? 어떻게……’

브리지트의 눈에서 소리없이 눈물이 흘러내렸다. 그녀는 아버지가 죽은 후 어머니를 통해 쥬신 가와 자기 가문 사이에 얽힌 비사를 듣게 되었고 헤럴드의 심정을 이해하였다.

그가 자기 아버지를 죽인 원수였지만 충분히 그럴 만한 사연이 있었기 때문이다.

하지만 자기를 버리고 다른 여자들과 노닥거리는 그를 보자 가슴속에서 여자의 본능이 꿈틀거렸다. 게다가 조지 공작의 말을 들어보면 왕후만이 아니라 두 명의 저 아가씨들도 헤럴드의 여자라고 한다. 그녀가 보기에도 세 명의 여자는 우열을 가릴 수 없을 만큼 아름다운 미녀들이었다. 브리지트의 가슴이 찢어지는 것처럼 아파왔다.

'헤럴드 당신을 철저히 파멸시키겠어. 내 가슴에 새겨진 이 상처만큼, 가장 처절하게. 기다려.'

브리지트의 붉은 눈이 새빨갛게 변했다. 앞날의 피를 예고하기라도 하듯이.

브리지트의 그런 모습을 보는 갯들리츠는 속으로 웃음집이 흔들거렸다. 이제 확실하게 브리지트는 헤럴드에 대한 원한을 가슴속에 품을 것이다. 그것을 위해 갯들리츠는 조지 공작에게 이런 것을 요구했고 실제로 도움이 되었다.

'크크. 헤럴드, 넌 이제 죽었다. 그리고 동생을 이용한 내 야망은 하늘로 올라서리라.'

"브리지트, 마음을 풀어라. 네 복수는 내가 해주마. 저놈을 가장 처참하게 죽여주겠다."

갯들리츠는 짐짓 두 주먹을 틀어쥐고 복수의 맹세를 다진다.

"내 복수는 내가 해. 오빠 상관 마."

브리지트의 몸에서 살을 저며낼 것 같은 살기가 뿜어져 나왔다.

흠칫 놀란 갯들리츠가 황급히 고개를 끄덕였다.

"알았다. 그렇게 하자."

브리지트의 눈이 영상을 뚫어지게 바라본다.

'헤럴드, 반드시 죽여 버릴 거야. 내 손으로……'

그녀의 눈이 조지 공작에게로 돌아갔다.

"우리가 해야 할 일을 말해보세요."

"아, 예. 우선 놈과……."

깊어가는 밤 조지 공작의 어두컴컴한 밀실에서는 모의가 무르익어 가고 있었다.

*   *   *

파루데 시의 비너스 건설 길드 앞에 수많은 사람들이 줄을 서 있었다.

"자, 줄을 서세요. 그리고 순서대로 고향과 나이, 직업, 가족관계를 모두 밝혀야 합니다. 여러분은 예전 신분과 상관없이 이제부터 후두라임 영지의 영지민입니다."

건설 길드의 넓은 마당에는 여러 개의 책상이 놓여 있고 책상마다 한 사람씩 앉아 연이어 들어오는 사람들의 인적 사항을 적어 넣고 있었다.

"북부 쿠알레에서 왔습니다. 나이는 32살이고 통매장이(드럼통 제작자)입니다. 아내와 두 딸이 있습니다."

수염이 텁수룩한 사내의 말대로 기록을 한 접수원이 도장을 찍은 쪽지를 내밀었다.

"이걸 가지고 내일부터 공사장에 출근하세요. 하루 일당은 10실버입니다."

"고맙습니다, 고마워요."

허리를 굽히고 인사하는 사내의 눈에 눈물이 글썽인다. 지금 이곳에 모인 사람들은 대륙을 떠돌던 유민들이다. 에리세드 상단이 대륙의 여러 지역에 지부를 만들면서 수많은 유민들을 영지로 보내고 있었다.

후두라임 영지는 영토는 크지만 인구는 적다. 거기다가 도시를 새롭게 만들면서 일꾼들은 무한정 필요하였다. 현재 후두라임 영지는 영주성이 있는 퓨리 시와 영지의 주요 거점마다 20여 개의 신도시를 만들고 있었다. 산악이 얼마 없고 평지인 후두라임 평야는 공격하기는 좋으나 방어하기는 불리하다.

이것을 극복하기 위해 헤럴드는 평지에 견고한 성들을 쌓고 거대한 도시를 만들었다.

영지의 각 지역에 있는 성들을 요새로 꾸려 전쟁이 일어나면 사람들이 성에 들어가게 하고 평시에는 밖으로 나와 살게 하는 체계를 만들었다.

일 년 동안에 에리세드 상단은 헤럴드의 지시를 받고 대륙의 유민들과 노예들에게 여비를 주어 영지로 보내고 있었다. 영지의 인구는 곧 힘이었다. 지금 각지에서 모여든 유민들과 노예들이 20만이 넘어 후두라임 영지민은 100만에 달했다.

"어떻게 됐나?"

수염쟁이 사내가 밖으로 나오자 줄을 서고 있던 다른 사내가 물었다.

"내일부터 길드에 출근하라고 하더군. 이젠 살았네!"

"정말 아무것도 묻지 않던가?"

이들은 머나먼 북부의 쿠알레 시에서 함께 도망쳐 온 노예들이었다. 지금 시대에서 도망친 노예들은 잡히면 무자비하게 처형당한다. 이곳으로 오면서 후두라임 영지는 노예든 평민이든 이유를 묻지 않고 영지민으로 받아준다는 소식을 듣고 왔지만 걱정이 태산 같았던 것이다. 그러나 와보니 듣던대로 아무것도 묻지 않았고 호패를 내준다. 이곳은 열심히 일만 하면 살아갈 수 있었다.

"응, 아무것도 묻지 않아. 이 종이를 가져가면 시청에서 호패를 준다고 하네."

사내의 눈에 눈물이 맺혔다.

"됐구나, 이젠 살았어. 으흐흑."

손을 마주 잡은 사내가 가슴속으로부터 올라오는 눈물을 쏟아냈다. 대륙을 떠돌면서 얼마나 마음을 졸였던가? 도망친 노예라는 정체가 발각될까 봐 한곳에 오래 있지도 못하고 계속 떠돌며 살아야 했다. 그 통에 아이들과 아내의 고통은 이루 말할 수가 없었다.

이젠 이곳에서 정착하여 살 수가 있다.

비너스 건설 길드는 전영지에 반달형으로 20여 개의 성을 쌓고 있었다.

만약 전쟁이 일어나면 이 성들은 헤럴드가 있는 퓨리 시를 방어하는 방패들이 될 것이다.

"길드장님, 성주님께서 오셨습니다."

비너스 건설 길드의 집무실에 앉아 일을 처리하던 안나의 얼굴에 환한 웃음이 어렸다. 안나는 후두라임 영지의 비너스 건설 길드의 길드장이다. 안나가 타마를 좋아하는 것을 알게 된 샤칸이 추천하여 이제 거대한 공사들을 직접 지휘하는 길드장이 된 것이다.

"어디 있어요?"

"지금 밖에 기다리고 있습니다."

보좌관의 말에 안나는 밖으로 달려나갔다.

검은 가죽 갑옷을 입은 타마가 여러 명의 전사들과 함께 기다리고 있었다.

"성주님!"

안나의 맑은 목소리에 타마가 고개를 돌렸다. 그의 눈가가 붉어졌다. 안나만 보면 왠지 가슴이 이상하게 두근거리는 타마다. 수많은 적들 앞에서도 무서움을 모르는 자기가 왜 이런지 모르겠다.

'젠장! 왜 이렇게 가슴이 두근거리는 거야!'

"어, 성 쌓는 곳을 돌아보아야겠는데 길드장과 같이 가고 싶어서……."

타마가 얼굴을 붉히고 중얼거리는 말에 안나는 밝게 웃었다.

"그럼 가요. 이제 성들이 완성 단계에 들어섰어요."

안나가 자기의 말에 올라 타마의 옆으로 다가왔다.

"험험. 부관, 가자."

"옛, 백작님."

두두두두.

그들을 태운 말들이 새로 만든 성으로 달려가기 시작하였
다.

타마는 이곳 파루데의 성주이며 백작이다. 원래의 마탑은
모두 영주성이 있는 퓨리 시로 옮겨갔고 이전 파루데 영지를
총괄하는 것이다.

저 앞에 완공되어 가는 성들이 보였다.

"여기서부터 걸어갑시다."

말에서 내린 타마가 안나를 힐끔 올려다보며 말을 하였다.

"예. 그런데 좀 부축해 주겠어요? 내리기가 힘드네요."

안나가 하는 말에 얼굴이 붉어진 타마가 주춤거리며 다가
와 말에서 내리는 안나에게 손을 내밀었다. 말에서 내리던 안
나가 미끄러지듯 비칠거리며 타마의 품으로 안겨들었다.

뭉클.

"헉!"

타마가 자기의 가슴에 안긴 안나를 통나무 같은 팔로 그러
안고 어쩔 바를 몰라 하고 있었다.

안나의 상큼한 향기가 코끝으로 스며들고 부드러운 가슴

이 타마의 넓은 가슴에 느껴졌다.

안나가 올려다보니 타마의 얼굴이 마치 화로 속에 들어간 것처럼 벌게져 있었다.

"이, 이젠 서, 성을 돌아봅시다."

안나를 내려놓은 타마가 더듬거리며 하는 말에 그녀의 얼굴에 미소가 어렸다.

'호호, 순진한 사람.'

살짝 옆에 다가선 안나가 길을 안내하기 시작하였다.

"저 성이 완성되면 후두라임 영지는 반달형으로 요새가 건설되는 셈이에요."

"그, 그야 주군이 하는 것인데 당연한 것이지."

이제야 숨통이 좀 트인 타마가 성을 쳐다보며 감회에 젖어 말하였다.

영지의 방어요새가 완성된 것이다. 타마와 나란히 선 안나의 눈앞에 푸른색의 초원이 끝없이 펼쳐져 있었다.

*   *   *

"아악! 살려주세요!"

"제발 이러지 마세요!"

귀족들이 끌려 나오며 아우성치고 있었다.

카마센의 새로운 성주 오토는 그것을 보며 기분 좋게 웃고 있었다. 카마센 영지가 함락되고 후두라임 영지에 포함되자 헤럴드는 약속대로 오토를 성주로 임명하였다.

"크크, 권력이란 이런 맛이야."

가슴이 짜릿한 게 정말 기분이 좋은 오토였다.

요새 오토는 수많은 귀족들을 처형하고 있었다. 자기가 준남작으로 있을 때 모욕을 준 놈, 짐승보다 못한 취급을 한 놈, 예쁜 딸들이 있는 놈들은 예외없이 오토의 부하들에게 목이 잘려 나가거나 공사장에 끌려가 강제노역을 당하고 있었다.

"성주님, 이년들은 노스토 남작의 부인과 딸입니다. 어떻게 할까요?"

오토의 기사가 두 명의 여자를 끌고 와 쳐다보았다. 제법 반반한 두 여자를 바라보는 오토의 눈에 욕망이 꿈틀거렸다.

저년들의 남편이자 아비인 노스토 남작은 항상 자기를 벌레처럼 바라보곤 했었다.

'흐흐, 어미와 딸년을 한번에 품어볼 수 있는 좋은 기회군.'

"이것들을 성에 데려가라."

"옛, 성주님."

기사가 그럴 줄 알았다는 듯이 두 여자의 등을 밀쳤다.

"가자, 이년들."

"오토 이놈! 네놈은 천벌을 받을 게다!"

갑자기 고래고래 지르는 소리가 들리고 노스토 남작이 이

를 갈며 기사들에게 끌려 나오고 있었다. 그것을 바라보던 오
토는 비릿한 웃음을 지었다.

"노스토, 이 성의 성주는 나다. 이제 내 세상이란 말이다.
저놈을 끌어다 목을 쳐라."

"옛!"

기사들이 노스토 남작을 길옆으로 끌어내 세우고 검을 뽑
았다. 이제 저놈의 목이 싹둑 잘리고 피가 길을 적실 것이다.

노스토는 카마센 영지의 행정을 책임지고 있던 실력자다.
아니, 그보다 행정에 뛰어난 실무가라고 해야 할 것이다. 저
놈 때문에 오토는 부정을 하다가 몇 번이나 걸린 적이 있었
다. 이번에 반드시 죽여 앙갚음을 해야 했다.

게다가 덤으로 저놈의 부인과 딸을 농락할 기회가 생긴 것
이다.

스르렁.

기사의 검이 뽑혀 나오는 소리가 들리자 오토는 팔짱을 끼
고 노스토 남작을 내려다보며 희열을 만끽하고 있었다.

"안 돼요, 여보!"

"안 돼, 아빠!"

두 여인이 울부짖는 소리에 스릴을 느낀다.

"뭐 하느냐? 목을 쳐라."

"예, 성주님."

기사가 검을 휘두르려는 순간이었다.

“당장 멈춰라!”

어찌나 소리가 큰지 귀청이 멍멍할 정도의 외침이다.

“크윽!”

말에 타고 거만하게 앉아 있던 오토는 그만 머리가 울려 말에서 기우뚱거리며 가까스로 몸을 바로잡았다. 오토의 기사들은 아예 검을 떨어뜨리고 머리를 움켜쥐고 있었다.

“감히 어느 놈이……?”

이를 갈며 고개를 돌린 오토의 눈에 엄청나게 큰 배틀액스를 어깨에 걸치고 말을 달려오는 한 사람이 보였다. 그의 뒤로 여러 명의 전사들이 말을 타고 뒤따르고 있었다.

‘으음. 죽음의 배틀액스 네모!’

말을 달려오는 사람은 네모였다.

“감찰관님을 뵙습니다.”

오토는 어쩔 수 없이 군례를 올렸다.

네모는 이곳 카마센의 감찰관이고 3만의 블랙울프 전사단을 지휘하는 3군 사령관이다. 그리고 영주 헤럴드의 왼팔이라는 소문도 있다.

비록 같은 급의 백작이지만 오토가 대적할 수 없는 사내였다.

“이 사람들은 내가 데려가겠다.”

네모의 말에 오토의 눈에는 불만이 가득 차 있었다.

“아니, 감찰관님. 이놈들은 악질 관리들로 죽여야 마땅한 놈입니다."

"오토 백작, 감히 감찰관인 내 말을 듣지 않겠다는 소린가, 그런가?"

커다란 눈을 부릅뜨고 오토를 노려보고 있는 네모의 몸에서 은연중 살기가 뻗어 나왔다. 오토는 온몸이 굳어졌다. 이놈은 블랙울프 중에서도 가장 무지막지한 놈이다.

"아, 아니, 그게 아니라……."

"내 말에 토를 달지 마라. 난 말보다 도끼로 먼저 대답하는 사람이다."

네모의 어깨에 있는 배틀액스가 시퍼런 빛을 뿌린다.

"아, 알겠습니다. 감찰관님이 그러시다면……."

목구멍으로 침을 꿀꺽 삼킨 오토가 즉시 꼬리를 내렸다. 괜히 저놈에게 밉보이면 언제 목이 달아날지 모른다.

말에서 내린 네모가 노스토 남작에게로 걸어갔다.

"당신이 노스토 남작이오?"

"예, 그렇습니다."

방금 죽음의 위기를 넘긴 노스토 남작이 의아한 눈으로 네모를 바라보았다. 자기는 패배한 전 영주의 부하다. 원래 죽어야 마땅한 사람인 것이다.

"주군께서 당신을 데려오라고 하셨소."

"헤럴드 후작이 왜 나를……?"

"나도 모르오. 저 사람들을 따라가시오."

검은 갑주를 걸친 여러 명의 블랙울프들이 노스토 남작과 가족들을 마차에 태우더니 퓨리 시 쪽으로 말을 몰아 달려갔다.

먼지를 일으키며 달려가는 네모와 일행을 바라보는 오토의 이가 으드득 갈렸다.

'두고 보자. 언젠가는 네놈을 죽여 버리고 말겠다!'

오토가 이를 갈고 있는 사이 말들이 시야에서 사라져 버렸다.

"사령관님, 왜 저놈을 살려두는 것입니까?"

말을 타고 달리던 참모장이 뒤를 돌아보고는 네모에게 말하였다.

"아직 주군에게서 명이 떨어지지 않았다."

"사령관님, 저놈 때문에 많은 사람들이 죽어가고 있습니다. 저놈은 귀족들을 죽이고 그 집 딸들과 부인들을 저택에 끌어다 능욕하고 있습니다."

참모장이 분개한 얼굴로 다시 한 번 뒤를 돌아보았다.

"주군께서 아직 명을 내리지 않았다. 주군의 명 없이 마음대로 행동하는 자는 내 도끼에 대가리가 박살이 날 것이야. 명심하라."

"예, 사령관님. 죄송합니다."

네모도 당장 저 오토라는 놈을 죽이고 싶었지만 참고 있었다. 주군의 명이 없었기 때문이다. 그에게 주군의 명은 곧 법이다. 아직까지 주군께서는 지켜만 보라고 하였다.

　성주의 저택에 돌아온 오토는 분을 이기지 못해 치를 떨었다.
　"감히 노예 검투사였던 놈이 나를 능멸해? 네놈을 언젠가는 반드시 죽여 버리겠다! 반드시!"
　오토가 화가 나서 중얼거리는데 누군가가 조용히 말하는 소리가 들려왔다.
　"오토, 그 소원을 내가 들어줄까?"
　갑자기 들려온 소리에 오토는 질겁하였다. 이 성주의 집무실에는 누구도 감히 들어오지 못하는 곳이다.
　차앙!
　검을 뽑아 든 오토가 소리가 나는 구석을 향해 검을 후려쳤다.
　휘익ㅡ 촤악!
　오토는 손끝이 허전했다. 분명 저쪽에서 말이 들렸는데 검이 지나간 자리에는 아무도 없었다.
　"내가 잘못 들었나?"
　오토가 머리를 갸웃거리는데 예의 그 말소리가 다시 들려왔다.
　"나를 찾나?"

“허억!”

기겁한 오토가 번개처럼 돌아서며 검을 휘둘렀다. 분명 자기의 뒤에서 말소리가 들린 것이다.

와자작!

“이, 이런?!”

앞에는 아름다운 적발의 여자가 오토의 검을 주먹으로 쳐내고 있었다. 그런데 검이 산산이 부서져 바닥으로 떨어져 내리고 있었다. 같은 검도 아니고 살과 뼈로 이루어진 주먹으로 검을 깨버리다니, 오토는 몸을 부르르 떨었다.

‘강자다!’

발끝부터 머리끝까지 소름이 돋았다. 폭발적인 염기를 뿌리는 여자를 보며 오토는 간신히 입을 열었다.

“다, 당신은 누구요?”

“난 헤럴드에게 원한을 가지고 있는 사람이다. 오토 넌 주군을 배신했다. 하지만 내가 다시 기회를 주지. 나에게 협조하면 너는 이 영지의 영주가 될 것이다.”

여자의 말에 오토는 코웃음을 쳤다. 방금 본 여자의 무력이 강하기는 하지만 헤럴드는 소드 마스터다. 대적해 봐야 죽음밖에는 차려지는 것이 없다.

“당신이 강한 것은 인정하오. 하지만 헤럴드는 소드 마스터요. 그를 이길 자는 이 타판파스 왕국에는 없… 허억!”

오토는 그만 질겁하였다. 여자의 손에 들린 검에서 붉은 빛이 뿜어 나오더니 순식간에 붉은 오러 블레이드가 되어 찬연한 빛을 뿌렸다.

저것은 분명 오러 블레이드였다. 그것도 소드 마스터 중급은 되는 수준이다.

"소드 마스터?!"

눈이 퀭해진 오토가 중얼거렸다.

"나를 따르겠나, 오토? 그럼 너는 앞으로 이 영지의 영주가 될 것이다. 아니면 내 손에 죽게 될 것이다."

여자의 입에서 섬뜩한 말이 흘러나왔다.

어떻게 저렇게 아름다운 여자의 입에서 그런 험악한 말이 나오는지 모르겠지만 지금 당장은 기회가 왔다는 것을 오토는 직감적으로 느꼈다.

오토의 무릎이 바닥에 굽혀졌다.

"따, 따르겠습니다. 하명을……."

오토가 무릎을 꿇자 브리지트의 얼굴에 비웃음이 스쳐 지나갔다. 이제 헤럴드를 파멸시키기 위한 작전이 하나하나 시작되는 것이다.

'헤럴드, 너는 모든 것을 잃게 될 것이야. 나 브리지트가 그렇게 만들어주겠어.'

브리지트의 눈에서 피처럼 붉은 빛이 뿜어져 나왔다.

지금 타판파스 왕국은 세 개의 세력이 서로를 노리며 힘을 축적하고 있는 상태다. 하지만 어느 누구도 함부로 움직이지 않았다. 자칫하다간 모든 것을 잃을 수 있기 때문이다. 야망의 조지 공작, 음흉한 마틴, 거기에 이번에 새로 등장한 신진 세력인 헤럴드 후작의 세력, 어느 한곳에 불만 지핀다면 초원은 불길 속에 잠길 것이다.

"하지만 이번 사건이 벌어지면 마틴 너는 헤럴드를 공격해야 될 것이야."

브리지트가 무슨 일을 벌이려는지는 오직 그 자신만이 알고 있는 일이었다.

CHAPTER
04

피의 토네이도

THE Warrior
Gale of Wind

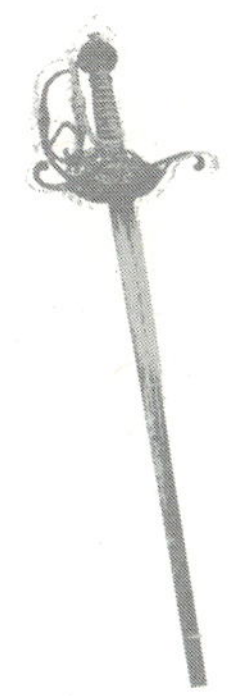

헤럴드가 영지를 꾸리고 있는 그 시각 왕국의 수도에서는 초원을 혼전 속에 몰아넣을 일대 사건이 벌어지고 있었다.

밤이 깊어 조용해진 왕궁의 정문에는 마법등의 불빛만이 보이고 보초를 서는 파수병의 발자국 소리만이 고요한 정적을 깨뜨렸다.

그곳에서 얼마 멀지 않은 곳에 복면을 쓴 수십 명의 사람이 왕궁을 바라보고 있었다.

"작전을 시작하라. 우리가 받은 임무는 국왕을 암살하고 왕후를 납치하는 것이다. 신속하게 일을 처리하고 빠져나온다. 알았는가?"

“옛, 대장님.”

검은 옷으로 온몸을 휘감은 사내들이 명을 받고 있었다.

“시간이 됐다. 왕궁의 후문으로 가면 문을 열어줄 사람이 있을 것이다. 자, 가자.”

사사사삿.

검은 그림자들이 어둠과 동화되어 왕궁의 후문을 향하여 빠른 속도로 달려가기 시작하였다.

“대장님. 문이 열려 있습니다.”

후문에 도착하여 보니 이미 문이 열려 있었다.

“들어가자. 제1차 목표는 국왕이고 두 번째 목표는 왕후의 납치다. 가자.”

짙은 어둠 속으로 검은 복면의 사내들이 소리없이 사라져 가고 있었다.

촤악―

“컥, 커억.”

국왕의 침실로 가는 복도에 서 있던 근위기사들이 영문도 모르고 스르륵 무너져 내렸다.

앞에 있는 기사를 베어버린 어쎄신의 손이 끝 방을 가리키자 머리를 끄덕인 어쎄신들이 와락 문을 열고 들어갔다.

“누구냐? 커억!”

국왕을 잠재우던 궁녀가 밀려들어 오는 어쎄신들을 보고 깜짝 놀라 소리치다 목이 잘려 털썩 쓰러져 버렸다. 옆에 있던 수많은 궁녀들이 비명을 질렀다.

파파파팟!

"캭! 깩!"

궁녀들이 미처 비명도 지르지 못하고 무더기로 쓰러졌다. 그녀들의 몸에 독침들이 박혔고 순식간에 시퍼렇게 변해갔다. 일격필살의 무서운 독이었다.

잠이 들려다가 눈이 둥그레진 국왕이 기겁하여 일어났다. 비록 항상 술에 취해 있었지만 국왕은 국왕이다.

"너희들은 누구… 크악!"

하얀 검날의 빛이 뿌연 반원을 그렸고 외마디 비명을 지른 국왕의 목이 공중으로 날아 올랐다 바닥으로 떨어져 내렸다.

피가 분수처럼 뿜어져 나오는 국왕의 몸을 차가운 눈으로 내려다보던 어쎄신들이 머리를 끄덕였다.

자기들의 임무는 끝난 것이다.

"철수!"

밖으로 번개처럼 빠져나오던 어쎄신들이 멈칫 멈춰 섰다. 복도의 사방에서 기사들이 검을 번뜩이며 달려오고 있었다.

"어쎄신들이다! 잡아라!"

"야앗!"

창, 창, 창.

"크악! 억!"

기사들과 어쎄신들 간에 치열한 격전이 벌어졌다. 어쎄신들이 하나둘 기사들의 검에 맞아 복도에 쓰러지고 있었다. 그들이 아무리 용감한 어쎄신이라고 해도 기사들과의 정면 대결에서 이길 수는 없었다. 왕궁의 복도가 기사들과 어쎄신들이 흘린 피로 질벅해졌다.

사방에 죽고 죽이는 혈전이 벌어지는 그 시각, 왕후 세리나가 있는 별궁으로 한 무리의 사람들이 달려가고 있었다.

화려하고 그윽한 향기가 은은히 흐르는 방에 조용히 앉아 있던 왕후 세리나는 복도를 급하게 달려오는 소리에 귀를 기울였다. 이 시간에 자기의 침소에 이렇게 달려올 사람은 없다.

"누구지?"

"왕후마마! 어쎄신들의 습격입니다!"

문밖에서 근위장의 다급한 소리에 세리나는 자리에서 벌떡 일어섰다.

저 근위장은 왕궁에서 세리나가 믿는 몇 명 안 되는 기사들 중 한 명이다.

벌컥 문을 열고 나선 세리나가 복도를 보니 검은 옷을 입은 어쎄신들이 바람처럼 몰려오는 것이 보였다.

"잡아라! 저년이 왕후다!"

놈들이 양쪽의 복도로 달려오자 세리나의 눈이 분노로 떨렸다.

"근위장! 국왕 폐하는 어떻게 됐는가?"

"아직 모르겠습니다. 죽은 것 같습니다."

근위장의 말이 평상시와는 다른 모습이었지만 너무도 급박한 상황이라 세리나는 눈치 채지 못했다. 국왕과 자기가 죽는다면 이 타판파스 왕국은 대혼전이 일어날 것이다. 여기서 빠져나갈 길은 어디에도 보이지 않았다. 앞뒤가 모두 어쎄신들의 무리였다. 그녀의 눈이 타판파스 초원의 동쪽으로 향해졌다.

'헤럴드, 이젠 나도 당신을 도울 수가 없어요. 이게 마지막인 것 같습니다. 반드시 이 원한을 갚아주시리라 믿어요. 그럼 안녕.'

세리나는 언제나 치마폭에 감추고 있던 작은 단검을 뽑아들어 목에 가져갔다. 그 순간 근위장의 우악스런 손이 세리나의 손을 잡았다. 손목을 잡힌 세리나가 돌아보니 평소의 근엄하던 근위장의 모습이 아니다. 얼굴에는 승리자의 포만감이 어려 있고 입가에는 탐욕의 침이 질질 흘러내리고 있었다. 그의 눈이 세리나의 늘씬한 몸매를 훑어본다.

"네가 감히! 어서 놔라!"

"그렇게는 안 되지요, 왕후마마. 아니, 헤럴드 후작부인. 흐흐."

근위장의 능글맞은 모습에 세리나는 얼굴이 까맣게 질렸다. 이놈이 이런 놈일 줄이야.

"누구냐? 누가 시켰느냐?"

　세리나의 분노에 찬 모습을 근위장은 통쾌한 얼굴로 바라보았다.

　"흐흐흐. 네년은 고상한 척하며 헤럴드라는 어린 새끼를 치마폭으로 꼬였지. 내가 이날까지 참느라 얼마나 고통을 느낀 줄 아냐? 조지 공작님께는 네년이 반항하다가 죽었다면 끝이다. 크크크."

　놈의 눈은 음욕으로 번들거렸다. 세리나는 눈앞이 아찔하였다. 이놈에게 순결을 뺏기면 죽어서도 헤럴드를 볼 면목이 없었다. 세리나는 있는 힘을 다해 놈의 팔을 물어뜯었다.

　"으악! 이년이……."

　그 순간 세리나의 팔목을 놓쳐 버린 근위장이 아차 하였지만 이미 늦었다. 왕후 세리나는 단검으로 자기 목을 찌르고 있었다.

　촤앙— 챙그렁.

　갑자기 검은 천으로 온몸을 휘감은 자가 어둠 속에서 솟아나듯 나타나 세리나의 단검을 쳐 떨어뜨리고 몸을 돌렸다. 그리고 검은 옷의 손에 들린 검이 번뜩였다.

　휘익— 촤악.

　붉은빛이 번쩍이자 근위장이 반항도 못하고 목을 움켜쥐었다.

　"커억! 내가 이렇게 죽다니… 공작의 자리가 눈앞에 왔는데……."

철썩.

근위장이 머리가 잘려 스르르 무너져 내렸다. 왕후 세리나는 영문을 몰라 눈을 크게 떴다. 검은 옷을 입은 자는 달려드는 어쎄신들을 무자비하게 쓸어버리기 시작하였다.

"캑! 컥!"

20여 명의 어쎄신이 죽은 것은 순간이었다. 모두 몸통이 두 동강이 나 핏물 속에 꼬꾸라졌다. 얼마나 빠른지 미처 눈에 보이지도 않았다.

어쎄신들을 모두 베어버린 검은 옷이 세리나 왕후에게 돌아섰다.

"다, 당신은 누구죠?"

세리나의 말에 검은 옷이 찬찬히 바라본다. 아무것도 없는 방에 붉은 눈동자만이 홍보석처럼 요요하게 빛난다.

가까이 다가온 검은 옷이 세리나 왕후의 명치를 쳐 갈겼다.

"악!"

세리나 왕후가 천천히 쓰러지자 복면인의 입에서 가느다란 소리가 새어 나왔다.

"헤럴드에게 원한을 가진 사람."

하지만 이미 기절한 세리나 왕후는 들을 수가 없었다.

방 안에 불을 지른 검은 옷이 세리나 왕후를 들쳐 메고 어둠 속으로 꺼지듯 사라졌다.

온 수도가 왕궁의 사건으로 혼란에 빠져 있을 때 왕궁이 불타오르기 시작하였다.

　왕궁에서 타오른 불길은 밤새 꺼질 줄 몰랐고 충천하는 불길 속에서 점차 한 줌의 불꽃으로 사라져 갔다.

＊　　　＊　　　＊

　왕궁에서 사변이 일어나는 그 시각, 수도 서쪽에 있는 마틴 공작의 별장가에 한 무리의 검은 그림자들이 소리없이 접근하고 있었다.

　결혼을 한 마틴 공작의 아들 아핀이 신혼의 달콤한 생활을 보내는 집이 바로 이곳이었다.

　예전에 광전사들에게 아내와 자식을 모두 잃은 아핀은 귀족과 레이디들에게는 둘도 없는 구혼의 상대였고 실베스터가 그 싸움에서 승리한 여자였다. 이 몇 달째 둘은 신혼 생활의 재미를 만끽하고 있었다. 그런 이곳에 불청객이 찾아들고 있었다.

　사사샷— 파파팟.

　담장을 날아 넘은 검은 그림자들이 저택으로 은밀히 잠입해 들어갔다.

　"누구……? 컥!"

　정문의 파수병이 인기척에 머리를 내밀었다가 단번에 목이 잘려 버렸다.

“누구냐?”

날카로운 소리와 함께 저택의 경비를 서던 기사가 소리쳤
다.

촤악—

“크악!”

어두운 밤하늘에 하얀 검날이 번뜩이고 기사의 목이 잘려
땅바닥에 떨어졌다.

“적이다! 기습이다!”

잠에서 깨어난 기사들이 검을 뽑아 들고 마주 달려왔다.

차차창— 퍼픽!

복면의 사내들이 달려오는 기사들을 가차없이 베어버린
다.

“네놈들은 어쎄신?”

저택의 경비 책임자인 슐츠 남작이 놈들의 검술을 보고 외
마디 소리를 질렀다.

“노출되었다! 한 놈도 남기지 말고 죽여라!”

검은 옷을 입은 자들의 뒤에서 공격해 들어오던 두목의 외
침에 복면인들이 담장을 우르르 넘어 들어왔다.

“막아라! 어쎄신들이다!”

창, 창, 창.

“으악! 크악!”

저택의 곳곳에서 기사들이 피를 흘리며 쓰러져 갔고 신혼의

단꿈에 젖어 잠을 자고 있던 방까지 습격자들이 밀려들었다.

"후작님! 어쎄신들입니다! 피하… 크악!"

최후까지 남아 적을 막던 경비 책임자 슐츠가 검에 맞아 피를 뿌리며 쓰러졌다.

와장창!

방문이 떨어져 나가는 바람에 질겁하여 침대에서 일어난 아핀 후작 부부의 눈에 복면을 쓴 자들이 보였다.

"다, 당신들은 누구요?"

공포에 질린 아핀의 말에 복면인들이 거침없이 방으로 들어와 검을 휘둘렀다.

좌악—

"으악!"

아핀 후작이 미처 피할 새도 없이 가슴이 쩍 갈라져 피를 뿜으며 침대 밑으로 굴러 떨어졌다.

"아앗."

미처 옷도 입지 못한 베르토 후작의 딸 실베스터는 바들바들 떨며 사내들을 바라보았다.

"네가 베르토의 딸이냐?"

"다, 당신들은 누구죠?"

실베스터의 말에 복면인들이 머리를 젖히고 웃어댔다.

"크크크. 키키키."

"내가 누구냐고 물었나? 피의 복수자다. 20년 전 네 아비는 아리나 고원의 한 귀족 가문을 모두 불태워 죽였다. 그리고 남편의 시체 앞에서 부인과 딸을 강간하고 죽였지. 나도 이제 그 복수를 하니 원망 마라. 뭐 하느냐? 이 계집에게 진짜 남자의 맛을 보여줘라.”

“옛, 조장님.”

복면인들이 달려들어 침대 위의 실베스터를 와락 덮쳤다.

“아앗, 이러지 마세요. 아악!”

방 안에 둘러서 있는 검은 복면인들이 지켜보는 가운데 실베스터는 차례차례 사내들에게 겁탈을 당하였다. 실베스터를 상대로 짐승들의 광란이 벌어졌다. 흐릿한 등불 아래 검은 복면인들이 실베스터를 마음껏 유린하고 있었다.

“크크크, 흐흐흐.”

시간이 얼마나 지났을까? 지옥 같은 끔찍한 시간이 지나고 음욕을 다 채운 사내들이 일어서자 조장이라는 자의 검이 뽑혀 나왔다.

스르릉.

“나를 원망 마라. 이건 비참하게 죽은 내 가족의 복수다.”

촤악—

“악!”

초점이 없는 멍한 시선으로 검을 바라보던 실베스터의 목이 외마디 비명과 함께 침대 밑으로 떨어졌다. 그녀의 두 눈이 원한을 품은 채 어쎄신들을 바라보고 있었다.

“빨리 가자. 헤럴드 후작님께서 보고를 기다릴 것이다.”

“옛, 조장님.”

검은 그림자들이 밖으로 달려나가 어둠 속으로 사라졌다. 밖으로 나가던 조장이 부하에게 물었다.

“목격자는 살려두었지?”

“예. 부부가 있던 맞은편 방의 침대 밑에 한 명의 하녀가 숨어 있었습니다.”

부하의 보고에 놈의 얼굴에 잔인한 웃음이 어렸다.

“이제 헤럴드 후작과 마틴 공작은 죽고 죽이는 싸움을 시작할 것이다. 크크크.”

이놈들은 갯들리츠의 부하들이었다. 니힐리스 제국은 타판파스 초원이 서로 분열하기를 바라고 있었고 그것은 갯들리츠의 야망에도 도움이 되었다. 만약 이들이 강력한 국가로 통합되면 그 힘은 제국을 위협할 수 있었다.

우선은 마틴 공작과 헤럴드 사이에 싸움을 붙여 두 세력의 힘이 약해진 다음 이 왕국을 타고 앉는 것이다.

놈들이 물러간 후에도 오금이 저려 못 나오고 있던 실베스터의 하녀 마리는 겨우 집을 빠져나와 바람처럼 마틴 공작의 집으로 달려가기 시작하였다.

“빨리 알려야 해! 빨리!”

정신이 반쯤 나간 마리가 비칠거리며 달려갔다. 그녀의 발걸음에 따라 핏빛 향기도 함께 달려가고 있었다.

두두두두.

은빛의 플레이트 아머를 걸친 기사들과 로브를 입은 마법사들이 말을 몰아 질풍처럼 달려가며 수도의 밤을 진동시켰다.

"무슨 일이지?"

"글쎄? 혹시 또 전쟁이 일어났나?"

아내의 물음에 남편이 갸웃하며 대답하자 기겁한 아내가 남편의 손을 잡아끌었다.

"빨리 문을 닫아요. 잘못하다간 눈먼 칼에 맞아 죽을지도 모르니."

아내의 말에 남편은 문을 닫았다. 싸움이 일어나면 애매하게 죽을 수 있는 것이 만만한 평민들이다.

서쪽 교외의 별장에 당도한 마틴 공작과 기사들, 마법사들이 안으로 몰려들어 갔다.

마당에는 눈도 미처 감지 못한 기사들의 팔다리가 잘려 널브러져 있었고 온통 피바다였다.

"빨리 들어가 보자."

아들의 침실에 도착한 마틴의 몸이 굳어졌고 수행원들은 머리를 돌렸다.

처참하게 두 동강이 난 아들 아핀의 시체, 그 옆에는 신부 실베스터의 벌거벗겨진 하얀 몸이 온통 피멍이 들어 있었고 목이 처참하게 잘려 있었다. 실베스터의 몸에는 곳곳에 허연 정액들이 묻어 있었다. 그녀가 죽을 때까지 어떤 치욕을 당했는지 한 번에 알 수 있는 일이었다.

"으으으! 이놈들!"

마틴 공작의 입에서 신음이 흘러나왔고 두 주먹이 부르르 떨렸다.

아들 부부의 처참한 시체를 내려다보던 마틴 공작이 이를 부드득 갈며 하녀에게 물었다.

"분명 헤럴드 후작이라고 했느냐?"

공작의 말에 따라온 하녀 마리가 온몸을 떨며 입을 열었다.

"어쎄신들이 밖으로 나가면서 헤럴드 후작이 기다린다고 했습니다."

마리의 말에 마틴의 얼굴이 푸들푸들 떨렸다.

"부관, 아스톤 제국에 긴급통신을 보내 마법사들의 증원을 요청해라. 그리고 친 아스톤 제국파 귀족들에게 비상을 걸어라. 이제부터 전쟁이다."

"옛, 공작님."

하나밖에 없는 아들을 잃은 마틴의 분노가 머리끝까지 치밀어 올랐다.

마틴의 마법사들이 통신을 하기 시작하고 각 귀족들에게 비상을 알리는 전령들의 말이 초원을 맹렬하게 달려갔다.

                    *   *   *

　날이 밝자 타판파스 왕국은 대혼란이 일어났다.

　밤새 왕궁이 전소되었고 국왕이 죽었으며 왕후가 실종되었다. 그런데다 마틴 공작의 아들이 무참하게 살해되었다. 이제 타판파스는 화로처럼 맹렬하게 끓어 번졌다.

　조지 공작은 자기파의 군사들을 집결하기 시작했고 마틴 공작파 역시 군사들을 집결시키기 시작하였다.

　초원의 모든 전사단들도 긴장하여 전투 준비를 갖추고 사태를 주시하기 시작하였다.

　언제 무슨 일이 터질지 모르는 일촉즉발의 사태였다.

　두두두두.

　한 떼의 기사들이 수도의 거리를 가로질러 마틴 공작의 저택으로 달려가고 있었다.

　"각하, 조지 공작이 각하를 뵙고 싶다고 합니다."

　마틴의 집무실에 모였던 귀족들이 모두 의아한 눈초리로 보고하는 기사를 바라보았다.

　"좋다, 들여보내라."

　마틴의 방에 마주 앉은 조지 공작과 마틴 공작은 서로를 쳐다보고 있었다. 이들에게 국왕 따위가 죽거나 왕후가 실종된 것은 아무것도 아니다. 다만 내전을 방지하기 위해 필요하였던 허수아비 국왕이었지만 일이 벌어진 지금에는 그것에 연연하지 않았다.

"먼저 아드님의 사건에 애도의 뜻을 표합니다."

조지가 고개를 숙여 애도를 표하자 마틴은 무덤덤하게 대답했다.

"감사합니다, 조지 공작. 그런데 그 일 때문만은 아닌 것 같고 이제 본론을 말해도 될 것입니다."

이 방에는 조지의 참모장인 발로프 백작과 마틴의 참모장인 나아타 백작뿐이다.

"그럼 단도직입적으로 말하겠소. 우선 이 마법 영상을 먼저 보고 하는 것이 좋을 것 같소."

조지가 머리를 끄덕이자 발로프가 가지고 온 마법 영상구를 작동시켰다.

그곳에는 세리나 왕후와 헤럴드 후작의 정사 장면이 찍혀 있었다.

"흠, 거참 재미있습니다. 하지만 나는 왕후가 누구와 정사를 하든 그런 것에는 관심이 없습니다."

마틴의 말에 조지는 웃음을 지었다. 정확하게 아들 부부를 죽인 증거를 내놓으라는 소리다.

"모든 정황으로 봐서 헤럴드 후작은 야심을 가지고 있는 것 같습니다. 국왕을 어쎄신을 동원해서 죽이고 왕후와 결혼을 하게 되면 이 나라의 대권은 그에게 가겠죠. 아닙니까, 마틴 공작님?"

"그건 그럴 수도 있소. 그러나 그가 내 아들을 죽일 이유는 없소. 또 공작과 나와 그를 보면 그는 세력이 가장 약한 자요. 그런 자가 그렇게 무모한 짓을 벌이리라고는 생각되지 않소."

마틴의 말에 조지는 떠날 때 브리지트가 한 말을 생각하였다.

'역시 그녀는 이것까지 생각하였군.'

"글쎄요. 혹시 어부지리를 얻으려고 하는지도 모르죠. 때문에 나는 공작님께 한 가지 청을 하려고 왔습니다. 우리가 서로 싸워서 좋을 것은 없습니다. 따라서 나는 공작님의 진영을 공격하지 않을 것입니다. 우리 서로 이번 사건의 진상이 밝혀질 때까지 서로의 영역을 침범하지 말자는 것입니다."

조지의 말에 마틴은 고개를 끄덕였다. 어차피 왕이 나온다면 둘 중에 하나가 나오기 마련이다. 앞으로 힘 겨루기를 통해서. 무심한 눈으로 조지 공작을 바라보던 마틴이 고개를 끄덕였다.

"좋습니다. 나도 그 의견에는 동의합니다. 하지만 내 아들을 죽인 놈은 반드시 찾아낼 것이고 피의 복수를 할 것입니다."

"그야 물론 그래야죠. 그럼 이만……."

"시간이 없어서 배웅은 못합니다. 안녕히 가시길……."

늑대와 여우의 공존 계약이 맺어지는 순간이었다. 그러나 그것이 얼마나 갈지는 아직 누구도 알 수 없었다.

“모두 떠났습니다.”

정원으로 나가는 조지 공작의 일행을 창밖으로 바라보던 마틴 공작이 참모장 나아타 백작을 쳐다보았다.

“자넨 이번 사건을 어떻게 생각하나?”

“각하, 조지 공작은 믿을 수 없는 자입니다. 그리고 이번 사건은 뭔가 석연치 않은 점이 많습니다. 만약 우리와 헤럴드 후작이 싸우게 되면 그 가운데서 이익을 볼 자는 조지 공작입니다. 아드님의 복수를 해야 하지만 아직은 조금 더 알아보아야 한다고 생각합니다. 죄송합니다, 공작 각하.”

나아타 백작이 고개를 숙이고 사죄하였다. 그를 물끄러미 바라보던 마틴의 얼굴에 희미한 웃음이 어렸다. 천천히 걸어가 나아타 백작의 어깨를 짚은 마틴이 입을 열었다.

“나아타, 자네 말이 맞아. 헤럴드가 우리를 공격할 생각은 없었어. 이건 조지 공작이 꾸민 일일 수도 있다. 내 아들이 죽은 것은 아무것도 아니야. 대외적으로 전쟁을 선포하는 것은 우리 파의 사기를 위해서다. 자넨 첩자들을 총동원해서 이번 일의 범인을 찾아라. 그때까지 전쟁은 없다.”

마틴의 말에 나아타 백작이 부동을 취했다. 역시 자기의 주군은 이미 범인을 지목하고 있었다. 그러나 아직은 물증이 없고 그렇다고 무턱대고 공격을 할 수는 없었다.

범인을 잡아야 했다. 아니, 반드시 잡아서 이번 일에 대한 핏값을 받아내야 했다.

"각하, 반드시 알아내겠습니다."

"그래, 난 자네를 믿는다. 이번 일을 계기로 명분을 만들고 이 초원의 패권을 우리가 잡는다. 왕국의 주인은 우리다."

담담한 마틴 공작의 말에 나아타 백작은 고개를 숙이고 외쳤다.

"당연합니다, 각하. 이 나라의 국왕 자리는 각하의 것입니다."

마틴은 창밖을 보며 이를 갈았다. 아들이 중요한 것은 아니다. 그깟 아들은 또 만들면 되지만 자신의 권위에 도전한 어둠 속의 자는 용서할 수 없었다.

'나 마틴을 우습게보다니, 어느 놈이든 이번 일을 꾸민 자는 값을 단단히 치러야 할 것이다. 내가 반드시 그 피값을 받아낼 것이다.

마틴 공작의 꽉 쥐어진 주먹에서 우두둑 소리가 났다.

*   *   *

후두라임 영지의 카마센 성과의 경계 지점은 베르토 후작의 동생인 엘하르토 백작의 영지이다. 베르토 후작은 마틴 공작파의 2인자이고 또한 이번에 딸을 아핀에게 시집보낸 사돈 지간이기도 하다. 그렇기 때문에 어느 누구도 엘하르토 백작의 영지는 침범하지 못한다.

절대 안전하다고 믿던 엘하르토 영지에 피바람이 다가오고 있었다.

달빛이 어슴푸레 비추는 캄캄한 밤, 한 무리의 기사들이 엘하르토 성의 성벽으로 향해 다가오고 있었다.

하품을 하며 졸고 있던 파수병이 다가오는 말발굽 소리에 정신이 들어 밖을 내다보았다.

"멈추시오! 어디서 오는 누구요?"

파수병의 말에 말을 탄 기사가 앞으로 나섰다.

"우린 후두라임 영지의 블랙울프 전사들이다. 수도로 가던 중 엘하르토 백작님께 드릴 서신이 있어 들렀다. 성문을 열어라."

파수는 조금 난감하였지만 문을 열기로 결심하였다. 원래 밤에는 성문을 열어주지 않는다. 하지만 영주에게 전하는 서신을 갖고 온 저들을 그냥 기다리라고 할 수도 없었다. 더구나 블랙울프 전사들이라면 이 동쪽의 초원에서는 무시무시한 대명사로 통한다.

"신분패를 보여주시오."

성문에서의 소란에 밖으로 나온 엘하르토 영지의 기사가 소리쳤다.

휘익!

성문 위로 하나의 패가 날아올랐다. 패를 받아 본 기사의 눈이 둥그레졌다.

후두라임 영지 제3군 사령관 백작 네모.

신분패에 있는 선명한 글자는 저기 망토를 걸치고 있는 자가 죽음의 배틀액스라는 그 네모가 틀림없었다. 달빛에 배틀액스가 빛을 뿌린다.

"어서 성문을 열어라."

기사의 말에 쇠사슬이 돌아가는 소리가 나고 성문이 열리기 시작하였다. 10여 명의 블랙울프 전사들이 말을 타고 천천히 성안으로 들어섰다.

황급히 성루의 계단을 내려온 엘하르토 영지의 기사가 네모에게 다가갔다.

"엘하루토 영지의 당직 기사가 명성 높으신 네모 백작님을 뵙습니다."

인사를 하고 머리를 들던 기사의 눈이 둥그레졌다. 망토를 걸치고 있던 자의 손에서 배틀액스가 번쩍 빛을 뿌리며 기사에게 날아들었다.

"아, 아니? 크악!"

콰직! 쩍!

번개처럼 휘둘러진 도끼가 기사의 머리통을 부서 버렸고 주변의 파수병들을 순식간에 두 동강 내버렸다.

함께 있던 오토는 정신이 다 멍해졌다. 기사와 6명의 파수병이 죽는 순간은 불과 몇 초도 되지 않았다. 역시 소드 마스터는 달라도 확실히 달랐다.

"뭐 하고 있느냐? 부대를 공격시켜라. 가장 잔인하게 죽여야 한다."

뜻밖에도 네모처럼 배틀액스를 들고 있는 사람의 입에서 여자의 목소리가 흘러나왔다.

"예, 걱정 마십시오. 돌격하라! 모두 죽여라!"

"와~"

갑자기 성문 앞의 초원에서 일단의 기마병들이 먼지를 일으키며 돌격해 들어갔다. 미리 와서 매복하고 있던 오토의 친위병들이다.

두두두두.

미친 듯이 달려들어 가는 기마들의 머리 위에 휘날리는 깃발은 포효하는 늑대가 그려진 블랙울프 전사단의 깃발이었다.

블랙울프 제3군 사령관 네모.

휘날리는 깃발에 쓰여 있는 글이다.

약 3천 필의 기마가 성안으로 공격해 들어갔다.

"모조리 죽여라. 재물과 계집을 마음껏 약탈해라. 나 네모가 허락한다."

"우와아!"

기쁨의 함성이 들리고 말들이 거리를 질주하기 시작하였다. 질풍처럼 달리는 말발굽 소리, 군사들의 비명 소리가 밤하늘을 덮기 시작하였다.

"블랙울프 군이다!"

"도망쳐라! 죽음의 배틀액스다!"

촤악— 촤악!

사방에서 팔치온을 휘두르는 소리와 비명 소리, 검에 몸이 잘리는 섬뜩한 소리가 밤거리를 울렸다.

그 시각 엘하르토 백작은 자기의 성에서 즐거운 시간을 보내고 있었다.

오늘은 백작이 네 번째 부인을 맞는 날이었고 주변의 귀족들과 축하주를 마시고 첫날밤을 보내고 있었다.

축하를 하러 왔던 귀족들과 부인들, 그들의 딸들은 귀빈실에서 잠을 자고 있는 상태다.

엘하르토는 방금 전의 질펀한 정사로 이마에 구슬 같은 땀방울이 흘러내리고 있었다. 그래도 마냥 기쁘기만 하였다. 지금 얻은 네 번째 부인은 영지의 가신인 남작의 딸로 이제 20세밖에 안 된 영계다. 베르토 후작의 동생인 자기에게 잘 보이기 위해 바친 정략결혼이긴 했지만 엘하르토는 만족했다. 워낙 여자가 예뻤고 일품의 명기였다.

"그래, 어떠냐? 만족하냐?"

엘하르토 백작의 말에 부인이 요염한 웃음을 그렸다. 그녀의 몸이 엿가락처럼 배배 꼬인다.

"정말 좋았어요. 백작님은 아직도 정열이 엄청나요. 전 죽는 줄 알았어요."

"호호, 아직도 열 명의 여자는 만족시킬 수 있다. 그러니 걱정 마라."

엘하르토 백작이 만족해서 껄껄거리는데 소란스런 발자국 소리가 들렸다. 그리고는 침실 문이 벌컥 열렸다.

"뭐, 뭐냐?"

엘하르토 백작은 화들짝 놀라 소리를 버럭 질렀다.

누가 감히 이런 발칙한 짓을! 옷도 미처 입지 못한 백작이 들어온 기사단장을 잡아먹을 듯이 노려보았다. 하지만 단장은 지금 이것저것 가릴 새가 없었다.

"각하, 백작 각하! 블랙울프 군이 쳐들어왔습니다!"

"대체 그게 무슨 소리냐?"

그 순간 밖에서 창검이 부딪치는 소리와 함께 기사들의 비명이 울려 퍼졌다.

창― 창― 좌앙!

"크악!"

"아악!"

비명과 아우성 소리가 온 성안을 진동한다. 기사단장의 얼굴에 초조한 빛이 어렸다.

"빨리 피해야 합니다! 죽음의 배틀액스 네모가 직접 쳐들어왔습니다!"

"뭐라?!"

엘하르토의 눈이 퉁방울만 해졌다.

죽음의 배틀액스 네모라면 헤럴드 후작의 용맹한 가신 중의 하나다. 무지막지하고 적은 가차없이 죽이는 인물이다.

"으, 이놈 헤럴드! 감히 네놈이 내 영지에 쳐들어오다니! 이 빚은 반드시 갚아준다!"

죽음의 배틀액스 네모가 직접 쳐들어왔다면 헤럴드 후작이 야심을 드러냈다는 것과 같았다. 엘하르토도 오늘 아침 국왕이 원인 모르게 암살되었고 왕후가 실종되었다는 마법 통신을 받았다. 그렇다면 이 모든 것이 헤럴드 후작의 짓인지도 몰랐다.

"비밀 통로로 빠져나가자. 이놈에게 하늘이 무서운 줄 반드시 알려줄 테다."

씩씩거리며 옷을 입으려던 엘하르토 백작은 얼음처럼 냉랭한 목소리에 흠칫하였다.

"엘하르토, 너는 그럴 수 없을 것이다."

갑자기 들려오는 차가운 목소리. 번개처럼 돌아선 엘하르토는 검은 망토를 쓰고 있는 한 명의 사람을 보았다. 그자의 두 눈에서 뿜어지는 붉은빛은 마치 독사가 개구리를 노리는 것 같았다. 온몸에 오싹한 전율이 인 엘하르토가 더듬거렸다.

"다, 당신은 누구요?"

검은 망토의 입에서 한마디 말이 흘러나왔다.

"난 죽음의 배틀액스 네모다. 헤럴드의 제3군 사령관."

"거짓말! 너는 누구냐? 이런 음모를 꾸미다니!"

엘하르토는 순간적으로 이것이 음모라는 것을 깨달았다. 마틴 파와 헤럴드 후작과의 전쟁을 일으키려는 음모. 그렇다면 혹시? 엘하르토의 머리가 번개처럼 회전하였다.

저놈은 분명 조지 공작의 부하일 것이다. 헤럴드와 마틴이 상잔하면 이득을 얻을 것은 조지 공작뿐이다. 이건 무서운 음모였다. 어떻게든 살아서 이 음모를 알려야 했다.

"단장! 막아라! 이건 음모다!"

"옛, 백작님!"

엘하르토의 기사단장이 검을 휘두르며 달려들었다.

그는 상급기사다. 그의 검에서 푸른 마나가 이글거리더니 검을 뒤덮었다. 마나의 수발이 자유로운 상급기사의 징표다.

휘익— 콰쾅!

"크억!"

기사단장의 검이 배틀액스와 부딪치더니 산산이 부서져 나가고 단장의 몸뚱이가 벽으로 날아가 처박혔다. 몇 번 꿈틀거리던 단장의 몸이 조용해졌다. 즉사였다.

엘하르토의 눈이 둥그레졌다. 조지 공작의 수하들 중에 가장 실력이 높은 자는 상급의 기사들밖에 없었다. 그런데 상급

기사가 단 한 수에 검이 부서지고 즉사하다니, 이건 단장보다
몇 배 높은 실력을 지녔다는 소리다.

"너, 너는 소드 마스터?!"

앞에 선 자의 붉은 눈이 요요한 빛을 뿌렸다.

뱀 앞에 선 개구리처럼 엘하르토 백작은 꼼짝할 수 없었다.

"호호호, 오늘 이 성에 있는 귀족들은 하나도 살아남지 못
한다. 이것으로 헤럴드와 마틴은 전쟁을 할 것이고. 오호호!"

망토를 입은 자의 입에서 요사스런 여자의 앙칼진 웃음소
리가 나더니 도끼를 휘둘렀다.

퍽— 콰직!

"끽!"

엘하르토 백작의 머리가 박살이 나며 뇌수와 피를 방 안 가
득 뿌리고 통나무처럼 넘어갔다.

"귀족들은 모두 죽이고 여자들은 가장 잔인한 방법으로 죽
여라."

"옛, 명대로 하겠습니다."

뒤에 있던 오토와 수하들이 고개를 숙였다.

브리지트가 붉은 눈으로 오토를 보더니 몸을 날려 어둠 속
으로 사라졌다.

그랬다. 그녀는 바로 브리지트였다. 브리지트가 사라지자
그제야 몸을 편 오토가 바들바들 떨고 있는 엘하르토 백작의
네 번째 부인을 바라보았다.

겁에 질려 부들부들 떨고 있는 여자의 미끈한 몸을 보니 사타구니가 후끈해진다.

"귀빈실에 있는 귀족들을 죽이고 계집들은 모두 겁탈하고 죽여라."

"옛!"

수하들이 기쁨의 함성을 지르며 귀빈실로 달려갔다. 잠시 후 귀빈실의 귀족들은 처참하게 검에 맞아 죽어갔고 아내와 딸들은 광란의 파티에 말려들어 갔다.

"아악! 살려주세요!"

"으악! 아빠!"

옷이 찢어지는 소리, 부인과 딸들의 울부짖음 소리가 밤하늘에 울려 퍼졌다.

슬픔과 고통, 치욕의 밤이었다. 오토는 징그러운 웃음을 띠고 엘하르토 백작의 네 번째 부인에게 다가갔다.

"크크! 우리도 즐겨야지?"

"이, 이러지 마세요!"

여자는 온몸을 바들바들 떨며 애원했다. 하지만 오토의 눈에는 시뻘건 광기만이 넘실거렸다. 그가 여자를 와락 덮쳤다.

"아악! 안 돼!"

그러나 그녀의 힘으로는 오토의 무지막지한 완력을 당할 수가 없었다.

"크흐하하!"

오토가 미친 듯이 여자를 겁탈하기 시작하였다.

성벽 위에 올라서서 광란의 광경을 내려다보는 브리지트의 눈에 무서운 살기가 내비쳤다.

"남자들은 하나같이 짐승들이다. 헤럴드 너는 이제 헤어날 수 없는 구렁텅이에 말려들어 갈 것이야. 그리고 파멸을 맞겠지. 네 종말은 내가 끝장을 낸다."

밑에서는 야욕을 채운 짐승들이 여자들의 가슴에 검을 박아 차례로 죽이고 있었다.

브리지트의 신형이 어둠 속으로 사라졌다. 달빛도 이 참혹한 현장을 보기가 끔찍한지 구름 속으로 자취를 감추었다.

＊　　　　＊　　　　＊

퓨리 시 헤럴드 영주성의 지하 연무장.

거대한 마법진이 그려진 이곳에 여러 명의 사람들이 모여 앉아 가부좌를 틀고 있었다.

후~우. 후~우.

샤칸과 레나, 랑케와 샤니는 지금 헤럴드가 전수한 천지심법을 운기하고 있었다. 마법을 하는 샤칸과 랑케, 샤니는 천지만상심법을, 활을 다루는 레나는 천지뇌전심법을 운기하고 있었다. 헤럴드는 한 개 남았던 드래곤하트의 절반을 쪼개어 4등분한 후 이들에게 먹였다. 나머지 절반은 타마와 네모에게 먹이려고 남겼다.

랑케와 샤니가 던전 속에서 얻은 마법서 속에는 마나를 집약시킬 수 있는 마법진이 있었고 지금 이들은 그 마법진에서 운기를 하고 있었다.

쿠쿠쿠쿠! 쏴아아—

운기가 점점 심화될수록 마법진이 요동을 치며 무서운 속도로 마나의 회오리가 몰아치고 있었다. 그곳에서 눈을 꼭 감은 4명의 남녀가 새로운 초인으로 변모하고 있었다.

눈을 꼭 감은 레나의 몸에서는 푸른 뇌전이 방전을 하듯 번쩍이며 뜨거운 열기를 내뿜었고 몸이 점점 허공으로 떠오르고 있었다. 레나가 익히는 천지뇌전심법은 혼돈의 기 속에서 뇌전의 기운을 사용하는 심법으로 12성 대성하면 번개와 우레를 부를 수 있는 천고의 심법이다. 헤럴드는 궁을 다루는 그녀를 뇌전을 다루는 여전사로 만들고 싶었고 이것으로 인해 레나는 뇌전의 궁사로 불리게 된다.

샤칸과 랑케, 샤니는 마법사다. 그들은 천지만상심법을 익혀 이제 마법사로서는 최상의 자질을 갖추게 될 것이다. 잘하면 단번에 6~7서클의 마도사로 탈바꿈할 수도 있었다. 물론 그 후에는 자신들의 노력 여하에 따라가겠지만 단전의 마나홀과 심장의 고리는 하나의 연쇄 마나홀을 형성하게 될 것이다. 그만큼 무한한 발전이 가능하게 될 것이다.

마법진 밖에서 뒷짐을 지고 그들을 바라보고 있는 헤럴드는 마음속으로 숫자를 세며 조바심을 내고 있었다. 자칫 잘못하는 경우를 대비해 기다리고 있는 것이다.

제일 처음 레나의 몸이 허공에 부유하기 시작했고 온몸에서 뇌전이 뿜어져 나오고 마나의 회오리 속에 온몸의 노폐물이 땀구멍으로 배출되기 시작하였다.

잠시 후에는 샤니와 랑케, 샤칸의 몸이 허공에 떠올랐다. 그들의 몸에서도 노폐물들이 빠져나오는 것이 보였다.

지하 연무장에 시큼한 냄새와 썩은 물질의 고약한 냄새가 풍기기 시작했다.

'이제 됐다. 다행히도 부작용은 없구나!'

헤럴드는 흡족한 마음으로 그들을 바라보았다. 이제는 저들의 노력 여하에 따라 무한한 발전을 할 것이다.

마법서는 던전에서 얻은 것이 있으니 됐고 레나에게는 천지무에 있는 뇌전시를 전수할 것이다. 뇌전시는 오랜 옛날부터 내려오는 해동의 궁술이다.

안심하고 밖으로 나온 헤럴드에게 경비대장 지프리드가 군례를 올렸다.

"주군! 사변이 생겼습니다!"

"무슨 일이냐?"

"국왕이 어쎄신들에게 죽고 왕후가 실종되었다고 합니다."

지프리드의 보고를 듣던 헤럴드의 눈이 커졌다. 지프리드가 내미는 보고서를 받은 헤럴드는 선 자리에서 훑어보았다. 그것은 수도에 있는 에리세드 상단에서 보내온 비밀 암호문이었다.

"이럴 수가? 어떻게 이런 일이?!"

헤럴드의 눈이 저 멀리 수도 쪽의 하늘을 바라보았다.

왕궁의 전소, 국왕의 살해, 왕후 세리나의 실종, 게다가 마틴 공작의 아들 부부가 살해되었다. 서신에는 수도의 모든 일이 정확하게 적혀 있었다.

"이건 어떤 자의 음모다. 대체 누군가?"

방에 들어온 헤럴드는 깊은 생각에 잠겼다. 이런 일을 해서 이득을 볼 자가 과연 누군가? 조지와 마틴이 야망을 가지고 있지만 아직은 국왕의 존재가 필요하다. 두 파의 세력이 모두 비슷비슷하기에 균형을 맞출 존재가 바로 국왕이다. 그런데 국왕을 살해했다는 것은 어느 한쪽의 힘이 그만큼 강해졌다는 뜻일 것이다.

"호호. 오빠, 고마워! 나 막 날아갈 것 같아."

문이 벌컥 열리더니 레나가 달려와 헤럴드의 목을 그러안았다. 방금 목욕을 하고 왔는지 그녀의 몸에서 싱그러운 냄새가 풍겨왔다. 뒤를 따라 들어오던 샤칸이 눈을 흘겼다.

"레나, 너 지금 뭐 하는 짓이니?"

"아참, 언니. 여긴 우리밖에 없잖아."

그러던 레나가 팔짝 물러섰다. 샤칸의 뒤에 랑케와 샤니가 들어오는 것이 보였던 것이다.

그들은 들어오자마자 헤럴드의 앞에 무릎을 꿇었다.

"주군, 이 랑케 이제는 7서클의 마도사가 되었습니다. 감사합니다."

"주군, 저 역시 7서클의 마도사가 되었습니다."

조아리는 두 남녀의 눈에 눈물이 흘러내리고 있었다.

5서클 마법사가 최고라고 하던 이 대륙에 이제 7서클의 마도사가 두 명이나 생겼다.

"일어나라. 그대들은 내 부하들이고 형제들이다. 주군이 부하를 키워주는 것은 당연한 것이다. 축하한다, 랑케, 샤니."

"감사합니다, 주군."

두 사람이 자리에서 일어나 감격으로 들먹이고 있었다. 마법사로서 이제 이들은 대륙의 강자가 되었다. 그러나 헤럴드도 이들도 자신들보다 더 강한 마도사들이 있다는 것을 아직은 모르고 있었다.

헤럴드의 눈이 샤칸을 바라보았다. 샤칸이 발그레해진 얼굴로 입을 열었다.

"난 6서클이 됐어."

그 말을 들은 헤럴드의 얼굴에 기쁨이 어렸다.

샤칸은 원래 4서클이었다. 단번에 두 단계나 올라선 것이다.

"축하해, 언니."

“고마워.”

서로 축하해 주는 그들을 보던 헤럴드가 서신을 보여주었다.

다 보고 난 샤칸의 눈에 놀라움이 어렸다.

“헤럴드, 이건 음모야. 어떤 놈이 우리와 마틴을 싸움 붙이려고 해.”

샤칸의 말에 랑케와 샤니도 머리를 끄덕였다.

“그렇습니다, 주군. 이건 마틴과 우리를 상잔시키려는 수법입니다.”

다섯 사람의 눈이 마주쳤다. 모두의 뜻이 일치한 것이다.

“내 생각은 조지 진영에 어떤 힘이 더해진 것 같아. 그들은 이 기회에 어부지리를 얻으려고 하겠지. 하지만 도전한다면 깨부순다.”

헤럴드의 말이 끝나는 순간 노크 소리가 울렸다.

똑똑.

“후작님, 카마센 성에서 긴급 연락입니다.”

밖에서 수석마법사의 다급한 목소리가 들려왔다.

“들어오라.”

방으로 들어온 마법사의 얼굴은 파랗게 질려 있었다.

“말해보라.”

헤럴드의 말에 수석마법사가 상황을 말하기 시작하였다.

“어젯밤에 엘하르토 영지가 기습을 받아 영주 이하 귀족들이 모두 죽었습니다. 습격자들은 엘하르토 영주를 죽이고 모든 재물을 가져갔고 그곳에 모였던 귀족들의 부인들과 레이디들을 강간, 살해하였다고 합니다. 그런데 문제는, 문제는……."

마법사가 말을 하지 못하고 헤럴드의 눈치를 살폈다. 옆에 앉아 있던 랑케가 버럭 소리를 질렀다.

"무슨 일인지 말을 해야 주군께서 대책을 세울 것이 아니냐? 어서 말을 해라!"

"예. 그것이 네모 백작님의 깃발을 든 블랙울프 군이라고 합니다. 지금 마틴 공작파의 베르토 후작이 군사들을 이끌고 동생의 복수를 하겠다고 진군해 오고 있다 합니다."

방 안에 있던 모든 사람들이 입을 벌리고 말을 못하고 있었다.

창밖을 바라보던 헤럴드가 조용히 말을 이었다.

"이로써 명백해졌군. 어떤 자가 이간계를 만들고 있어. 과연 누군가?"

그런 헤럴드를 보던 샤칸이 근심스럽게 헤럴드를 보며 입을 열었다.

"어떻게 할 거야, 헤럴드?"

창문에서 몸을 돌린 헤럴드의 눈에서 빛이 번쩍였다.

"난 내게 도전하는 적을 용서할 수 없다. 샤칸, 네모에게 명을 내려 베르토의 군사들을 격파하라고 하라. 이 기회에 베르토의 영지까지 합병한다. 그리고 샤칸은 정보단을 움직여 습격자가 누군지 알아내. 감히 블랙울프 군을 사칭한 놈은 추호도 용서하지 않는다."

"하지만 헤럴드, 적은 20만이 넘어. 네모의 3군은 3만밖에 안 돼."

샤칸의 말에 헤럴드는 단호한 명을 내렸다.

"10만의 블랙울프 군을 1군과 2군으로 나누어 진격한다. 지금 양성 중인 10만의 블랙울프 전사들은 영지를 지키고. 랑케."

"옛, 주군."

랑케가 자리에서 벌떡 일어섰다.

"랑케는 영지를 지키고 샤니가 이끄는 마법사들을 두 패로 나누어 군에 배속시켜라. 이번 기회에 나에게 도전하는 적들은 어떻게 되는지 보여준다. 적들이 블랙울프 전사라는 말만 들어도 공포의 대명사가 되게 하라."

"충!"

"충!"

잠시 후 마법 통신이 날아가기 시작하고 수련을 하던 영지의 블랙울프 전사들이 출전하기 시작하였다. 이번 대회전의 블랙울프 제1군은 헤럴드가 직접 총사령이 되고 레나, 타마, 샤니와 열 명의 마법사를 배속시킨다. 블랙울프 제2군은 네모가 사령관이 되고 샤칸과 열 명의 마법사를 참가시켰다.

각 군은 5만씩 10만여 명이었다.

헤럴드 영지의 블랙울프 군은 총 20만이다. 그중 10만은 새로 모집한 초보생들이었다. 이들은 영지를 지키면서 수련을 더하게 될 것이다.

방에 둘만이 남자 샤칸이 헤럴드의 얼굴을 빤히 쳐다보았다. 이제 샤칸은 헤럴드의 눈빛만 봐도 무슨 생각을 하는지 짐작으로 맞힌다. 하긴 그것이 사랑하는 사람에 대한 그녀의 감각이리라.

"왜 그래, 샤칸?"

"세리나 왕후의 행방을 알아보려고 그러지, 그렇지?"

샤칸의 맑은 눈동자를 보던 헤럴드가 고개를 끄덕였다. 짐작이 맞았다는 것을 안 샤칸은 한숨을 내쉬었다. 왠지 속이 쓰려왔다. 그녀의 입이 힘겹게 열렸다.

"세리나 왕후를 사랑해?"

샤칸의 말에 헤럴드는 그만 입이 얼어붙었다.

과연 내가 그녀를 사랑했던가? 그건 아니었다. 왕궁의 담장에 갇혀서 고민하는 그녀를 동정했을 뿐이다. 그러나 한 가지는 명백했다.

그녀가 어려울 때 한 번은 돕겠다고 결심한 자기다. 헤럴드의 모든 생각은 오직 하나 니힐리스 제국을 멸망시키겠다는 일념 하나뿐이다. 그런데 자꾸 인연에 얽매인다.

"아니, 난 사랑하지 않았어. 하지만 난 그녀와 약속했어,

어려울 때 돕겠다고. 그러니 이번에는 내가 나서야 해.”

헤럴드의 말에 샤칸이 천천히 다가왔다. 그리고는 말없이 헤럴드의 품에 안겼다.

“샤칸, 너……?”

“헤럴드, 넌 우리 모두의 수장이야. 네 앞길을 막지는 않을게. 하지만 명심해. 네가 잘못되면 나도 레나도 이 세상에 살 마음이 없어. 언제 어디서나 이걸 명심해.”

그녀의 눈에서 눈물이 흘러내려 헤럴드의 옷을 적셨다. 헤럴드는 가슴이 뭉클하였다. 자기를 걱정해 주는 사람들이 있다는 것은 행복한 일이다.

“고마워 샤칸. 하지만 걱정 마. 내가 누구냐? 천하의 헤럴드야. 알았지?”

헤럴드가 샤칸의 얼굴에 흐르는 눈물을 닦아주었다.

“헤럴드, 세리나 왕후에 대한 일은 내가 정보원들을 통해 알아볼게.”

“고마워, 샤칸.”

샤칸의 몸을 그러안은 헤럴드의 팔에 힘이 들어갔다. 샤칸의 얼굴이 행복으로 붉게 달아올랐다. 베르토 후작의 진공으로 헤럴드의 반격이 준비되었다.

동쪽의 맹수 블랙울프 군의 포효가 시작된 것이다.

＊　　　＊　　　＊

"모든 정보원들에게 명한다. 엘하르토 영지가 습격받던 날 주요 인물들의 알리바이를 조사하라. 이것은 모든 것에 우선한다. 정보관 로즈(샤칸의 암호)."

"에리 상단주 앞. 세리나 왕후의 실종을 조사하라. 최선을 다하기 바란다. 로즈."

무한대의 우주 공간에 마법 통신이 타판파스 초원으로 날아갔다.

두두두두.

맹렬한 말발굽 소리가 대지를 울리고 2만의 블랙울프 군이 네모의 진영에 도착하였다.

"사령관님, 참모장 쉬달로프 이곳에 합류하라는 명령을 받고 방금 도착하였습니다. 인원은 2개 군단 2만 명입니다."

검은 가죽 갑주를 입은 쉬달로프 참모장이 네모에게 보고하고 한 통의 서신을 넘겨주었다.

"이건 정보관님이 보내는 서신입니다. 정보관님께서는 뒤따라 합류할 것입니다."

"오느라 수고했다."

참모장의 서신을 받아 읽던 네모의 짙은 눈썹이 꿈틀거렸다. 그의 두 손이 서신을 와락 움켜쥐었다. 네모의 커다란 눈이 부관에게 돌아갔다.

"당장 친위대에 출동 준비를 시켜라! 이 쥐새끼 같은 놈을 당장 쳐 죽이고 만다!"

서신의 내용에 네모의 두 손이 도끼 자루를 쥐고 부르르 떨었다. 참모장은 네모의 무자비한 명에 깜짝 놀랐고, 곧 밖에서 친위대들이 말에 오르는 소리, 창검이 부딪치는 소리가 요란하게 울렸다.

"이제부터 쥐새끼를 잡으러 간다. 가자."

"충!"

5천의 친위대가 먼지를 일으키며 카마센 성주의 성으로 질주하기 시작하였다.

두두두두.

새벽의 단잠에 곯아떨어졌던 오토는 밖에서 울리는 창검 부딪치는 소리에 잠에서 깨어났다.

옆에서 자고 있던 여자가 오토의 눈치를 살피며 입을 오물거렸다.

"아니, 성에서 이게 무슨 소리람. 저것들 혼 좀 내줘요."

이 여자는 오토의 손에 죽은 귀족의 딸이다. 그러나 지금은 오토의 품에 안겨 생을 누리고 있었다. 오토는 갑자기 불안한 생각이 들었다. 밖에서 창검이 부딪치는 소리가 더욱 크게 들려왔기 때문이다.

'혹시?' 하고 생각하던 오토는 머리를 가로저었다. 저들이 자기가 한 행동을 알 수는 없었다. 엘하르토 영지를 습격할 때 예전부터 데리고 있던 자기의 3천 친위대를 동원시켰고 습격 당일도 사냥을 하러 나갔던 것처럼 가장하였기 때문이다.

"아무래도 나가봐야겠군."

자리에서 일어나 옷을 입던 오토는 문밖에서 울리는 비명 소리에 검을 뽑아 들었다.

이건 분명 대규모 군사들의 공격이다.

촹— 촤앙!

"크악!"

비명이 난무하고 무엇인가 부서지고 깨지는 소리가 요란했다.

문을 열어젖힌 오토는 헉하고 숨을 들이켰다. 복도가 온통 피바다로 변했고 자기의 친위대들이 대가리가 수박처럼 터져나가고 있었다.

퍽! 콰작!

피가 분수처럼 뿌려지는 곳에 마왕 같은 네모가 배틀액스를 들고 걸어오고 있었다. 철탑 같은 그의 뒤로 네모의 친위대들이 따라오며 도끼를 휘둘러 살아남은 자들을 참살하는 것이 보였다.

네모의 친위대는 모두 배틀액스를 사용한다. 커다란 한 개의 배틀액스를 휘두르고 작은 손도끼 10개를 허리에 두른 그들은 먼 곳에 있는 적은 손도끼를 던져 죽이고 가까이에 있는 적은 배틀액스로 찍어 죽인다. 주인을 닮아 인정사정없이 무자비한 자들이 바로 저들이었다.

"이, 이게 무슨 짓입니까? 아무리 그대가 후작의 신임을 받는 군사령관이라고 해도 나는 이 성의 성주… 크악!"

항의를 하던 오토의 한쪽 팔이 배틀액스가 번쩍이자 땅바닥에 떨어져 생선처럼 푸들거렸다.

"쥐새끼 같은 놈! 감히 너 따위가 주군에게 쏠라닥거리다니. 누구냐? 누가 네놈에게 엘하르토 영지를 습격하게 사주했나?"

네모의 배틀액스가 번쩍이자 오토는 오줌을 지리며 주저앉았다.

"나, 나는 그런 일을 한 적이 없소! 이건 억울하오! 정말이오!"

네모의 도끼가 다시 휘둘러졌다.

"으악!"

한쪽 다리가 뭉텅 잘려 나간 오토가 비명을 질렀다. 네모가 다시 도끼를 쳐들었다.

"네깟 쥐새끼가 주군의 명성에 먹칠을 하다니 아예 패 죽이고 말 테다! 말해라, 누구냐?"

오토는 네모가 자기를 살려두지 않을 것이라는 것을 알았다. 저자는 어떤 변명도 통하지 않았다. 그저 무자비하게 도끼로 내리찍는다.

"사, 살려주십시오, 네모 장군님! 으흐흑!"

네모의 부츠를 그러안은 오토가 엉엉 통곡했다. 살고 싶었다. 정말 죽고 싶지가 않았다.

"다시 묻겠다. 누가 사주했나?"

"붉은 머리의 여자였습니다. 그는 자기를 마틴의 부하라고 했습니다."

네모의 눈썹이 꿈틀하더니 도끼가 처들렸다. 그것을 본 오토는 기겁하여 다급히 입을 열었다. 저 무지막지한 놈은 마음에 안 들면 정말로 패 죽일 것이다.

"사, 사실입니다. 그녀는 소드 마스터였습니다. 저도 어쩔 수가 없었습니다, 네모 장군님. 제가 무슨 힘이 있겠습니까. 제발 살려주십시오! 으어엉!"

바짓가랑이를 잡고 매달리는 오토를 내려다보던 네모가 더러운 벌레를 털어버리듯 걷어차 버렸다. 그리고 도끼가 빛을 뿌렸다.

콰직!

비명도 지르지 못한 오토의 머리가 박살이 나서 흩어졌다. 침대에 웅크리고 앉아 있던 여자가 네모의 눈에 띄자 억지로 웃음을 지었다. 부모는 오토에게 죽었지만 자기의 몸매로 살아남은 여자다. 어떤 수를 써서라도 살아야 했다. 그녀가 몸을 비비 꼬며 가까스로 입을 열었다.

"네, 네모님! 저는 저놈에게 잡혀서 할 수 없이… 꺅!"

콰직!

네모의 도끼가 뿌연 원을 그리자 여자의 머리가 반으로 쪼개져 침대를 시뻘겋게 물들였다.

퉤 하고 침을 뱉은 네모가 밖으로 걸어나왔다.

"저, 사령관님! 저놈을 살려서 증인으로 써먹어야 하지 않았을까요?"

뒤따라 온 참모장이 네모에게 조심스럽게 하는 말이다. 오토를 죽이지 말고 살려서 이번 사건이 후두라임 영지가 한 일이 아니라는 것을 밝혀야 한다는 뜻이다. 하지만 네모는 머리를 흔들었다.

"상관없다. 주군에게 도전하는 놈은 모두 죽이면 그만이다. 친위대장."

참모장의 말을 간단하게 잘라 버린 네모가 친위대장을 불렀다.

"옛, 사령관님!"

"오토의 친위대와 가족을 모두 죽여라. 한 놈도 살려두지 마라."

"충!"

친위대장이 달려갔다. 곧 성주의 저택이 피바다로 변해 버렸다. 네모의 친위대는 3천의 오토 친위대를 말 그대로 학살하였다. 오토의 가족은 친위대의 도끼에 맞아 모두 쓰러져 버렸다. 뒷짐을 지고 그것을 바라보는 네모의 눈에서 불길이 일고 있었다.

"감히 주군에게 덤비다니. 쥐새끼들 씨를 말려 버린다."

뒤에서 그것을 바라보는 참모장은 네모를 다시 쳐다보았다. 듣던 그대로 네모는 헤럴드 후작에게 덤비는 자들에게는 용서가 없었다.

"가자, 전군에 출전을 명하라."

동이 트는 아침, 카마센 성에서 5만의 블랙울프 군이 베르토의 군사들을 맞아 출전을 시작하였다.

두두두두!

온 벌판이 5만의 기마들이 달리는 말발굽에 진저리를 쳤다. 마틴의 진영을 향한 광풍의 바람이 불어닥쳤다.

*   *   *

베르토 후작은 40년을 전장에서 보낸 초원의 백전노장이다. 그가 20만 대군을 이끌고 후두라임 영지를 향해 진격해 오고 있었다. 수도의 마틴 공작은 만류했지만 베르토는 참을 수가 없었다. 동생을 죽인 애송이 후작을 자기 손으로 직접 죽이지 못하면 이 분은 풀릴 것 같지 않았다.

"각하, 헤럴드 후작의 블랙울프 군이 두 갈래의 길로 오고 있답니다."

참모장의 긴급 보고에 베르토는 역시 하고 고개를 끄덕였다.

지금 자기의 군사는 20만이다. 성에서 방어를 해도 막아내기가 힘들겠는데 공격이라니, 애송이는 애송이었다.

헤럴드 후작이 아무리 소드 마스터라고 해도 군사들 간의 집단전에서는 전략과 전술이 필요한 것이다.

"좋아, 놈에게 본때를 보여준다. 참모장, 이 타프라 강 구릉지에서 놈들을 격멸한다. 알았는가?"

"옛, 각하!"

베르토 휘하의 참모들이 큰 목소리로 대답하였다.

베르토 군은 중장군사들이 2만여 명, 기마 군사들이 8만, 보병이 10만이다. 그러나 10만의 보병은 베르토를 지지하는 주변 10여 개 영지의 노예병들이다. 20만의 군사들이 진격하는 초원에 먼지가 구름처럼 일어나고 있었다.

두 개의 부대로 갈라진 베르토 군은 막강한 병력을 바탕으로 블랙울프 군을 타프라 강 구릉지에 밀어 넣고 몰살시킬 심산이었다.

두두두두.

그 시각 헤럴드의 블랙울프 제1군은 타프라 강을 목표로 맹렬한 돌진을 하고 있었다.

"주군, 놈들이 두 개 부대로 나뉘어 타프라 강 구릉지에 접근하고 있다고 합니다."

샤니의 보고에 지도를 펼친 헤럴드는 주변 지형을 자세히

들여다보았다.

"베르토 후작이 나를 너무 얕잡아보고 있군. 타마."

"옛, 주군!"

"1만의 별동대를 데리고 선봉에 서라. 적과 마주치면 무조건 밀고 들어가라. 놈들은 우리를 타프라 강 구릉지에 몰아넣고 말살시키려 하고 있다. 하지만 그렇게는 안 될 거다."

"알겠습니다, 주군."

타마가 부대로 달려갔다. 그에게 헤럴드의 명령은 무조건 집행하면 되는 것이다. 20만의 적을 치고 들어가라는 데도 어떤 의문도 제기하지 않았다. 주군이 그런 명을 내렸을 때는 그만한 생각이 있는 것이다.

"샤니는 1만의 전사들을 데리고 좌측으로 가고 레나는 1만의 전사들을 데리고 우측으로 가라. 정면은 2만의 군사로 내가 직접 친다. 그리고 네모에게 연락하여 적의 후방으로 공격하라고 하라."

"알겠습니다."

그때야 헤럴드의 생각을 짐작한 샤니가 즉시 마법 통신을 시작했다.

"우리는 여기서 하루를 쉰다. 그다음 공격을 개시한다. 전사들을 푹 쉬게 하라."

"옛, 주군!"

일제히 대답한 군단장들이 군단으로 달려갔다.

타프라 강 지역에 거의 도착한 헤럴드의 군사들은 수많은 겔을 치고 하루 동안 휴식을 하기로 했다.

두두두두.

그 시각 타마의 제2군은 맹렬한 속도로 베르토 후작의 주변 영지를 향해 질주하고 있었다.

1만씩 다섯 개로 나눠진 군단들은 베르토 후작의 주변 영지들을 공격하려는 것이다. 초원에 구름 같은 먼지가 일어났고 대지가 지진을 만난 것처럼 부르르 떨고 있었다.

"뭐라고 했느냐? 놈들이 영지 쪽으로 가고 있다고?"

"예, 다섯 개 부대로 나뉘어 영지로 달려가고 있습니다. 모두 기마군들이어서 속도가 엄청납니다. 빨리 대책을 세우지 않는다면 영지가 유린당할 것입니다."

지도를 놓고 네모의 군들이 진격하는 방향을 본 귀족들의 얼굴이 하얗게 질렸다. 영지에는 잡병들밖에 없다. 만약 네모의 무자비한 블랙울프 군이 들이닥치면 하루를 버티지 못할 것이다. 귀족들이 웅성거리기 시작하였다.

그들에게는 자기들의 영지가 더 중요하였다. 영지를 잃으면 그건 귀족으로서의 운명이 끝나는 것과 마찬가지다.

"사령, 빨리 부대를 나눠 영지로 보내야 하오."

카스벨 후작이 베르토 후작에게 황급히 말하며 자리에서 일어섰다.

베르토 후작은 어금니를 악물었다. 이 애송이 놈은 지금 자기들의 분열을 꾀하고 있었다. 사실 20만의 부대는 각 영지 소속이다. 또 자기들의 이익을 위해 뭉친 집단이다. 집과 가족을 잃으면서까지 베르토 후작과 협조하려고 하지 않을 것이다.

'으으. 이 애송이 놈이 이런 짓을 꾸미다니.'

"이건 그 애송이가 우리를 갈라놓으려는 수작이오! 모르시겠소? 놈은 지금 이간계를 쓰고 있단 말이오!"

베르토 후작이 소리를 지르자 렌토 백작이 자리에서 일어났다. 그는 베르토 후작을 뚫어져라 쏘아보았다.

"그럼 후작님은 우리 영지가 불타고 가족들이 몰살되어도 된단 말입니까? 후작님은 동생의 복수로 물불을 가리지 않지만 우리에겐 가족과 영지가 그 무엇보다 소중합니다."

렌토 백작의 말에 다른 귀족들도 들고일어났다.

"렌토 백작님의 말이 맞습니다. 놈들은 기껏해야 5만입니다. 여기서 10만을 영지로 보내도 놈들보다 배나 많단 말입니다. 설마 그 애송이 후작이 두려워서 그러는 것은 아니겠지요, 후작님?"

귀족들의 말에 베르토 후작은 할 말이 없었다. 10만을 보내도 현재 진군해 오는 헤럴드의 군세보다 배가 더 많은 것은 사실이다. 다만 그것이 정예가 못 된다는 것에 문제가 있지만.

그래도 지형을 이용하면 놈들의 5만을 일망타진할 수 있었다. 결심을 굳힌 베르토 후작이 입을 열었다.

"그럼 이렇게 합시다. 10만의 부대는 영지로 급파하고 나머지 10만은 여기서 적의 주력을 격파하는 겁니다. 어떻소?"

귀족들이 서두르기 시작하였다. 한시라도 빨리 달려가서 적을 막아야 했다.

잠시 후 거대한 먼지구름을 말아 올리며 10만의 군사들이 영지 쪽으로 달려가기 시작하였다. 그들은 전속력을 다해 말을 달렸다.

베르토 영지군이 달려가는 초원의 땅 밑이 들썩이더니 두 사람의 머리가 나타났다. 이들은 정보원들이었다.

"놈들이 영지 쪽으로 달려가고 있습니다. 병력은 대략 10만 정도 됩니다, 이상."

"알았다."

마법수정구에서 간단한 대답 소리가 들렸다.

"크하하! 대단합니다, 샤칸님. 주군의 계획대로 됐습니다. 호호호!"

네모가 큰 입을 벌리고 웃음을 터뜨렸다. 참모들과 앉아 있던 샤칸의 얼굴에 승리의 미소가 어렸다. 샤칸은 헤럴드가 오고 있을 동쪽을 바라보았다.

'하여간 그 잔머리는 못 당해. 풋!'

이번 작전은 헤럴드의 머리에서 나온 방법이었다.

벌판의 구릉지에 4만의 블랙울프 군이 말들을 꿇어앉히고 숨어 있었다. 지금 각 영지 쪽으로 달려가는 군사들은 사실 1만밖에 되지 않았다. 모두 한 사람이 4마리씩의 빈말을 끌고 달려가는 중이었다. 그러니 적들은 속을 수밖에 없었다.

나머지 4만의 블랙울프 군은 적의 뒤를 치려고 이곳에 숨어 있었다.

이제 타프라 강 지역의 베르토 후작군은 앞뒤로 협공을 받아 괴멸될 것이다. 전투의 승패는 이미 결정된 것이나 다름없었다.

＊　　　＊　　　＊

타프라 강 구릉지는 삼면이 완만한 구릉으로 형성되어 있고 강 옆으로 초원이 펼쳐져 있다. 이곳으로 타마의 1만 선봉대가 맹렬한 속도로 달려오고 있었다. 구릉지에서 대기하고 있던 베르토 후작은 먼지를 뽀얗게 일으키며 달려오는 블랙울프 군을 보고 회심의 미소를 지었다. 선봉군의 뒤에 본대가 달려오는 것이 보였던 것이다.

그의 두 주먹이 불끈 쥐어졌다.

"애송이! 전쟁은 소드 마스터 혼자 하는 것이 아니라는 것을 내가 보여주마."

옆에 있는 참모들과 귀족들도 흥분으로 긴장하고 있는 것이 뚜렷이 보인다.

"참모장, 궁수대를 준비시키고 기마군의 돌격 준비를 갖춰
라."

"옛, 후작님!"

참모장이 기세가 올라 고함치듯 답변한다.

저놈들이 구릉지의 초원 안에 들어오면 함정에 든 코볼트
신세가 된다. 수만의 궁수대가 활을 겨누고 달려오는 적이 들
어오기만을 기다렸다. 그런데 달려오던 선봉대가 말을 멈추
더니 주변을 둘러본다. 뭔가 미심쩍은 모양이다.

베르토 후작은 속이 바짝 타 들어갔다.

"어서 들어와라, 어서……."

손에 땀을 쥐고 내려다보니 애송이의 본대가 다가오는 것
이 보였다. 저놈들이 한꺼번에 들어오면 몰살이다. 승리의 예
감에 숨을 죽이고 긴장해 있던 베르토는 땅이 흔들리는 감을
느꼈다.

"무슨 소리지?"

의아해서 주위를 둘러보는데 옆의 참모들과 귀족들도 서
로를 쳐다보았다. 그런데 소리가 점점 커진다. 그리고 베르토
와 귀족들은 기겁하여 자리를 차고 일어났다. 뒤쪽의 구릉지
에서 기마들의 물결이 나타났다.

두두두두.

"우우우우!"

갑자기 블랙울프 군의 무시무시한 고함 소리가 울려 퍼지고 구릉지를 가득 메운 기마들이 새까맣게 달려온다.

달리는 말 위에서 화살들이 날아오르는 것이 보였다. 하늘을 새까맣게 덮은 화살이 해를 가리고 빗발처럼 날아온다. 말 그대로 화살의 해일이었다.

"죽여라!"

우우우우!

야생적인 고함 소리와 미친 듯이 질주해 오는 말발굽 소리, 햇빛을 받아 번쩍이는 검과 창, 배틀액스의 시퍼런 빛들이 파도처럼 몰려온다.

헤럴드의 본대를 주시하고 있던 군사들이 그만 기겁하여 일어섰다. 적은 앞이 아니라 뒤에서 밀려오고 있었다.

"이, 이게 대체 어떻게 된 일이냐?"

분명 저것은 영지로 갔다는 블랙울프 제2군이었다.

맨 앞에 달려오는 기수의 뒤에 펄럭이는 깃발에 블랙울프 제2군이라는 글자가 선명하게 보였다.

슈슈슉— 파파팟!

하늘을 덮고 쏟아져 내리는 화살들에 군사들이 비명을 지르며 쓰러지고 대오는 순식간에 뒤죽박죽이 되었다.

두두두두!

"죽여라!"

이번에는 앞이다. 헤럴드의 본대가 맹렬하게 짓쳐오고 있었다.

앞에도 적, 뒤에도 적이다.

베르토 후작은 이를 악물었다. 적들에게 속은 것이다. 놈들은 영지로 간 것이 아니라 이곳을 앞뒤로 포위하였다. 그렇다고 이대로 죽어줄 수는 없었다.

"막아라! 공격하라!"

참모들이 베르토의 명에 따라 군사들을 내몰았다. 그러나 이미 공포에 질린 군사들은 갈팡질팡하였고 다시 대오를 바꿀 수도 없었다. 그러는 사이에 네모의 2군이 파도처럼 덮쳐들었다.

"크하하! 이놈들― 내가 죽음의 배틀액스 네모다."

휘익― 퍽! 촤앙― 창!

"크악!"

전장은 죽고 죽이는 치열한 혈전의 장으로 변했다. 맹렬하게 돌진해 들어가는 헤럴드의 뒤를 샤니와 타마가 호위하며 무자비하게 모닝스타를 휘둘렀다.

촹! 촹! 우지끈! 퍽!

게다가 중장보병들에게는 마법사들의 마법이 쏟아졌다.

"기가 라이데인."

"체인 라이트닝."

우르릉― 버언쩍!

하늘에서 시퍼런 번개와 수만 볼트의 전기가 장갑병들의

머리 위에 쏟아졌다.

콰콰쾅! 치지직!

"으악! 마법이다!"

"크악! 마도사다!"

그곳으로 헤럴드의 3만 블랙울프 군이 송곳처럼 돌격해 들어가며 닥치는 대로 베어버렸다.

전장은 순식간에 아비규환으로 변해 이리저리 몰리다가 목이 달아나고 팔다리가 허공으로 솟구쳤다.

"후작님, 피해야 합니다."

베르토 후작의 참모장이 맹렬한 속도로 다가오는 헤럴드를 보며 온몸을 떨었다.

"으으, 내가 저 애송이에게 당하다니."

헤럴드의 양옆에는 지옥의 모닝스타라는 놈과 계집이 달리며 닥치는 대로 자기 기사들을 도살하고 있었다. 그런데 저건 대체 뭔가 말이다. 계집의 손에서 뻗어 나오는 마법은 상상할 수도 없는 무시무시한 마법이었다. 시퍼런 번개가 쏟아져 군사들을 무리로 태워 죽이고 있었다. 게다가 헤럴드라는 애송이는 소드 마스터답게 푸른 빛줄기가 뿜어져 나오면 사람이고 말이고 할 것 없이 두부처럼 베고 지나간다. 그 누구도 저들을 막을 수가 없었다.

이제야 베르토는 마틴 공작이 그렇게 막던 이유를 알 것 같았다. 저들 블랙울프 군은 하나같이 정예들이었다.

폭풍처럼 쇄도해 들어오는 블랙울프 군을 바라보던 베르토는 말 머리를 돌렸다. 더 이상 포위되기 전에 도망쳐야 했다.

"가자. 공작님께 이 사실을 알려야 한다. 저놈들은 마도사까지 있어."

베르토와 귀족들은 친위대만 데리고 전장을 빠져나가기 시작하였다. 도망치는 그들의 뒤로 블랙울프 전사들의 함성 소리가 울려 퍼졌다.

"항복하라! 항복하지 않는 자는 죽는다!"

군사들이 창검을 집어 던지고 무릎을 꿇는 것이 보였다. 베르토의 눈에 눈물이 흘러내렸다.

"애송이 놈, 두고 보자! 반드시 너를 찢어 죽일 테다!"

이를 갈며 내달리던 베르토는 가슴이 철렁하였다. 구릉지를 넘어서 협곡으로 들어서자 검은 갑주를 입은 또 다른 블랙울프 군이 달려나오는 것이 보였다. 이곳에 미리 매복하고 적을 기다리던 레나의 1만 궁수대였다. 약 3천의 기사들이 꽁지에 불이 붙은 듯 달려오는 것이 보였다. 모두 화려한 갑옷들을 입은 것을 보니 귀족들이다. 레나의 입가에 미소가 그려졌다.

"한 놈도 살려 보내지 마라! 쏴라!"

슈슈슈슉― 팟팟팟팟!

"컥!"

달려가던 기사들이 빗발처럼 날아오는 화살에 무리로 떨어지기 시작하였다. 그들의 앞에 은발을 휘날리는 어린 여자가 활을 당기는 것이 보였다.

쐐애액!

"아악!"

베르토의 호위기사들이 미처 반항도 못하고 무리로 굴러 떨어졌다.

"에잇! 쳐 죽이고 말 테다!"

레나를 향해 말을 달려나오던 베르토는 정면으로 자신을 겨누는 레나의 활을 보았다. 그러나 그는 개의치 않았다. 자신은 상급의 기사였고 화살 같은 것은 얼마든지 쳐낼 수 있었다.

이를 악문 베르토가 검을 치켜들고 질풍처럼 내달렸다. 저 계집은 애송이의 애인이라니 저년이라도 죽여야 속이 풀릴 것 같았다. 하지만 그것은 그만의 생각이었다.

레나의 손에서 활시위가 터졌다.

우르릉― 버언쩍!

갑자기 활시위를 놓자 우레가 치는 소리가 들리더니 새파란 번개 같은 빛이 뿜어져 나왔다.

"버, 번개?"

눈이 둥그레졌던 베르토는 오른팔이 찢어지는 것 같은 아픔을 느끼며 비명을 질렀다.

"크억!"

그의 오른팔이 잘려 바닥으로 떨어지는 것이 보였다. 마치 칼로 자른 것 같은 팔은 꺼멓게 불에 타서 피도 나오지 않았다.

말에서 굴러 떨어진 베르토는 자기의 팔을 보며 그 자리에 굳어졌다. 저건 화살이 아니었다. 말을 타고 달려온 레나가 소리쳤다.

"베르토 후작! 당신을 체포한다. 묶어라."

"옛!"

블랙울프 전사들이 달려들어 베르토를 잡아 일으켰다. 전사들에게 끌려가는 베르토는 정신이 반쯤 나가서 중얼거렸다.

"그건 뇌전이었어, 뇌전!"

하지만 끌려가는 베르토를 보며 레나는 툴툴거리고 있었다.

"치잇! 심장을 겨눴는데 겨우 팔을 잘랐네. 오빠 말대로 열심히 수련해야겠어."

지금 레나의 뇌전시는 팔성이다. 이번 전투에서 처음으로 뇌전을 사용했는데 괜찮았다.

뇌전은 번개 모양의 마나가 화살처럼 날아가 적을 격살한다. 십이성 대성하면 한 번에 열여섯 개의 번개 모양의 뇌전을 날릴 수 있는 무시무시한 수법이 바로 해동 뇌전시였다.

치열한 격전이 벌어졌던 타프라 강 구릉지는 포로들로 가득하였고 시체가 산을 이루었다. 사상 4만, 포로 6만의 대승이었다.

*   *   *

포로들이 무릎을 꿇고 앉아 있는 초원에 블랙울프 전사들이 둘러싸고 그 앞에 네모가 나와 서 있었다.

"난 블랙울프 2군 사령관인 네모다. 너희들 중에 우리 군에 복무할 자들은 오른쪽에 서고 그렇지 않은 자들은 왼쪽에 서라. 군에 복무하는 자는 5년 이후 평민으로 생활할 수 있지만 그렇지 않은 자는 노예로 전락할 것이다. 자, 결정하라. 10분간의 시간을 주겠다."

네모의 말이 끝나자 포로들이 와르르 일어섰다. 이들은 80% 이상이 노예군이었다. 그런데 5년만 군복무를 하면 평민이 된다니 누가 말릴 새도 없었다.

군사들 중에 자리에 남아 있는 자들은 하나도 없었고 그나마 남아 있는 자들은 귀족들과 기사들뿐이었다. 그들은 서로서로 눈치를 살폈다.

네모의 얼굴에 웃음이 어렸다.

"너희들에게도 선택권을 주겠다. 너희들 스스로 영지를 넘기고 풀려나든가, 아니면 목숨을 내놓든가. 결심을 하라."

이곳에는 각 영지의 영주들이 모두 잡혀 있었다. 네모의 말에 귀족들은 어이가 없었다. 귀족들은 영지 간의 전쟁에서 패하면 몸값을 물고 풀려난다. 그런데 이놈들은 무지막지하게도 영지를 내놓으라고 한다.

귀족들의 얼굴이 분노로 시뻘게졌다.

"차라리 우리를 죽여라! 이런 수치를 받고 싶지는 않다!"

베르토 후작의 말에 귀족들이 호응하였다. 영지를 내놓을 수는 없었다.

그러나 이들은 지금 모르고 있다. 사실 이들은 자기 영지를 지켜낼 힘이 없다. 영지의 정예군이 이미 모두 포로가 되었거나 죽었기 때문이다.

"네모."

겔 안에서 헤럴드의 목소리가 들렸다.

"옛, 주군."

"그들은 귀족들이다. 소원대로 모두 죽여라."

"옛, 주군! 명을 받습니다!"

네모가 허리를 펴더니 어깨에 둘러메고 있던 도끼를 손에 쥐었다. 피 묻은 시뻘건 도끼가 빛을 뿌린다.

"흐흐. 영지를 넘기는 데 협조하면 살았을 것을, 어리석은 놈들. 이제 네놈들은 모두 죽을 것이고 너희들의 아내와 딸들은 노예로 팔려갈 것이다."

네모의 말이 끝나자 귀족들의 얼굴이 하얗게 질렸다. 설마 죽일 것이라고는 생각도 못했는데 이놈들을 정말 귀족들을 죽이려고 하고 있다. 이럴 수는 없다.

"이보시오, 우린 귀족들이오. 이럴 수는 없소."

한 귀족이 항의하자 네모의 얼굴에 잔인한 살기가 어렸다.

"네놈들은 전쟁에서 포로가 되었다. 살리고 죽이는 것은 주군의 마음이다. 친위대는 이놈들을 모두 죽여라."

"예, 명을 받습니다!"

친위대원들이 도끼들을 뽑아 들고 다가온다. 귀족들은 그만 얼굴이 하얗게 질렸다. 친위대원들의 눈에서 희열이 넘치는 것을 본 귀족들은 그만 오줌을 지렸다.

"사, 살려주시오! 영지를 바치겠소!"

한 귀족이 나오자 여러 명의 귀족들이 앞으로 나섰다. 우선은 살고 봐야 했다.

"우리도 영지를 바치겠소! 살려주시오!"

네모는 흡족한 마음으로 남은 귀족들을 둘러보았다. 주군의 말대로 일부는 나왔고 일부는 설마 죽이지는 못할 것이라고 생각하고 버티고 있었다.

"너희들은 선택할 기회를 버렸다. 모두 죽여라."

친위대원들의 도끼가 버티고 있는 귀족들을 무자비하게 내리찍기 시작하였다.

퍽! 콰작! 빠각!

"크억! 켁!"

순식간에 피가 튀고 귀족들의 골통이 빠개지며 초원에 쓰러졌다.

“으악! 살려주시오! 영지를 바치겠소!”

“이미 늦었다.”

네모의 입에서 차가운 말이 떨어지고 삼백여 명의 기사들과 귀족들이 모두 머리가 깨져 참살당하였다. 그것을 보는 귀족들은 온몸을 벌벌 떨고 있었다. 자기들도 억지를 부렸다면 저렇게 머리가 박살이 나 죽었을 것이다. 새삼 헤럴드 후작이 무서워졌다. 이들은 이제 다시 반항할 생각은 꿈에도 못할 것이다.

코르모 영지의 성문 파수병은 저 멀리에서 다가오는 군사들을 보고 눈을 부릅떴다. 모두 부상당한 군사들이 겨우겨우 걸어오는 것이 보였다. 그들 가운데 들것이 들려 있고 사람이 누워 있었다. 저건 영주님의 깃발이었다.

“기사님, 영주님이 돌아오는 것 같습니다. 그런데 전쟁에서 패한 것 같습니다.”

파수병의 고함에 깜짝 놀라 달려나온 당직 기사가 다급해서 소리를 질렀다.

“어서 성문을 열어라! 어서!”

거대한 성문이 열리고 패잔병 대열이 다가왔다. 가까이 오는 것을 보니 그들은 영지의 노예병들이었다.

"대체 어찌 된 일인가? 영주님은 어떻게 되었는가?"

기사의 물음에 군사가 맥없이 대답하였다.

"영주님은 돌아가셨습니다."

군사의 말에 들것으로 달려간 기사는 머리통이 박살난 영주를 보고 고개를 숙였다.

"여, 영주님! 억!"

고개를 숙이고 영주를 바라보던 기사는 가슴을 뚫고 나오는 검을 잡고 비칠거리며 돌아섰다. 영지의 노예병들이 기사의 가슴에 검을 박아 넣고 있었다.

"네, 네놈들이 반란을……."

노예병이 피식 웃었다. 그리고는 검을 쑥 뽑았다.

"우린 이제부터 블랙울프 군이다. 신호탄을 쏴라. 파수병들을 처리하라."

부상당한 것으로 가장하고 있던 노예병들이 파수병들에게 달려들었다.

"얏!"

챵! 챵! 촤앙!

검과 검이 부딪치며 파수병들이 하나둘 쓰러져 갔다. 파수병들이 결사적으로 막아섰지만 상대가 되지 못했다. 그리고 신호를 받은 블랙울프 군이 폭풍처럼 달려왔다.

두두두두!

우우우우!

말들의 달리는 소리, 블랙울프 군의 함성 소리가 코르모 영지의 종말을 알리고 있었다.

이 밤, 헤럴드는 열두 개의 영지에 대한 기습을 진행하여 모두 손안에 넣었다. 투항한 노예병들과 블랙울프 군을 혼성하여 패잔병으로 보낸 군사들을 적들은 의심하지 않았고 성문은 너무도 쉽게 열렸던 것이다.

대륙력 12,012년 타판파스 초원의 동부지구는 후두라임 영지로 귀속되었다. 그리고 이 소식은 타판파스 초원을 뒤흔들었고 블랙울프 군의 용맹성은 천지를 울렸다.

CHAPTER
05

방랑 검사 월터

THE Warrior
Gale of Wind

아담한 정원에 앉아 있는 세리나 왕후는 비록 얼굴은 야위었지만 도도한 품위는 여전했다. 납치되어 정신을 차린 그날부터 세리나는 어딘지 모를 이곳에서 한 발자국도 움직이지 못했다. 높은 담을 둘러친 정원은 경계기사들이 곳곳을 지키고 있었고 자기를 납치해 온 붉은 머리 여자는 이따금씩 들렀다.

해가 지는 먼 하늘을 바라보는 세리나는 한숨을 쉬었다. 지금쯤 헤럴드는 어떻게 되었는지 말은 안 해도 근심이 태산 같았다.

"걱정이 되는 모양이군."

갑자기 뒤에서 들리는 말에 돌아보니 붉은 머리 여인이 자기를 쏘아보고 있었다.

자기를 납치해 온 여자다. 그녀가 정자에 올라오더니 세리나의 앞에 앉았다.

"헤럴드의 소식을 듣고 싶지 않나? 그는 지금쯤 전쟁을 하고 있을 거야. 죽지는 않겠지만 많은 군사들이 죽을 것이고 영지도 잃게 되겠지. 그다음은 어떻게 될까? 호호호! 가슴이 아픈 모양이군. 하지만 걱정 마. 그자의 마지막은 내가 잡아다가 네 앞에서 목을 쳐줄 테니까."

붉은 머리 여자의 눈에서 광기가 번쩍였다. 물끄러미 바라보던 세리나의 입에서 조용한 말이 흘러나왔다.

"당신이 왜 그를 미워하는지는 모르겠지만 내 생각에는 실연을 당한 것 같군요."

"닥쳐! 누가 실연을 당했단 말이냐? 나와 그는 철천의 원수 간이다."

자리에서 벌떡 일어선 붉은 머리의 여인을 바라보는 세리나의 눈에 동정의 빛이 어렸다.

"당신도 여자이고 나도 여자입니다. 여자의 직감은 속일 수 없어요. 만약 그가 당신을 버렸다면 그만한 사정이 있었을 겁니다. 내가 알건대 헤럴드는 마음이 악한 사람이 아니에요. 아니, 오히려 순수하고 뜨거운 사람이죠. 혹시 당신은 니힐리스 제국의 사람이 아닌가요? 그렇다면 이해가 가요. 헤럴드의 부모는 니힐리스 제국에게 모두 죽었고 어머니와 누나는 강간살해됐다고 하더군요. 그가 복수를 했다면 당연한 것 아닌가요?"

찰싹!

붉은 머리 여인의 손이 세리나의 뺨을 후려쳤다. 그의 눈은 분노로 이글거렸다.

"남자들은 짐승들이야. 그자는 나를 농락했어. 너도 이용물에 불과할 뿐이야. 두고 봐. 지금 네가 잡혀 있는데도 너를 구하러 올 생각도 안 하고 있어. 그리고 그자에게는 너 말고도 두 명의 여자가 더 있어. 그래도 사랑해?"

세리나는 처연한 얼굴로 그녀를 바라보았다.

"당신은 정말 아무것도 모르는군요. 사랑은 주는 것이랍니다. 난 그가 나를 구하기 위해 위험에 처하는 것을 바라지 않아요. 매일 주신께 기도를 하지요. 제발 나를 찾지 말고 목표를 이룩하라고. 그런 것이 진정한 사랑이랍니다."

붉은 머리 여인의 눈에서 광기가 뿜어져 나왔다.

"그자가 망하는 것을 반드시 네게 보여주마. 그때 가슴을 치는 네 모습을 반드시 보고야 말겠어."

"그는 망하지 않아요. 반드시 목표를 이룰 것입니다. 그는 그런 사람이니까."

그때 발자국 소리가 들렸다.

"브리지트님, 그, 급보입니다."

"무슨 일이냐?"

"그, 그게……."

달려온 자가 세리나를 힐끔 보며 미처 말끝을 맺지 못했다.
브리지트의 눈이 더욱 새빨개졌다.

"상관없다. 말해라."

"헤럴드를 치러갔던 베르토 후작의 20만 대군이 괴멸되었
고 동부지구의 열두 개 영지가 후두라임 영지로 귀속되었습
니다."

"이, 이……!"

브리지트가 분노에 차서 말끝을 맺지 못했다. 겨우 산골 변
방의 영지에 당해서 20만 대군이 괴멸되고 열두 개 영지가 합
병되다니, 억이 막혀 말이 나오지 않았다.

반대로 세리나의 눈에는 기쁨이 물결쳤다. 그런 그녀를 바
라보는 브리지트는 가슴이 터지는 것 같았다.

"좋아, 두고 봐! 내가 반드시 파멸시키겠어! 두고 보라고!"

브리지트가 급히 걸어나갔다. 세리나의 눈이 저 멀리 동쪽
하늘을 바라보았다.

"역시 당신은 내 기대를 저버리지 않는군요. 이기세요. 반
드시 이겨서 이 타판파스 왕국의 왕이 되세요. 전 믿어요."

두 눈 가득 눈물이 그렁한 세리나 왕후가 간절한 소원을 안
고 저 멀리 동쪽 하늘을 쳐다보았다. 그곳에 자신의 자랑스러
운 정인이 초원을 울리는 포효를 하고 있었다.

＊　　　＊　　　＊

온 초원이 벌컥 뒤집혔다. 베르토 후작의 20만 대군의 괴멸, 열두 개 영지가 후두라임 영지로의 귀속, 타판파스 초원의 동쪽의 맹수가 드디어 포효를 시작하였다.

사람들은 이번 격전을 두고 분노한 블랙울프의 포효라고 말하고 있었다.

태양이 만개한 오후, 마틴 공작의 진영과 잇닿은 경계선에 양쪽에서 등에 흰 깃발을 꽂은 전령들이 말을 타고 달려왔다. 그로부터 얼마 후 화려한 갑옷들을 입은 수십 명의 기사들이 중간 지점으로 나왔다. 마틴과 그의 참모들, 그리고 기사들이었다.

저쪽에서도 검은 가죽 갑주를 입은 블랙울프 군이 달려오는 것이 보였다.

헤럴드와 타마, 샤칸이었다.

"안녕하십니까? 오랜만입니다, 공작님."

말에서 내린 헤럴드가 마틴 공작에게 간단하게 고개를 숙여 예를 표하였다.

"오랜만일세. 그러나 우린 서로 적으로 만났네. 참 애석한 일이야."

"적을 만든 것은 제가 아니라 베르토 후작입니다. 공작님,

저는 처음부터 공작님과 싸울 생각이 없었습니다. 그러나 나를 죽이겠다고 오는 사람들을 그냥 둘 수는 없지요. 이번 일은 그에 대한 징벌입니다."

헤럴드의 말에 공작은 입맛을 다셨다. 원래부터 헤럴드를 적이라고 생각한 적이 없는 마틴 공작이다. 아들이 살해된 사건에는 분명 뭔가 흑막이 있을 것이라고 생각했고 조사를 하던 중이었는데 이런 일이 일어났다.

"그래, 나에게 하고 싶은 말이 뭔가?"

"열두 개 영지에서 체포한 귀족들을 모두 돌려드리겠습니다. 반항하는 귀족들은 죽었지만 일부는 살아 있습니다. 물론 그곳에 베르토 후작도 있습니다. 이들을 돌려받으면 공작님은 수하 귀족들의 충성심을 더 받을 수 있을 것입니다."

헤럴드의 말에 마틴 공작은 물끄러미 바라보았다. 이자는 나이는 어렸지만 심계는 보통이 아니다. 베르토 후작이 패한 것이 당연하다는 생각이 들었다. 포로가 된 귀족들을 돌려받는다면 자기 파의 귀족들은 그만큼 더 따를 것이 분명했다.

"그럼 조건이 있을 텐데… 그게 뭔가?"

"지금 우리들의 싸움은 누군가가 조장하고 있습니다. 전놈을 찾아내어 반드시 핏값을 받을 것입니다. 타판파스 초원의 패권은 앞으로 긴 시간이 지나면 누군가가 차지하겠죠. 그러나 음모를 꾸미는 자의 희생물이 되고 싶지는 않습니다."

마틴은 빙긋이 웃었다. 자기도 그것 때문에 신중을 기하고 있었다. 지금 헤럴드의 세력이 커졌다고 해도 마틴은 얼마든지 이길 자신이 있었다. 문제는 조지 공작파였다. 놈은 웅크리고 앉아서 힘을 키우고 있었다.

"자네의 의견을 받아들이지. 이제부터 나와 자네 간에는 평화협약을 하세. 자네가 나를 공격하지 않으면 우리도 자네를 공격하지는 않을 것이네. 아참, 그리고 한 가지 알려줄 것이 있네. 세리나 왕후와 자네의 관계를 조지 공작이 마법영상에 담아 가지고 있더군. 참고로 하게."

마틴의 말에 헤럴드의 얼굴이 눈에 띄게 굳어졌다. 마틴은 역시 하고 회심의 미소를 지었다. 이제부터 저 헤럴드는 조지 공작과 원한을 가지게 될 것이고 둘 간의 싸움이 일어나면 자기에게는 그만큼 유리한 것이다.

"타마, 포로들을 넘겨주어라."

"옛, 주군."

열두 개 영지에서 포로가 된 귀족의 수는 남녀와 아이들을 합쳐 1,600명이 넘었다. 그들은 모두 마틴 공작파에 넘겨졌다. 이로써 헤럴드는 잠시간의 시간을 벌었다.

그러나 진짜 싸움은 이제부터였다.

*   *   *

지금의 타판파스 초원은 약육강식의 시대였다. 허수아비

나마 있던 왕실은 없어졌고 세 개의 세력이 초원을 장악했다. 조지 공작파, 마틴 공작파, 그리고 헤럴드의 동쪽파였다.

그러나 이 땅에는 그들만이 살고 있는 것이 아니었다. 수많은 중소 전사단들이 있고 용병단들도 있다. 이들 모두가 혼란한 정세 속에서 자파의 이익을 위해 먹고 먹히는 정글의 법칙이 적용되고 있었다.

수도의 동남쪽에는 쿨머루란 거리가 있다. 이곳은 인구 5만으로 쇠, 돌을 캐내는 광산 지대였다. 노천 광산인 이곳은 수도 지역의 유일한 광산 지구였고 철의 질도 좋아 무기를 생산하는 원료로 쓰인다. 지금같이 힘이 우선인 시대에 철은 정말 중요한 재료였다.

이 광산가는 스톰 전사단이라는 중소 전사단의 소유지이다.

"누나, 여기로 와. 이곳이 좋겠다."

이곳은 쿨머루 호수가에 있는 황제의 식당이란 곳이다. 수도에서 이곳 쿨머루는 상당히 경치가 좋은 곳이고 많은 도박장과 유흥가, 그리고 상인가와 사창가가 있다. 손님이 많으면 그만큼 서비스 시설이 느는 것은 어디서나 예외가 없었다.

"음, 그래."

삼십대 중반의 여자가 식탁으로 다가오는데 참으로 미인이다. 그리 큰 키는 아니었지만 검은 머리에 흑진주 같은 눈동자와 옥같이 흰 살결, 큰 눈과 도톰한 입술은 누가 봐도 매혹적인 여자였다. 게다가 삼십대의 무르익어 터질 것 같은 몸매는 식당에 있던 사람들의 눈을 떼지 못하게 한다.

그 자리에는 허름한 옷을 입은 중년의 사내가 혼자 앉아 부류고뉴산 레드 와인을 마시고 있었다.

"저… 자리가 없어서 그러는데 합석하면 안 될까요?"

이십대 후반 정도의 청년이 쾌활한 어조로 묻자 중년인은 창밖을 바라보던 시선을 돌렸다. 얼굴에는 이마에서부터 턱 밑까지 긴 칼자국이 나 있고 옆구리에는 한 자루의 검이 매어져 있었다.

"그러시오."

무뚝뚝하게 한마디 한 중년인이 다시 호수가를 바라보았다.

"감사합니다."

인사를 하고 자리에 앉은 청년은 앞에 앉은 사내를 호기심 어린 눈으로 훑어보았다. 거무칙칙한 옷은 얼마나 오래 입었는지 본래 무슨 색깔인지도 구별이 가지 않는다. 그리고 그는 앞에 손님들이 동석을 했는데도 눈길 한번 주지 않았다.

"이왕 이렇게 앉은 것도 인연인데 우리 통성명을 하면 어떻습니까? 전 스톰 전사단의 토마스라고 하고 이 숙녀는 제 누나인 베라입니다."

토마스가 활발하게 말하자 사내의 무심한 눈동자가 토마스를 쳐다보고는 다시 베라를 훑어보았다. 사내의 눈에 무엇인가 이채가 지나갔다.

"월터요."

간단히 말한 사내가 다시 고개를 돌렸지만 토마스는 그냥
두지 않았다.

"월터님은 검을 찬 것을 보니 전사입니까? 아니면 용병?"

하지만 사내는 무표정하니 창밖을 보며 입만 열었다.

"방랑 검사요."

토마스는 고개를 끄덕거렸다. 이 세계에는 어디에도 소속
되지 않은 방랑 검사들이 많다. 이 사람도 그런 사람들 중의
한 명인 것 같았다.

"아하, 그렇군요. 검을 쓰는 모양이지요?"

토마스는 아무래도 젊으니 호기심을 참지 못하는 다혈질
인 것 같았다. 이 세계에서 남의 무기에 대해 물어보는 것은
엄청난 실례이다.

"토마스, 그만 해라. 무슨 소리냐?"

누나의 말에 그제야 자기의 실례를 느낀 토마스가 정중히
사죄했다.

"죄송합니다. 제가 그만 호기심을 참지 못했습니다."

"괜찮다."

중년인은 반말로 말했지만 왠지 그 말이 당연한 것처럼 들
렸다. 이 사람에게서는 뭔가 묘한 위엄 같은 것이 보였다. 그
게 뭔지는 모르겠지만.

"무엇을 주문하시겠습니까?"

식당의 안내원이 메뉴를 들고 다가와 베라에게 묻는다. 중년인의 음식을 힐끔 본 베라가 입을 열었다.

"부류고뉴산 레드 와인 석 잔, 갈랑틴(고기와 채소를 볶은 것) 요리, 마틀 로드(양념한 민물고기) 요리를 주세요."

메뉴를 적고 난 안내원이 허리를 깊이 굽혔다.

"알겠습니다. 곧 가져다 드리겠습니다."

잠시 후 음식이 나오자 베라는 동생에게 눈짓을 하였다. 누나의 뜻을 눈치 챈 토마스가 와인 잔을 월터의 앞에 옮겨놓았다.

"어차피 동석하였으니 저희가 한 잔 내겠습니다. 같이하시죠."

"고맙다."

와인 잔을 받은 중년인이 잔을 받아 약간 마셨다. 그것은 마치 귀족이 맛을 음미하는 것과 비슷했다. 베라의 눈은 그것을 놓치지 않았다.

'이 사람은 예전에는 귀족이었던 모양이다.'

그럴 수도 있었다. 몰락한 귀족이 한둘도 아니고 그런 사람들은 정처없이 떠돌아다니는 경우가 많다.

"아이고, 이게 누구요? 그 잘난 스톰 가의 장미가 나타나셨군. 정말 반갑소. 흐흐."

"남자가 그리워서 나온 모양이군."

"남자라면 내가 한 남자 하지. 히히."

갑자기 음탕한 말들이 들리고 여섯 명의 건장한 사내들이 식탁을 둘러쌌다. 그들의 손목마다에 시퍼런 파르티잔(철퇴의 일종. 끝 부분이 창처럼 뾰족하다)이 그려져 있었다.

이들은 이곳 클머루 시가의 검은 조직인 파르티잔의 조직 깡패들이다. 인원만 이백여 명, 게다가 수도의 거대 전사단인 스콜피언의 지지를 받고 있는 자들이다.

베라의 얼굴색이 변했다. 이놈들과 시비가 붙으면 스톰 전사단 같은 작은 곳은 자칫하면 사라질 수도 있었다.

"크크. 장미 아가씨, 그렇게 우리 두목님의 청혼을 받아들였으면 벌써 남자 맛을 봤을 게 아니오. 흐흐."

"뭐 이젠 나이도 있는데 그러다가 홀로 늙겠구만."

놈들의 말에 더는 참을 수 없던 토마스가 자리를 차고 일어났다.

"네놈들이 감히 누나를 모욕하다니 내 오늘 그냥 있지 않겠다!"

그러나 토마스는 뽑아 든 검을 미처 휘두르지도 못하였다. 옆에 있던 덩치 큰 놈이 토마스의 팔을 비틀었고 검을 빼앗아 부러뜨려 버렸다.

챙그렁.

"이, 이놈들……!"

토마스가 수치로 이를 악물었다.

"이봐, 검은 함부로 뽑는 것이 아니야. 잘못하면 제명대로 못살 수도 있지. 안 그래요, 장미 아가씨?"

베라의 옆에 엉덩이를 붙인 놈이 그녀에게 얼굴을 들이밀고 징그러운 웃음을 흘렸다.

"장미 아가씨, 우리 두목님의 말이 삼 일이요. 삼 일 안에 청혼을 받아들이지 않으면 스톰 전사단은 아마도 힘들게 될 것이오. 아, 그렇다고 밤중에 야반도주할 생각은 마시오. 우리가 감시하고 있으니까. 크크크."

킬킬거리는 놈을 증오에 찬 눈으로 보고 있던 베라의 손이 놈의 면상을 갈겼다.

찰싹!

"더러운 놈들! 힘이 있다고 이런 더러운 짓을 하다니!"

그녀의 큰 눈에 눈물이 맺혀 금방이라도 떨어질 것 같았다.

"아니, 이년이? 억? 너, 넌 누구냐?"

베라에게 주먹을 휘두르려다가 팔을 잡힌 놈이 중년인을 바라보며 눈을 부라렸다. 하지만 놈은 곧 숨넘어가는 비명을 질러야 했다.

중년인이 놈의 팔을 비틀었는데 끔찍한 소리가 울렸다.

우드득!

"아아악!"

중년인은 더러운 물건을 던지듯 놈을 던져 버렸다.

와장창!

공중으로 날아가 식탁을 부수며 처박힌 놈은 죽었는지 꼼짝도 하지 못했다.

"네놈은 뭐냐? 이년의 기둥서방쯤 되냐?"

다섯 명의 깡패가 파르티잔을 허리에서 뽑아 들었다. 아이 머리통만 한 철퇴는 삐죽삐죽한 쇠못이 박혀 보기에도 스산하다.

"꺼져라!"

중년은 간단하게 말하고 와인 잔을 들이켰다. 빙 둘러싼 깡패들이 중년인의 묘한 기세에 섣불리 달려들지 못하고 서로 눈을 맞췄다. 그리고는 일제히 달려들었다.

"야앗!"

휘윅! 휙—

철퇴가 공기를 찢는 소리를 내며 전후좌우로 날아들었다. 당장 중년인은 묵사발이 될 것 같은 분위기다. 보고 있던 사람들이 눈을 감았다. 저 철퇴에 맞으면 최소한 불구가 되거나 즉사할 것이다.

창! 촹! 촹! 퍽퍽퍽!

"크악!"

"아악!"

우지끈! 털썩!

달려들던 다섯 명의 깡패가 모두 식당의 바닥을 굴러다녔다.

"와~ 멋지다!"

식당의 사람들이 환호를 올렸다.

언제 어떻게 된 것인지 모르겠지만 중년인의 몸이 솟구친다 싶은 순간 깡패들은 모두 날아가 바닥을 뒹굴었던 것이다. 자리에서 일어선 중년인이 쓰러진 놈들에게 다가갔다. 그의 몸에서 살기가 뿜어져 나오고 있었다, 오직 깡패들에게만.

놈들의 얼굴에 공포의 감정이 어렸다. 어떻게 해야겠는데 살기에 몸이 굳어져 도저히 움직일 수가 없었다.

"우, 우린 파르티잔파요."

"그래서?"

중년인의 말에 깡패들은 눈이 둥그레졌다. 최소한 이 거리 사람들은 파르티잔파라면 피하거나 상대를 안 한다. 잘못하면 멸문지화를 당할 수 있기 때문이다. 그런데 저자는 꿈쩍도 하지 않았다.

"우, 우리를 건드리면 파르티잔파의 보복을 받게 될 것이오."

그 말을 들은 중년인의 눈이 냉혹하게 변했다. 그의 발이 놈의 허벅지를 밟았다.

꽈지직!

"으악!"

놈이 눈을 까뒤집고 바닥을 헤맸다. 뼈가 부서지는 고통은 상상을 초월했다.

"난 너 같은 놈들이 싫어. 힘이 있다고 약한 사람들을 괴롭

히는 너 같은 쓰레기들이.”

빠가각!

“아악! 제발… 으으!”

다섯 명의 깡패가 식당 바닥을 벌벌 기며 애걸복걸하고 있었다. 수많은 사람들을 괴롭혔지만 저희들이 당해보니 그 고통은 이루 말할 수가 없었다. 무심하게 내려다보는 중년인의 검은 눈이 악마의 눈 같았다.

“살려주십시오! 저희가 사람을 몰라보았습니다! 제발!”

“살고 싶으면 저 레이디에게 빌어라. 그렇지 않으면 네놈들은 여기서 죽는다.”

중년인의 말에 깡패들은 온몸의 털이 곤두섰다. 저놈의 눈을 보니 죽이고도 남을 놈이었다.

“사, 살려주십시오, 아가씨!”

“자, 잘못했습니다. 용서를!”

베라는 놈들의 추악한 상통이 보기 싫어 머리를 돌렸다. 깡패들은 지금 죽을 맛이다. 후에 복수하더라도 지금은 살아야 했다. 이년이 사죄를 안 받아들이면 저 무지막지한 놈이 자기들을 죽일 수도 있었다. 그런데 갑자기 몸이 붕 뜬다.

와장창!

“으아악!”

“커억!”

중년의 사내가 놈들을 창문 밖으로 집어 던진 것이다. 밖으로 날아간 깡패들이 길바닥에 패대기쳐졌다. 사내는 아무 말 없이 식탁에 앉더니 와인을 마셨다.

식당의 모든 사람들이 속 시원해하면서도 불안했다. 파르티잔 놈들이 알면 가만있지 않을 것이기 때문이다. 식당의 주인이 나오더니 중년인에게 다가갔다.

“저기… 여기서 빨리 피하셔야…….”

“이건 기물 파손 값이오.”

중년인이 주인의 손에 3골드의 돈을 쥐어주었다. 주인의 눈이 번쩍 떠졌다. 3골드면 파손된 기물의 열 배도 넘는다. 주인의 허리가 90도로 굽혀졌다.

“고맙습니다, 기사님.”

“난 기사가 아니오.”

마지막 남은 와인을 털어 넣은 중년인이 자리에서 일어났다.

“고마워요. 도와주서서…….”

베라가 중년에게 고마움의 인사를 전하자 그는 힐끗 보고는 그대로 발길을 옮겼다.

베라가 토마스에게 눈짓을 하더니 총총걸음으로 사내를 따라갔다.

“저기, 잠시만요.”

밖으로 나온 베라가 주저하며 중년인을 불렀다. 느릿하게 걸어가던 중년인이 그 자리에 멈춰 섰다.

“무슨 할 말이 있소?”

중년인의 말에 베라는 얼굴이 붉어졌다. 그래도 용기를 내어 입을 열었다.

"여기에 처음 오신 분 같은데 숙소를 찾으신다면 저희 집으로 모시겠습니다. 허락해 주세요. 감사의 표십니다."

베라의 말에 중년인은 한참을 바라보았다. 그리고는 스적스적 발길을 옮겼다.

"난 사례를 받자고 한 일이 아니오."

"알고 있습니다. 이왕 여관에 들 것이면 저희 집이 더 깨끗합니다."

베라의 간청에 사내는 우뚝 멈춰 서더니 고개를 끄덕인다.

"그럼 신세를 지겠소."

조마조마해서 마음을 졸이던 베라의 얼굴이 환해졌다.

"토마스, 마차를 가져와."

마차에 오른 중년인과 남매는 곧 스톰 가를 향해 달려갔다.

*   *   *

스톰 전사단. 이백 년의 역사를 가지고 있는 오랜 검술의 가문.

하지만 지금은 그 모든 것이 지나간 영화에 불과했다. 이십삼 년 전 스톰 가는 일단의 무리의 습격을 받았고 전사단의 최고위 전사들이 모두 죽었다. 그날 그 처절한 전투에서 살아남은 사람들이 다시 스톰 전사단을 지켰지만 이제 스톰 가는 명맥만이 살아 있었다.

스톰 전사단의 연무장은 정문을 통과하면 바로 앞이다. 넓은 연무장에 삼십여 명의 전사들이 검술을 수련하고 있었다. 땀을 흘리며 검을 휘두르는 부하들을 바라보던 전사단장이 한숨을 내쉬었다. 검법이 모두 불타고 마나 맵에 대한 비서들이 이십삼 년 전에 없어져 겨우 삼류에 속하는 것이 바로 자신의 전사단이었다. 오죽하면 검은 조직에까지 협박을 당하랴. 그 모든 것이 없어진 검법서와 마나 맵 때문이었다.

이젠 전사단이 아니라 삼류용병단보다 못한 것이 이들이었다. 조금 더 있으면 광산도 빼앗기고 딸까지 빼앗길 수도 있었다.

"후~"

넬슨은 한숨을 길게 내쉬었다. 도저히 전사단이 처한 난국을 뚫고 나갈 길이 보이지 않는다. 그런 넬슨을 창문에서 바라보는 중년인이 있었다. 어젯밤 이 집에서 잔 바로 그 방랑 검사였다.

똑똑.

노크 소리가 울리더니 문이 열리고 베라와 토마스가 안으로 들어왔다.

"밤새 안녕하셨어요?"

베라가 눈부터 웃으면서 인사를 한다. 그녀의 매혹적인 눈매를 바라보는 중년인 월터는 무덤덤하다.

"덕분에 잘 잤소. 그런데 하나 물어도 되겠소?"

월터는 베라가 가져온 차를 마시며 물었다.

"예. 말씀하세요, 월터님."

"내가 보기에 전사들이 하는 검술이 파나류 검술 같은데 맞소?"

월터의 말에 베라와 토마스는 숨을 들이켰다. 스톰 전사단의 검술은 파나류 검법이 맞다. 그러나 이십삼 년 전 모든 것이 없어지고 지금의 검술은 반쪽에 불과했다.

베라의 손이 파르르 떨렸다. 그러고 보니 이 남자의 머리도 검은색이다. 자기도 실제로는 검은 머리가 아니라 보라색 머리지만 스톰 전사단은 모두 검은색으로 염색한다.

그건 스톰 전사단의 오랜 전통이었다.

"예, 맞아요. 우린 예전에 대륙을 울리던 드래곤 슬레이어가의 지부였어요. 지금은 멸망해서 아무도 알아주지 않지만 그래도 우리 전사단은 전통을 지키고 있어요."

베라의 눈이 뚫어지게 월터의 눈을 쳐다보았다. 월터의 고개가 창밖으로 돌아갔다.

"그랬군. 예전 쥬신 가의 지부였어."

차를 마시는 월터의 손이 부르르 떨렸다. 예전 대륙을 울리던 드래곤 슬레이어의 가문. 그들은 대륙에 수많은 지부가 있었다. 그러나 이제는 없다. 모두 파멸과 멸족의 위기를 맞은 것이다. 그래도 아직 명맥을 잇는 전사단도 있었다. 비록 삼류로 전락했지만.

베라는 무엇인가 이 남자에게 드래곤 슬레이어 가와는 인연이 있다는 것을 직감적으로 느꼈다. 아니, 그건 심장이 외치는 소리였다.

"이십삼 년 전, 니힐리스 제국과 아스톤 제국의 모든 드래곤 슬레이어의 지부들은 습격을 받았어요. 가문들은 불타고 전사들은 치열한 혈투 끝에 하나둘 죽어갔어요. 그때 나는 어린 나이였지만 지금도 잊혀지지 않아요. 죽어가면서 지르던 그 전사들의 외침 소리가. '우리의 복수는 드래곤 슬레이어 가가 반드시 해줄 것이다' 라고. 하지만, 하지만 그때는 이미 드래곤 슬레이어 가는 멸문한 후였어요. 살아남은 사람들은 겨우 삼류로 전사단을 이어가고 있지요."

말을 하는 베라의 눈에 맑은 눈물이 흘러내리고 있었다.

눈을 감고 있던 월터가 자리에서 일어섰다. 정보를 통해 이들이 드래곤 슬레이어 가의 지부의 후예라는 것을 알고 왔지만 이건 해도 너무했다. 중년의 검사 월터는 다름 아닌 변장한 헤럴드였다. 이번 전쟁을 치르고 난 헤럴드는 음모의 주재자를 알아내고자 수도로 왔다. 그리고 자신 기거할 곳을 스톰가로 정하고 왔는데 듣던 것보다 이들의 상태는 더 열세였다. 쥬신 가를 믿고 있던 이들이 고난에 처한 것을 보니 헤럴드의 가슴에서 피가 끓어올랐다. 가만히 생각을 정리하던 헤럴드의 눈에 이채가 어렸다.

"밖에 손님들이 온 것 같군."

"예? 손님 말입니까?"

토마스의 말에 월터는 조용히 말하였다.

"그래. 반갑지 않은 손님."

그리고는 복도를 나섰다. 토마스와 베라는 황급히 뒤따라 나오면서 머리를 갸웃거렸다.

밖에는 아무도 없었던 것이다.

콰앙! 우지끈!

갑자기 정문이 굉음을 일으키며 무너져 내렸다. 그리고 백여 명의 사람들이 와르르 밀려들었다. 그들의 눈에서 광기가 흘렀고 손마다 파르티잔(철퇴)이 들려 있었다.

파르티잔파였다. 수련을 하던 삼십여 명의 스톰 전사단원들이 놈들과 마주 섰다.

"하하하! 이건 검술 연습인가? 양아치도 하지 않는 파나류 검술 연습이라… 차라리 우리 파에 와서 철퇴 연습이나 하는 것이 나을걸. 안 그런가?"

파르티잔파의 행동대장이 부하들을 돌아보며 하는 소리다.

"크크크. 맞습니다, 대장님. 저건 아무리 해봐야 검술 축에도 못 들지요."

"흐흐흐. 자, 우린 두목님의 최후 통첩을 전하러 왔다."

분노에 부들부들 떠는 스톰 전사들을 보며 시시덕거리던 행동대장이 넬슨에게 입을 열었다.

"너희들은 어제 우리 부하 여섯 명에게 중상을 입혔다. 그러나 마음이 너그러우신 두목께서는 베라 양이 청혼을 받아들인다면 모든 것을 없는 것으로 하겠다고 하셨다. 지금 당장 대답하던가 아니면 우리의 징벌을 받아야 한다. 어떻게 하겠는가?"

놈의 말은 전형적인 협박이었다. 아무리 작은 전사단이라고 해도 엄연히 하나의 조직이다. 그런데 놈은 예의도 지키지 않고 지껄이고 있었다. 넬슨은 당장 검을 뽑고 싶었지만 참았다.

이놈들의 뒤에는 거대 전사단인 스콜피언이 있다. 게다가 지금의 실력으로는 파르티잔파에게 당할 수도 없는 것이 실정이다.

그렇다고 눈에 넣어도 아프지 않을 딸을 저런 놈들에게는 줄 수 없었다.

"그렇게는 할 수 없다!"

넬슨의 말에 행동대장의 얼굴에 비웃음이 어렸다.

"크크! 오크도 쳐다보지 않는 파나류 검술을 가지고 우리와 대항하겠다? 재미있군. 좋다, 그러면 오늘 우리 파르티잔파는 정식으로 너희 스톰 전사단과의 전면전을 선포한다. 자, 시작해 볼까?"

놈의 말이 끝나자 백여 명의 깡패가 반달형으로 둘러섰다.

삼십여 명의 스톰 전사도 이를 악물고 검을 겨누었다. 비록 검술이 약하지만 저런 놈들에게 항복할 전사들이 아니었다.

"언제부터 파나류 검법이 오크도 무서워하지 않게 되었지?"

조용한 말소리였지만 연무장의 모든 사람들에게 똑똑히 들렸다. 사람들의 눈이 그쪽으로 돌아갔다. 그곳에는 베라와 토마스, 그리고 중년의 남자가 서 있었다.

"네놈은 누구냐?"

그때 뒤에 있던 놈이 황급히 손가락으로 가리켰다.

"대장님, 바, 바로 저놈입니다. 어제 우리를 팬 놈입니다."

붕대로 머리를 감은 놈이 말하자 행동대장이 고개를 끄덕였다.

"네놈이 바로 그놈이군. 어제 내 부하들을 반병신으로 만들었다면서? 오늘 네놈은 물론 스톰 전사단은 끝이다. 어디 그 잘난 파나류 검술로 대항해 봐라."

월터의 몸에서 차가운 살기가 폭사됐다. 그건 참을 수 없는 분노의 표출이었다. 그가 천천히 걸어나오자 연무장에 묘한 정적이 흘렀다. 놈들의 앞에 다가선 월터가 입을 열었다.

"양아치 같은 네놈들에게 쓰기엔 파나류 검법이 아깝지만 오늘 파나류 검법의 위대함을 알려주마. 단, 오성만 사용하겠다. 모두 덤벼라."

월터의 말에 스톰 전사단원들은 입을 떡 벌렸다. 외인인 저 사람이 파나류 검법을 알고 있다는 것도 어이없는 일이지만 단 오성만 사용하겠다니… 저 파르티잔 놈들은 일반적인 양아치가 아니다. 스콜피언 전사단으로부터 체계적인 마나 맵을 배웠고 파르티잔 사용법을 배운 놈들이다. 실제 말만 검은 조직이지 전사단과 다름이 없었다.

파나류 검법을 최고로 발휘해도 이기기 힘든 상대가 파르티잔파 놈들이다. 게다가 상대는 한두 명도 아니고 백여 명이다.

하지만 그들의 놀라움은 행동대장 놈에게 비할 바가 아니었다.

어이없이 월터를 바라보던 행동대장이 웃음을 터뜨렸다.

"하하하, 네놈은 간이 배 밖으로 나왔구나. 좋아, 발악을 해봐라! 얘들아, 저놈에게 파르티잔파가 얼마나 무서운지 보여줘라."

"옛!"

다섯 명의 파르티잔파 놈들이 건들거리며 걸어나왔다. 이 놈들은 행동대 중에서도 제일 실력이 높은 놈들이고 가장 잔인한 놈들이다. 사람을 철퇴로 패 죽이되 가장 극악한 고통을 주며 죽이는 극악무도한 놈들이다.

"흐흐흐! 아그야, 뼈를 가루로 만들어주마."

"문어처럼 만들어주지."

놈들이 철퇴를 빙빙 돌리며 달려드는 순간 월터의 말소리가 들렸다.

"이제부터 파나류 검술이 얼마나 무서운지 알려주마. 파나 참마류."

월터의 손에 들린 검에서 섬전 같은 뇌의 기운이 일어났고 파르티잔들이 파열음을 터뜨렸다.

따다닥! 턱턱턱!

"억?"

달려들던 다섯 놈의 눈이 둥그레졌다. 상대가 문어처럼 휘적거리더니 어느새 코앞으로 다가왔고 검이 휘둘러져 철퇴를 순식간에 잘라 버렸다. 그들이 '어어?' 하는 새에 눈앞에 다가온 월터의 주먹이 놈들의 면상으로 날아들었다.

"이건 파나 질풍권이다! 받아봐라!"

쒸아악―

공기를 찢는 것 같은 소리가 귀청을 울리고 다섯 개의 주먹이 번개처럼 쇄도해 들어갔다.

다섯 명의 행동대원들은 피하려고 몸을 움직였지만 이미 늦었다. 그들의 면상에서 둔탁한 소리가 울려 퍼졌다.

퍽퍽퍽퍽퍽!

연이어 울리는 다섯 번의 소리와 함께 놈들의 머리가 홀떡 뒤로 젖혀지고 앞니가 우수수 쏟아져 내렸다.

"컥! 크악!"

그리고는 그대로 날아가 행동대장의 발 앞에 처박혔다. 쓰러져 꿈틀거리는 그들의 얼굴은 아예 짓뭉개졌고 피투성이였다. 이제 이놈들은 살아도 트롤이 씹다 버린 몰골이 될 것이다.

"파나 질풍권!"

검을 들고 긴장해 서 있던 스톰 전사단원들의 얼굴에 환희의 빛이 떠올랐다. 저 사람이 쓰는 파나 질풍권은 자기들이 쓰는 것과는 근본적으로 달랐다. 그리고 방금 검으로 시전한 파나 참마류는 자기들도 알고 있는 것이지만 판이하게 달랐다. 단 일격에 다섯 개의 철퇴가 모조리 잘려 나갔다.

"저것이 진짜 파나류 검법이다!"

전사들의 눈이 이글이글 불타며 월터의 행동 하나하나를 뚫어지게 바라보고 있었다. 그들은 오늘 실전된 파나류의 위대함을 직접 보고 있는 것이다.

"모두 저놈을 쳐라! 죽여라!"

행동대장의 악에 받친 소리와 함께 백여 명의 파르티잔파 놈들이 철퇴를 휘두르며 달려들었다. 월터가 놈들을 맞받아 달려들어 갔다. 그런데 그의 모습이 뿌옇게 흐려지고 놈들의 사이를 마치 물고기가 물을 헤집듯 유연하게 사이사이로 파고든다.

그것을 보던 전사들이 자기도 모르게 소리쳤다.

"저건 파나 수운 스텝?!"

마치 물이 흐르는 듯하다. 물은 아무 곳이나 스며든다. 그 원리를 이용한 파나 수운 스텝은 놈들의 허점마다에 스며들며 가차없이 검이 번쩍거렸다.

"크악! 아악!"

검이 지나갈 때마다 파르티잔파 놈들이 비명을 지르며 땅

바닥을 나뒹굴었다. 잘려진 팔다리가 물고기처럼 퍼덕인다.
참으로 끔찍한 장면이지만 누구도 그런 생각이 들지 않았다.

오직 헤럴드의 행동만 눈에 불을 켜고 지켜보고 있었다.

"물러서라! 공간을 확보하라!"

행동대장의 명에 그제야 놈들이 물러서서 월터를 둘러쌌다. 하지만 숨 한 번 돌리는 새에 절반이 넘는 인원이 팔다리가 잘려 땅 위를 뒹굴고 있었다. 저들은 이제 영영 불구가 된 것이다. 행동대장의 얼굴에 핏발이 어렸다.

"네놈을 갈가리 찢어 죽이리라! 공격하라!"

슈아악! 쐐애액!

오십 명이 일제히 던지는 소형 철퇴가 무서운 속도로 날아들었다. 놈들은 두 개의 소형 철퇴를 차고 다니는데 이렇게 던지는 투척용으로 사용한다. 백여 개의 철퇴가 전후좌우를 가득 메우고 폭풍처럼 날아들었다. 어디에도 피할 곳은 없었다.

월터의 검이 곧추세워졌다. 그리고 광포한 외침이 터져 나왔다.

"파나 연환류!"

은빛의 검이 수십 개로 분열한다. 그의 몸이 마치 수십 개의 검에 둘러싸인 것 같았다. 파나 연환류는 엄청난 빠르기로 서른여섯 번의 변화가 일어나는 검법이다.

따다당! 퍽퍽퍽!

연이어 날아오던 소형 철퇴들이 모두 검에 맞아 잘려 나갔다. 그리고 월터의 오른발이 한 걸음 내디뎠다.

"파나 폭풍류!"

휘아악! 쐐애액!

검이 타원을 그린다. 그리고 주변의 공기가 회오리쳤다. 그것은 마치 공기가 그대로 검이 된 것 같은 기분이 들었다. 행동대장의 눈이 커졌다. 위험을 직감한 것이다.

"피해라! 어서!"

촤촤촤촤!

"크악! 아악!"

그것은 무시무시한 검의 비였다. 전후좌우를 포위했던 놈들이 폭풍에 휩쓸린 가랑잎처럼 사방으로 날아갔다. 날아가 떨어진 놈들은 이미 산 사람이 아니었다. 팔이 잘린 놈, 다리가 잘린 놈, 몸통이 두 동강이 난 놈, 단 한 수에 파르티잔파의 행동대는 복구 불능이 되어버렸다.

행동대장은 입에서 침을 질질 흘리며 부들부들 떨고 있었다.

"너, 너는 누구냐?"

고요한 정적 속에 월터가 놈에게 다가갔다. 그리고 그의 입이 열렸다.

"파나류 검법의 계승자."

넬슨은 눈이 둥그레졌고 스톰 전사단원들의 눈에 희열과 감격이 끓어 번졌다.

"파나류 검법의 계승자!"

드디어 파나류 검법의 계승자가 나타난 것이다. 그리고 그 무시무시한 위력을 직접 두 눈으로 똑똑히 보았다. 행동대장은 머리를 흔들었다. 도저히 믿을 수가 없었다. 파나류 검법이 이렇게 무섭다니.

"아니야! 파나류 검법은 쓰레기야!"

행동대장이 발악하듯 외치는 순간 월터의 발이 놈의 주둥이를 걸어찼다.

"크악!"

뒤로 벌렁 나자빠진 행동대장의 이빨들이 모조리 쏟아지고 코가 뭉그러졌다.

"파나류 검법은 천하무적이다. 감히 네깟 놈들이 우습게볼 검법이 아니란 말이다."

월터의 발 뒤축이 놈의 두 다리로 떨어져 내렸다.

빠각! 뚜두둑!

"으악!"

행동대장은 너무도 고통스러워 온몸을 비틀었다. 하지만 소나기처럼 떨어지는 월터의 발을 피할 수가 없어 그저 몸부림칠 뿐이다.

"이건 파나 타구각이다. 너 같은 개들을 때려잡는 발차기지. 어떠냐? 이래도 파나류 검법이 우습게 보이느냐?"

온몸의 뼈가 으스러진 행동대장이 급하게 고개를 흔들었다. 너무도 아파 죽었으면 좋으련만 정신은 너무도 또렷해 아픔이 몇 배로 증폭된다. 월터가 때리면서도 교묘하게 신경 계통의 혈을 자극하여 정신을 잃을 수 없게 했기 때문이다.

"내 말에 대답하라. 파나류 검술은?"

빠각!

"으악! 천하제일입니다!"

행동대장은 미칠 것 같았다. 잘못 말하면 고통이 몇 배로 가해진다. 급해 맞은 놈은 완전 자동으로 대답한다. 어떻게 해서라도 이 고통을 벗어나고 싶었다.

"파르티잔파는?"

"파, 파르티잔파는……."

빠드득, 하는 소리가 들리고 정강이 뼈가 부러졌다.

"아악! 파르티잔파는 쓰레깁니다!"

행동대장의 몸에서 역한 냄새가 풍겼다. 너무도 급해 큰 것을 실례한 것이다.

"좋아, 너희들 모두 모여라."

행동대장이 당하는 것을 부들부들 떨며 지켜보던 불구들이 황급하게 모였다. 저렇게 맞아 죽고 싶은 생각은 없었기 때문이다.

"모두 행동대장의 말처럼 한다, 알았나?"

"옛!"

파르티잔파의 행동대원들이 기겁하여 소리 질렀다.

"좋아. 파나류 검술은?"

“천! 하! 제! 일!”

“파르티잔파는?”

“쓰레기 집단!”

행동대원들이 목청을 다해 소리치자 집 안의 곳곳에 숨어 밖을 내다보던 하인들과 하녀들, 일꾼들이 모두 나와 박수를 쳤다. 그들은 속이 다 시원하여 만세라도 부르고 싶은 심정이었다.

짝짝짝!

“하하! 파르티잔파가 쓰레기가 되었네!”

“호호! 하하!”

사람들의 웃음소리가 그들의 귓가에 울렸지만 행동대원들은 매를 맞아 반병신이 된 자신들의 대장만 보면서 공포에 떨고 있었다.

“가라. 가서 너희 두목에게 전해라. 전쟁은 너희들이 선포했으니 파나류 검술의 계승자가 찾아간다고. 오 일 후다, 알았는가?”

“옛! 알았습니다!”

“가라.”

놈들이 황급히 달아나기 시작하였다. 올 때는 기세당당하게 왔던 파르티잔파의 행동대원들이 갈 때는 모두 불구가 되어 돌아갔다. 오늘 중으로 온 시내에 이 소식은 일파만파로 번져 갈 것이다.

월터가 돌아서자 스톰 전사단원들이 존경과 흠모의 눈으로 바라보고 있었다.

저 사람은 단신으로 백여 명의 파르티잔파를 쓸어버린 사람이다. 그것도 삼류검술이라는 파나류 검술로. 이제 이들은 파나류 검술이 무적의 검술이라는 자부심을 가지게 되었다.

"죄송합니다, 단장님. 제가 제 마음대로 일을 벌였습니다."

월터가 넬슨 단장에게 고개를 숙여 사죄하였지만 넬슨은 오히려 월터의 두 손을 덥석 잡았다.

"아니네, 자넨 우리 스톰 가의 위상을 올려주었네. 그리고 파나류의 위대함을 보여줬네. 고맙네, 정말 고마워."

넬슨의 눈에 눈물이 흘러내리고 있었다. 그 긴 세월 동안 받은 수모와 치욕이 단숨에 사라지는 것 같았다. 오늘 진정한 파나류 검술을 보았던 것이다.

"저 단장님, 이 스톰 전사단은 파나류 검술의 본가이니 제가 가지고 있는 검술을 전사들에게 가르치려고 합니다. 승낙하시겠습니까?"

넬슨은 숨이 막혔고 스톰 전사들은 숨을 죽이고 두 사람의 얼굴만 쳐다보았다. 원래 자기 검술을 남에게 준다는 것은 있을 수 없는 일이다. 그런데 저 사람은 자기들에게 주겠다고 한다. 방금 본 무적의 검술을.

'아아, 주신이시여! 감사합니다!'

넬슨은 하늘을 우러러 감사를 드렸다.

"고맙네, 정말 고마워. 우리 스톰 전사단은 자네의 일이라면 목숨이라도 걸겠네."

"그럼 승인한 것으로 알고 앞으로 전사들에게 제가 알고 있는 검술을 가르치겠습니다."

월터의 말이 떨어지자 전사들이 두 손을 쳐들었다.

"만세! 월터님 만세!"

"파나류 검술 만세!"

서로 부둥켜 잡은 그들이 만세를 부르고 눈물을 흘렸다. 그 모습을 보는 베라의 눈에서도 맑은 이슬이 흘러내리고 있었다. 이제 스톰 가는 다시 날개를 펼 수 있을 것이다. 그녀의 눈이 월터의 칼자국이 험상한 얼굴에서 떨어질 줄 몰랐다. 우둘투둘하고 칼자국까지 난 그 얼굴이 천하의 미남으로 보였고 심장이 세차게 고동쳤다.

그녀의 나이 서른여섯. 약혼자가 비열한 놈들에게 암살된 후 이날 이때까지 마음을 닫고 살던 베라의 가슴이 활짝 열렸다.

"누나, 월터님 어때요?"

"뭐, 뭐가?"

당황한 베라가 더듬거리며 말하자 토마스가 능청스럽게 웃었다.

"아니, 난 누나와 월터님이 맺어졌으면 좋겠다 이 말이죠. 용맹하고 남자답지 않습니까?"

“얜 참, 누가 시집을 간다던?”

베라의 당황한 말에 토마스가 빙그레 웃었다.

“싫으면 할 수 없고요. 근데 왜 얼굴이 붉어져요? 이상하다.”

“누, 누가 붉어졌다고 그래?”

베라는 동생에게 속마음을 들킨 것 같아 얼른 돌아섰다. 하지만 가슴은 여전히 벌렁거린다.

*   *   *

스톰 전사단에게 파르티잔파가 깨졌다!

이 소식이 시내를 흔들자 사람들은 눈이 둥그레졌다. 그리고 방랑 검사 월터의 이름이 사람들의 입에 오르내렸다.

스콜피언 전사단은 이 지역에서 가장 큰 전사 가문이다. 사방을 둘러친 수천 평의 대지에 집들이 들어서 있고 전사들만 해도 사백 명이 넘는다.

그곳의 한 방 안에 모여 앉은 세 명의 사람들이 무거운 분위기로 서로를 쳐다보고 있었다.

“그럼 그놈이 파나류 검술의 계승자란 말이냐?”

칼칼한 목소리의 노인이 물어보자 중년인이 공손한 어조로 대답했다.

“그런 것 같습니다.”

"흠. 그것 모를 일이군. 이십삼 년 전 분명히 파나류의 계승자들을 모두 죽였어. 그런데 어떻게 또 계승자가 나타났지?"

노인의 말에 옆에 앉아 있던 젊은 자가 입을 열었다.

"우리가 알아본 바에 의하면 놈은 계획적으로 파르티잔 파에게 도발한 것 같습니다. 제 생각으로는 남아 있는 검술서를 가지고 스톰 전사단의 넬슨이란 놈이 비밀리에 놈을 키운 것 같습니다. 그 단장 놈의 딸이 아직도 시집을 가지 않고 있는 것을 보면 놈이 수련을 끝낼 때까지 기다린 것 같습니다."

그의 말에 노인이 고개를 끄덕였다. 그리고는 두 사람을 쳐다보았다.

"오 일 후에 파르티잔파로 오겠다고 했다지?"

"예, 그렇습니다."

고개를 숙인 자는 스콜피언 전사단의 현 단장인 룸멜이고 노인은 전대 단장인 카멜, 젊은 자가 후계자인 아들 크로멜이다.

"상급전사 세 명을 보내 놈을 없애 버려라. 파르티잔파가 쓰레기인 것은 맞지만 우리의 하부 조직이니 살려줘야지."

"알겠습니다."

이곳은 스콜피언 전사단의 후원에 있는 밀실이었다. 그러나 이들은 몰랐다. 이 일을 계기로 스콜피언 전사단이 어떤 위험에 처하게 되는지. 수도의 전사단들에 이는 바람의 시작이 이로부터 일어나게 되리라는 것은 더욱 몰랐다.

깊은 밤 스톰 전사단의 월터가 자는 방에 검은 그림자가 솟아나듯 나타났다.
"뉴아랜인가?"
"예, 주군."
자리에 누운 채로 있는 월터의 앞에 뉴아랜이 무릎을 꿇고 앉았다.
"놈들은 내일 파르티잔파로 가장시킨 세 명의 상급전사를 파견하기로 하였습니다. 주군을 그곳에서 없애겠다는 것입니다."
"그래? 다른 것은?"
"아직 왕후마마에 대한 소식은 없습니다. 분명 스콜피언 전사단과 연계가 있는 것은 확실하지만 흔적이 없습니다. 어쎄신 길드도 총력을 기울이고 있습니다."
"계속 감시하라. 언젠가는 원흉이 나타날 것이다. 영지 소식은?"
"샤칸님께서 보내신 소식에 의하면 영지는 조용하다고 합니다. 명령대로 블랙울프 전사들에 대한 수련을 강화하고 있다고 합니다. 그리고 마틴 공작의 진영에 아스톤 제국에서 열 명의 사람들이 왔습니다. 차림을 보아서는 마법사들 같았습니다. 조지 공작의 진영은 아직 조용합니다."

“알았다. 가서 쉬어라.”

“알겠습니다, 주군.”

고개를 숙여 예를 표한 뉴아랜이 꺼지듯 사라져 버렸다.

샤칸의 정보에 의하면 왕궁의 사건과 베르토 후작의 사건에는 어떤 배후 인물이 저지른 것이라는 정보가 있었다. 바로 붉은 머리 여자에 대한 것이다.

그가 누구인지 왜 이런 일을 벌이는지 알아야만 사전에 위험을 제거할 수 있고 또한 세리나를 구할 수 있으며 배후의 놈들을 일망타진할 수 있다. 에리세드 정보망에 의하면 스콜피언 전사단은 조지 공작의 비밀 임무를 수행하는 어둠의 조직이라고 한다.

저들은 표면은 전사단이지만 어쎄신들이 더 많았다. 세리나 왕후는 간접적이든 직접적이든 분명 저들과 관련되어 있을 것이다. 그것을 알기 위해 헤럴드는 월터로 가장하고 이곳으로 왔다.

이제 놈들의 소굴에서 세리나를 구해야 했다.

두둥실 아침 해가 떠올라 찬란한 빛을 뿌린다.

새벽부터 열리는 쿨머루 시장에 오늘은 사람들이 얼마 없었다. 모두 파르티잔파의 본거지로 갔기 때문이다. 파르티잔파의 본거지는 철통같은 경계로 엄중했지만 주변의 식당과 여관들은 사람들로 넘쳐 났고 골목마다에 사람들이 모여 웅성거리고 있었다.

이 거리의 실질적인 통치자는 파르티잔파였다. 그런데 그들이 전쟁을 선포하고 스톰 전사단에 갔다가 오히려 개박살이 났고 반대로 스톰 전사단이 오늘 이곳에 온다고 공표했던 것이다.

"스톰 전사단이 과연 이길 수 있을까?"

말을 하고 있는 사람들은 이곳 수도의 중소 전사단이나 용병단원들이다. 그들에게 이번 사건은 흥미로운 일대 사변이었다. 몇 년 전에 광풍의 전사 헤럴드가 크라이카 전사단을 깬 적이 있었지만 아직까지 중소 전사단들은 거대 전사단들의 횡포에 시달리고 있었다.

그런데 이번에는 스톰 전사단이 반란의 깃발을 들었다. 사람들은 파르티잔파의 뒤에 스콜피언 전사단이 있다는 것을 알고 있었다. 결국 작은 전사단이 거대 전사단에 도전하는 격이 된 것이다. 자칫하면 이 싸움은 거대 전사단과의 혈투로 번질 수도 있었다.

"난 이길 거라고 생각해. 하지만 문제는 그 후지."

"하긴 스콜피언 전사단이 뒤에 있으니까."

사람들이 웅성거리는 그 시각 파르티잔파의 문이 열리더니 백여 명의 조직원들이 당당하게 걸어나왔다. 이들은 맹렬한 속도로 스톰 전사단을 향해 전진하기 시작했다.

"간다. 스톰 전사단으로 가는 것 같아."

"오히려 반대로구만."

"그만큼 이길 자신이 있다는 거겠지!"

사람들이 파르티잔파를 따라 스톰 전사단의 뒤를 따라갔다. 이 싸움을 못 본다면 일생의 한이 될 수도 있었다.

그 시각 스톰 전사단도 파르티잔파로 오는 중이었다. 그리고 두 개의 세력은 중간에서 만났다. 파르티잔파 백오 명, 스톰 전사단 서른두 명.

숫자의 차이는 엄청났지만 스톰 전사단은 겁먹은 기색이 하나도 없었다. 오히려 모두 생기있게 눈을 반짝거리고 있었다.

도로의 양옆에는 넓은 초원이고 집들이 드문드문 있었다. 그 주변에는 따라온 수많은 사람들이 구경을 하고 있다.

"난 스톰 전사단의 단장인 넬슨이다. 전쟁은 이미 선포됐으니 긴말은 하지 않겠다. 항복하라! 그러면 죽이지는 않겠다."

넬슨의 당당한 말에 파르티잔파의 두목인 콘도라는 기가 막혔다. 며칠 전까지만 해도 머리를 땅에 박고 다니던 놈이 감히 항복하라고 큰소리를 치고 있었다.

"좋다. 우리 파르티잔파는 전쟁에서 진다면 패자들의 다리 심줄을 잘라 버린다. 그건 알고 있을 테니 나도 긴말은 하지 않겠다. 시작하자."

두 개의 세력이 서로를 노려보았다. 흉흉한 살기가 회오리치기 시작하고 주변이 싸늘하게 냉각되었다.

"공격하라!"

콘도라의 명에 파르티잔파는 작은 도끼를 던졌다. 하늘을 까맣게 덮고 도끼가 맹렬하게 날아오자 넬슨의 뒤에 서 있던 헤럴드가 손을 들었다.

"개진."

"충!"

삼십 명의 스톰 전사단원이 순간에 열 명씩 둥그런 원을 만들었다. 그리고 손목에 찼던 작은 방패를 들고 모여 앉았다. 잠깐 사이에 세 개의 둥그런 방패 덩어리가 생겨났다.

헤럴드는 지난 오 일 동안 이들에게 합격진을 연습시켰다. 불충분하지만 자기가 공격할 때까지 이들은 방어만 하면서 인명 피해를 줄이면 되는 것이다.

팟팟팟팟!

작은 손도끼들이 맹렬한 속도로 날아와 이중으로 된 방패에 부딪쳤다.

텅텅텅!

그 순간 헤럴드의 신형이 돌진했다. 그것을 본 콘도라는 기겁하여 명을 내렸다.

"놈에게 집중하라!"

파르티잔파의 도끼들이 헤럴드에게 날아왔다. 천지경신법을 사용하여 달려가는 헤럴드의 얼굴에 미소가 어렸다. 이로써 적은 스톰 전사단을 공격할 기회를 잃어버린 것이다. 헤럴드의 신형이 뿌옇게 변하면서 어느새 맨 앞의 파르티잔파에게 다가섰다.

그리고 충돌이 일어났다.

"찍어라!"

첫 줄에 섰던 열 명의 조직원들이 일제히 파르티잔을 휘둘렀다. 마치 기다란 도리깨 같은 철퇴들이 공기를 찢으며 날아들었다. 순간 헤럴드의 신형이 허깨비처럼 사라졌다.

"어엇?"

그 순간 대열의 측면에 나타난 헤럴드의 검이 무자비하게 놈들을 베어버리기 시작했다.

촤악! 촤악! 촤악!

"으악!"

헤럴드의 몸이 파르티잔파를 사정없이 유린했다. 미처 어떻게 해볼 새도 없이 진영이 무너져 내렸다. 헤럴드가 뚫고 들어가는 앞을 막아선 자들은 모조리 베어져 버렸다.

번개처럼 움직이는 몸놀림과 은빛 검이 일수에 몇 개의 목을 날려 보낸다.

마치 양 떼 속에 들어간 늑대같이 헤럴드의 신형이 지나가는 곳에서 자욱한 피바람이 일어나고 사람의 팔과 다리, 목이 날아올랐다. 이들로서 헤럴드를 막는다는 것은 사실 오크가 오거에게 덤비는 격이다.

주변에 숨어서 보고 있던 용병들과 소규모 전사단원들이 입을 떡 벌렸다. 마치 회오리바람이 지나가는 것 같았고 사람의 비명과 아우성, 피분수가 솟구쳐 올랐다.

"세상에 저건 최상급전사 수준이군!"

"맞아. 스톰 전사단이 그동안 침묵을 지키고 괴물을 키워냈어!"

그들이 감탄하는 사이에 스톰 전사단이 세 줄로 늘어섰다. 그들의 손에는 짧은 단창인 필럼이 쥐어져 있었다. 넬슨이 진영이 헝클어져 아우성치는 파르티잔파를 향해 손을 힘차게 내렸다.

"일열 투창."

착착착!

"이열 투창."

"삼열 투창."

삼십 명의 전사들이 모두 다섯 개씩의 필럼을 차례로 던지자 온 하늘이 필럼의 그물로 덮였다.

퍽퍽퍽!

"컥!"

진영을 무자비하게 휘젓고 다니는 헤럴드 때문에 갈팡질팡하던 파르티잔파 조직원들이 하늘을 덮고 날아드는 필럼들에 맞아 피를 토하며 꼬꾸라졌다. 미처 피하고 자시고 할 새가 없었다.

넬슨의 얼굴에 승리의 기쁨이 어렸다. 헤럴드가 이런 훈련을 시킬 때도 별로 성과를 기대하지 않았지만 상상외의 성과였다. 모두 투창에 맞아 땅바닥을 헤매고 있었고 서 있는 놈들은 열 명도 안 되었다.

"스톰 전사단의 본때를 보여줘라! 돌격!"

"와~"

스톰 전사들이 달려오는데 모두 삼 인 일 조다. 철저하게 세 명이 한 명을 상대로 연속 공격을 한다. 가뜩이나 공포에 질린 파르티잔파 조직원들이 이길 수가 없었다. 잠시 후 파르티잔파는 모두 쓰러졌고 두목 콘도라는 온몸에 부상을 입고 포로가 되고 말았다.

그리고 살아남은 나머지 세 명은 헤럴드를 중심에 놓고 빙빙 돌고 있었다.

달려들려는 전사들을 제지한 넬슨은 근심이 어린 눈으로 그들의 대결을 지켜보고 있었다.

"네놈의 실력은 상급전사 수준 이상이로구나. 하지만 오늘 네놈은 여기서 죽는다."

세 명 중 하나가 중얼거리자 헤럴드의 얼굴에 비웃음이 어렸다.

"홍! 거대 전사단이라는 스콜피언에서 이런 비열한 방법을 쓰다니 부끄럽지도 않으냐?"

헤럴드의 말에 세 명의 얼굴에 당황함이 어렸다.

"무, 무슨 소리냐? 우린 파르티잔파다!"

"파르티잔파가 검을 쓰는가? 그리고 네놈들이 쓰는 검술은 스콜피언 검술이다. 그것도 너희 세 명은 상급전사의 실력이다. 파르티잔파의 두목은 겨우 중급의 실력이고. 상급전사가 두목의 부하라… 이래도 속일 셈인가?"

헤럴드의 말에는 내공이 실려 있어 조용하게 말하고 있지만 주변에 모두 퍼져 나갔다. 구경하던 사람들은 역시 하면서 서로를 쳐다본다.

"흐흐. 네놈이 눈치 하나는 빠르구나. 뭐 사실이다. 그러나 네놈을 여기서 죽인다면 스톰 전사단은 허수아비에 불과한 터. 그 누구도 스콜피언 전사단이 관여한 것을 모를 것이고 오늘 여기서 한 놈도 살아나지 못할 것이다."

놈들의 말에 넬슨을 비롯한 전사들은 치를 떨었다.

"살인멸구라… 누가 죽고 살지는 해보면 알 일. 자, 시작해 보자."

"크크! 기백 하나는 좋구나. 사내다우니 고통없이 단번에 죽여주마."

말이 끝나는 순간 왼쪽에 있던 놈의 검이 사선으로 날아들었고 오른쪽에 있던 놈의 검은 직선으로 찔러 들어온다. 세 번째 놈의 검은 수직으로 내려쳤다.

쐐애액! 슈왁!

공기를 찢는 소리와 함께 어디에도 피할 수 없는 연수합격이었지만 헤럴드에게는 애들 장난이었다. 만약 헤럴드가 본신 실력을 드러낸다면 놈들은 검도 미처 뽑지 못하고 죽을 것이지만 지금은 실력을 드러낼 때가 아니었다.

왼쪽의 검을 몸을 젖혀 피한 헤럴드의 몸이 오른쪽으로 바람처럼 사라졌다. 스콜피언 전사들은 그의 허상을 향해 그대로 검을 내려쳤다.

"죽어라! 엉?"

검에 맞은 허상이 스르륵 사라진다. 화들짝 놀란 그들이 돌아섰을 때 몸이 섬뜩한 감과 함께 땅이 눈앞으로 다가왔다.

보법을 밟으며 순간적으로 측면에 나타난 헤럴드의 검이 일격에 세 명의 몸을 두 동강 내버린 것이다.

"컥! 어떻게?!"

"너, 넌 소드 마… 커억!"

세 명의 몸이 여섯 개의 토막으로 나뉘어졌다.

철컥!

헤럴드의 검이 검집으로 사라지자 스톰 전사들이 서로를 끌어안고 함성을 질렀다.

"이겼다!"

"수석전사님 만세!"

스톰 전사단에서는 헤럴드를 수석전사라고 부른다. 구경하던 사람들도 모두 자리를 차고 일어났다. 쓰레기 전사단이라고 하던 스톰 전사단이 이십삼 년 만에 그 위명을 떨치는 순간이었다.

CHAPTER
06

이것으로
네게 진 빛은 없어졌다

THE Warrior
Gale of Wind

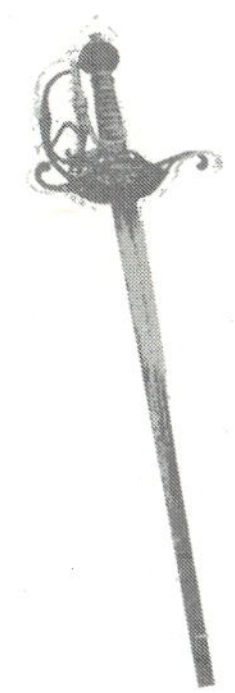

　　스톰 전사단의 비상은 입소문을 타고 빠른 속도로 확산되어 갔다.

　　게다가 스콜피언 전사단에서 파견한 상급의 전사 세 명이 개죽음을 당했다는 소문이 퍼지자 많은 전사단들이 술렁거렸다.

　　그동안 거대 전사단들에 당하던 중소 전사단들이 움직이기 시작한 것이다.

　　그들은 슬금슬금 스톰 전사단으로 모여들고 있었다.

　　스콜피언 전사단의 후원의 방에 로브를 입은 한 사람이 앉아 있고 세 사람이 허리를 굽히고 있었다. 그들 모두가 앞에 있는 사람에게 눈도 주지 못하고 있었다.

"그놈이 최상급전사 수준이라고?"

로브의 입에서 여자의 가는 소리가 새어 나왔다.

"예, 놈은 분명 최상급전사 수준입니다. 우리 전사들 중에 상급전사가 세 명이 갔는데 모두 놈에게 죽임을 당했습니다."

"병신 같은 놈들."

여자의 입에서 차가운 말이 흘러나왔지만 세 사람은 말도 못하고 허리를 더욱 굽혔다.

"전사단을 연합하는 문제는 어떻게 됐나?"

"예, 그 문제는 지금 진행 중입니다. 수도의 네 개 전사단 중에서 이미 세 개의 전사단은 우리와 뜻을 같이하기로 하였습니다. 나머지 전사단들은 계속 협상 중에 있습니다."

머리를 끄덕이던 로브를 입은 여자가 자리에서 일어섰다.

"스톰 전사단은 밟아버려라. 그렇지 않으면 대업에 지장이 올 수 있다. 알았느냐?"

"알겠습니다."

세 사람이 대답을 하고 허리를 편 순간 로브를 입은 여자는 이미 창밖으로 몸을 날린 후였다.

하얀 수염이 가득한 카멜이 룸멜을 바라보았다.

"명을 들었으면 스톰 전사단을 아예 지워 버려라."

카멜의 말에 룸멜은 아연했다. 그래도 전사단인데 어떻게 어쎄신들처럼 밤에 습격을 한단 말인가? 하지만 그는 카멜의 이어지는 말에 입을 다물었다.

"패자는 할 말이 없다. 설사 우리가 했다는 것을 알아도 힘 있는 자에게 덤비는 놈은 없다. 그게 세상의 이치야."

"알겠습니다, 아버님."

스콜피언 전사단에서 스톰 전사단을 없앨 음모를 꾸미기 시작했다.

스톰 전사단에는 지금 많은 중소 전사단의 단장들이 모여 스톰 가의 비상을 축하하고 서로 울분을 토하고 있었다.

"여러분의 심정은 알고 있습니다. 그래서 한 가지 제안을 하려고 합니다."

방 안에 마주 앉아 이야기를 하던 중소 전사단장들이 말문을 여는 넬슨을 바라보았다.

"우리가 그동안 모든 것을 잃고 거대 전사단에게 당한 것은 힘이 없었기 때문입니다. 그래서 연합을 하자는 것입니다. 중소 전사단 그룹을 만들면 어떻겠습니까?"

넬슨의 말에 단장들은 너무도 놀라 서로를 쳐다보았다. 중소 전사단들이 그룹을 만든다면 결코 약하지 않다. 서로가 자신들을 건드릴 때 힘을 합친다면 누구도 함부로 대할 수 없는 것이다.

"그렇다면 그룹의 마스터는 누구로 하겠소?"

하이에나 전사단 단장의 말에 모두들 침묵을 지키며 넬슨을 바라보았다. 가장 예민한 문제가 바로 이 문제인 것이다. 넬슨의 얼굴에 웃음이 떠올랐다. 그에게는 이미 생각해 둔 대안이 있기 때문이었다.

"최상급전사 월터는 어디에도 소속되지 않은 사람입니다. 그는 세력이 없지요. 이번에 우리를 도와주었을 뿐, 그는 스톰 전사단원이 아닙니다."

넬슨의 말에 단장들은 입을 떡 벌렸다. 항간에서는 월터를 스톰 전사단이 키운 비밀병기라고 하고 있다.

"그동안 우리 스톰 전사단은 파나류 검술을 잃어버려 힘이 약해졌었습니다. 그러나 월터는 파나류 검술의 정식 계승자입니다. 산에서 수련하고 나오던 길에 이곳에 들렀고 어려움에 처한 우리를 도와주었습니다. 그가 마스터가 된다면 우리 그룹은 강대한 전사단으로 다시 태어날 것입니다."

넬슨의 말에 단장들은 저마다 속으로 생각을 굴리고 있었다. 정말 그렇다면 이건 거대 전사단들에게 이길 수 있는 묘책이었다. 단장들의 얼굴에 희미한 웃음이 어렸다. 소규모 전사연합이 태동하려 하고 있었다.

그 시각 후원의 방에서 헤럴드는 토마스와 베라에게 세 권의 비급을 주고 있었다.

"토마스, 이건 전사들이 배울 파나류 검술서이다. 그 안에 마나 맵과 스텝에 대하여 적혀 있다.”

비서를 받아 든 토마스는 기뻐 어쩔 줄 몰랐다. 이 검술서가 드디어 전사단에 돌아온 것이다.

“고맙습니다, 월터님. 우리 전사단은 월터님의 은혜를 잊지 않을 것입니다.”

빙긋이 웃은 헤럴드는 한 권의 책자를 베라에게 내밀었다.

“베라 양, 이건 파나 질풍권입니다. 베라님의 체질은 검보다는 권법을 익히기에 적당합니다. 이것을 익히면 앞으로 베라님은 마나 피스트가 될 수 있을 겁니다.”

헤럴드의 말에 베라는 눈이 커졌고 토마스는 입을 떡 벌렸다.

마나 피스트! 그건 소드 마스터와 같은 경지다. 베라의 눈이 파르르 떨렸다.

이런 귀한 비서를 자기에게 주다니, 그녀의 가슴이 형언할 수 없는 감격으로 설레었다.

“아니, 그럼 누나가 소드 마스터 급이 될 수가 있다는 소립니까?”

“그래, 본인의 노력에 따라가겠지만 그렇게 될 수 있다.”

헤럴드의 말에 토마스는 입을 벌리고 멍해졌다. 소드 마스터 급이라니, 누나가 부러워졌다.

그런 토마스를 본 헤럴드가 한 권의 비급을 내밀었다.

“토마스, 너는 전사단을 이끌 후계자다. 그러니 너에게 이

것을 선물하겠다. 이건 아수라혈천심법이라는 마나 맵과 검술이다. 이것은 너와 훗날 네 후계자밖에는 물려줄 수 없다. 약속하겠느냐?”

헤럴드가 내미는 비급을 본 토마스는 입이 귀밑까지 벌어졌다. 토마스는 급히 맹세를 하였다. 이건 하늘이 주는 기회인 것이다.

“저 토마스, 제 후계자 외는 그 누구에게도 마나 맵을 전수하지 않을 것을 주신의 이름으로 맹세합니다!”

그런 토마스를 바라보는 헤럴드는 흡족하게 미소를 지었다. 어차피 이들은 예전 쥬신 가의 가신들이나 마찬가지였던 사람들이다. 그동안 이들은 그 이유 때문에 고통과 설움을 당했다. 다시는 자신의 부하들이 그런 약자가 되는 것은 있을 수 없는 일이었다.

토마스는 좋아서 어쩔 줄을 몰라 했지만 베라의 눈에는 의혹이 어렸다. 어떻게 이 많은 마나 맵을 알 수 있단 말인가? 저 사람은 신이 아니다. 분명 저분에게 어떤 비밀이 있을 것이다.

그러나 베라는 입 밖에 말을 내지 않았다. 저분이 말을 안 한다면 그만한 이유가 있을 것이다. 그것이 베라의 생각이었다.

*　　　*　　　*

하루해가 지고 늦은 저녁, 앨빈과 발디는 스톰 전사단을 나와 집으로 향하였다.

오늘도 하루 일이 끝난 것이다. 발디는 스톰 전사단의 식품 창고를 관리하는 하인이고 앨빈은 말을 관리하는 마구간지기였다.

"잘 가게."

"응, 내일 또 보세."

발디는 앨빈의 인사말에 손을 흔들어주고 집으로 발걸음을 옮겼다. 그의 걸음이 빨라졌다. 집에는 그가 나이 40에 장가를 든 어린 아내와 늦게 본 딸이 기다리고 있었다. 딸은 이제 세 살밖에 안 됐지만 일이 끝나면 못 견디게 보고 싶어진다. 발디에게는 어린 아내와 딸이 이 세상의 전부였고 인생의 낙이었다. 집에 들어가 아내와 딸이 웃는 것을 보면 고달픈 하루의 지친 몸이 싹 풀리는 것 같았다.

골목길을 돌아서자 작은 집이지만 아담한 자신만의 행복한 공간이 보인다.

그가 집 앞에 거의 도착했을 때다. 갑자기 검은 그림자가 앞길을 막아섰다.

"누, 누구시오?"

약간 겁에 질린 발디의 말에 앞에 선 사내가 입을 열었다. 탁 갈린 사내의 목소리는 듣기가 거북할 정도다.

“네가 발디인가?”

“예, 제가 발디입니다. 왜 그러시죠?”

발디의 말에 사내는 빙그레 웃었다. 그 순간 발디는 코앞에 다가온 사내를 보았고 눈에서 불이 번쩍하는 것을 느꼈다. 그것이 끝이었다.

“넌 우리 일을 해주어야겠다. 데려가라.”

급소를 맞고 기절한 발디를 둘러멘 사내들이 어둠 속으로 조용히 사라졌다. 아무도 모르는 밤중에 벌어진 이 일은 곧 있을 피바람의 전조였다.

발디는 머리가 깨지는 것 같은 느낌을 받으며 서서히 정신이 들었다. 그의 눈에 희미하게 깜빡거리는 불빛이 보였다.

“여기가 어디지? 내가 죽지 않았나?”

그가 중얼거리는데 웃음소리가 들렸다.

“클클클, 아직 죽지는 않았지. 하지만 우리 말을 안 들으면 곧 죽게 될 것이야.”

옆에서 들리는 말소리에 소스라쳐 일어선 발디의 눈에 자기를 둘러싸고 있는 세 명의 사내들이 보였다. 그리고 이것은 컴컴한 어느 지하의 방이었다.

“자, 이젠 가족 상봉을 해야지.”

사내의 말이 끝나고 아내와 딸아이의 목소리가 들렸다.

“여보, 흑흑.”

“아브, 까르륵.”

아내의 갈라진 목소리와 겨우 발음을 하는 천진한 딸의 웃음소리가 들렸다.

발디는 정신이 번쩍 들었다. 눈을 크게 뜨고 보니 아내가 의자에 묶여 있었고 어린 딸이 엄마에게 매달려 있었다. 발디는 기가 막혀 숨을 쉴 수가 없었다.

“당신들은 누구요? 우리에게 왜 이러는 것이오?”

발디는 한평생 남에게 해를 끼친 적이 없다. 그저 수격수격 일하며 오직 순박하게만 살아왔다. 그런데 이 사람들은 자기의 모든 것인 아내와 딸을 잡아왔다. 무서운 공포가 척추를 허비며 솟아올랐다. 아내와 딸은 제 목숨을 내놔도 아깝지 않은 발디의 모든 것이다.

“우린 너에게 기회를 주고자 한다. 일을 수행하면 너는 천 골드의 돈을 받게 되고 네 아내와 딸은 풀려날 것이다. 그럼 너는 아무도 모르는 곳으로 가서 떵떵거리며 잘살 수 있다.”

사내의 얼굴이 발디를 뚫어지게 바라본다. 그리고는 잔인한 웃음을 지었다.

“그러나 우리가 시키는 일을 하지 않을 경우 네 아내는 많은 사내들에게 윤간을 당하고 딸과 함께 귀신도 모르게 죽어 땅에 묻힐 것이다. 어떻게 하겠느냐?”

“안 돼, 안 돼요! 무엇이든 할 테니 제발 제 아내와 딸을 살려주시오! 뭐든지 하겠소! 제발……!”

발디는 공포에 질려 사내의 발치에 엎드려 몸을 떨며 빌었다. 그것을 내려다보던 사내들의 얼굴에 희미한 웃음이 어렸다. 너무도 쉬운 일이었다.

툭!

발디의 앞에 한 개의 봉지가 떨어졌다.

"내일 저녁 음식 재료를 창고에서 내줄 때 그것을 넣어라. 그러면 너는 천 골드를 받게 될 것이고 네 아내와 딸은 무사할 것이다. 명심해라. 일이 성공하지 못하면 네 아내와 딸은 끝장이다. 우리가 데리고 있으니까."

사내의 말에 발디는 부르르 몸을 떨었다. 저것이 무엇인지는 모르겠지만 분명 스톰 전사단에 좋은 일은 아닐 것이다. 그의 머리에 넬슨의 인자한 모습이 떠올랐다. 거지로 떠돌며 살던 자기를 걷어주고 장가를 보내준 은인이 바로 그분이다.

하지만 지금은 아내와 딸이 더 중요하였다. 침을 꿀꺽 삼킨 발디가 고개를 끄덕였다.

"하, 하겠소. 그러니 제발 아내와 딸은 내보내 주시오."

"흐흐, 그렇게는 안 되지. 네가 일을 성공시킬 때까지 네 아내와 딸은 우리가 데리고 있는다. 대신 마지막으로 만나게는 해주지. 자, 어서 만나봐라."

사내들은 킬킬거리며 아내의 앞으로 그를 보내주었다.

"여보."

발디는 어린 아내를 부여잡고 피눈물을 뿌렸다. 어이하여 하늘은 나에게 이런 시련을 준단 말인가. 평생 순박하게만 살아온 자신을.

"미안해, 여보. 내가 꼭 당신을 구하겠소, 여보."

발디가 아내를 잡고 흐느끼자 그의 아내 첼시가 남편의 얼굴에 자기의 머리를 기대었다.

"여보, 절대로 나쁜 짓을 하면 안 돼요. 저건 독이야. 단장님은 우리 은인이라는 것을 잊지 마세요. 스톰 가가 잘못되면 나도 딸도 당신도 모두 죽어요. 잊지 마세요."

아내는 작은 목소리로 발디의 귀에 말하고는 큰 소리로 울음을 터뜨렸다.

"꼭 데리러 와요! 알았죠, 여보! 흑흑!"

"걱정 마. 내가 일을 수행하고 당신과 우리 아기를 찾아갈게."

첼시는 원래 스톰 가의 하녀였다. 누구보다 눈치가 빨랐고 영리한 여자였다. 둘이 사랑하는 것을 알게 된 넬슨이 노예로부터 평민으로 해방시켜 주었고 가정을 꾸리도록 해주었다.

그러나 발디는 아내와는 달리 제 목숨을 던져서라도 이들을 구하는 것이 더 중요했다. 넬슨이나 스톰 가는 이미 그의 머릿속에 없었다.

"걱정 마. 어떤 것도 당신과 내 딸보다는 귀하지 않아. 꼭 데리러 올게."

발디의 말에 사내들이 싱글벙글 웃었다.

"바로 그거야. 사내새끼가 제 여자와 자식은 책임져야지."

발디가 놈들의 앞에 섰다. 그의 눈이 결심으로 번들거렸다.

"돈을 먼저 주시오. 그리고 내 아내와 자식을 다치지 않겠다고 약속해 주면 어김없이 하겠소."

'이 거지발싸개 같은 놈이 감히!'

발디의 말에 얼굴이 일그러졌던 놈이 평정심을 다시 찾았다. 이런 놈은 제 새끼와 계집을 살리기 위해 무슨 짓이든 할 놈이 분명했다. 놈의 얼굴에 미소가 그려졌다.

"좋아, 돈을 주어라."

옆의 놈이 돈을 주자 품속에 간수한 발디가 약봉지를 안고 마지막으로 아내와 딸을 돌아보았다.

'내 무슨 짓을 해서라도 당신을 데려가겠소.'

발디가 밖으로 나섰다.

*　　　*　　　*

스톰 전사단의 식당에는 많은 사람들이 모여 저녁을 먹고 있었다. 늦게까지 전사 그룹에 대한 토의를 한 것이다. 이제 안건도 거의 합의를 한 이들은 즐거운 기분으로 음식을 먹고 있었다.

"그런데 월터님이 마스터가 되겠다고 하겠는지 모르겠소."

한 전사단장의 말에 다른 전사단장들이 고개를 들었다. 정말 본인에게는 묻지도 않은 것이다.

"우리 모두가 무릎을 꿇고 간청해서라도 마스터를 만들면 되지 않겠소?"

넬슨의 말에 전사단장들이 의미있는 웃음을 지었다. 어떤 수를 써서라도 지금의 위기를 극복해야 했다. 그렇지 못하면 작은 전사단들은 큰 전사단들의 먹이가 될 뿐이었다.

그런데 음식을 먹던 단장들이 갑자기 배를 그러쥐었다.

"크윽! 배가?!"

한 명의 단장이 배를 그러쥐자 다른 단장들도 배를 그러쥐고 하나둘 쓰러졌다.

"음식에 독이……."

말도 끝내지 못한 전사단장들이 모두 쓰러지자 기겁한 하녀들이 비명을 질렀다.

"꺄악!"

"단장님들이 쓰러졌어요!"

하녀들의 아우성 소리에 전사들이 달려나왔다. 그들의 눈에 쓰러진 단장들의 모습이 보였다. 황급히 달려온 그들이 넬슨 단장을 안아 일으켰다.

"단장님, 정신 차립시오! 단장님!"

그러나 단장은 이미 죽었는지 움직임이 없었다.

“누구냐? 감히 어느 놈이 독을 풀었느냐?”

조장이 분노에 차서 소리치자 담장 밖에서 갈린 목소리가 들려왔다.

“크크크, 바로 우리다.”

휙, 휙, 휙!

말이 끝나는 것과 동시에 담장을 날아 넘어 들어오는 사람들이 있었다. 적어도 100명은 되어 보였다. 그들은 모두 망토를 두르고 있었고 갑주에는 스콜피언 그림이 새겨져 있었다.

“네놈들은 스콜피언 전사단?”

조장의 눈에 분노의 빛이 어렸고 스톰 전사들이 검을 뽑아 들었다.

촤앙, 촹!

“크크크, 감히 우리에게 대항하시겠다. 이거야 원, 가소로워서 못 견디겠구나. 크하하.”

얼굴에 복면을 쓴 자가 통쾌한 웃음을 터뜨리더니 부하들에게 명을 내렸다.

“이놈들에게 화이트 단의 본때를 보여줘라.”

“옛, 화이트 단은 준비하라.”

착착착!

말이 끝나는 것과 동시에 50여 명의 은빛갑주를 입은 자들이 검을 들고 앞으로 나섰다. 이들은 스콜피언 전사단의 두 번째 정예들이다. 이들의 위에는 스카알릿(주홍) 단이 있다.

50명 모두가 중급의 전사, 그들의 검술은 웬만한 상급전사들도 힘들다고 하는 것이 바로 이들 화이트 단원들이었다. 그것도 50명 전원이 왔다는 것은 오늘 이곳에 있는 사람들을 모두 죽이기 위해서일 것이다.

"화이트 단이라. 그런대로 실력은 있어 보이는군. 이젠 모두 일어나시죠."

갑자기 담담한 말소리가 모든 사람들의 귀에 들리고 네 명의 사람들이 나타났다. 헤럴드와 토마스, 베라와 발디였다.

"네놈이 월터라는 놈이구나. 오늘 네놈은 죽는다."

놈이 이를 가는데 쓰러져 있던 넬슨이 일어났다.

"오랜만이로군, 아모스. 자네가 이런 비열한 방법을 쓰다니. 실망이네."

스콜피언 전사단의 부단장 아모스는 눈이 둥그레졌다. 죽은 줄 알았던 넬슨이 일어났고 주변에 널브러져 있던 다른 전사단의 단장들도 모두 자리를 차고 일어났다.

아모스의 얼굴이 보기 싫게 일그러졌다. 이놈들은 독을 먹지 않은 것이다. 그의 눈이 헤럴드의 뒤에 서 있는 발디에게 향했다.

"네놈은 가족이 중요하지 않은 모양이구나. 네놈의 계집은 사창가로 끌려가 평생 남자들의 노리개가 될 것이다."

하지만 발디는 놀라는 빛이 없었다. 오히려 비웃는 눈으로 아모스를 바라보았다.

"흥! 아모스, 나는 스톰 전사단의 비밀전사였다. 내 아내와 아이들은 이미 모두 구출되었다. 속은 네놈들이 어리석지."

그의 말이 끝나자 옆방에서 발디의 아내가 딸을 안고 나왔다. 그녀의 옆에는 복면을 쓴 세 명의 사내들이 보호하고 있었다. 그들은 헤럴드의 그림자부대들이었다.

뉴아랜의 그림자부대들은 헤럴드의 명대로 놈들이 출발한 다음 발디의 아내를 조용히 구출해 내었던 것이다.

"크으, 우리가 당했군. 하지만 싸움은 이제부터다. 월터, 네놈이 최상급전사라지만 아마 쉽지는 않을 거다. 화이트 단은 저놈을 공격하고 나머지는 스톰 전사단을 척살하라."

"옛."

50명의 화이트 단이 흉흉한 살기를 뿌리며 다가왔고 나머지 50명은 스톰 전사들과 단장들을 향해 다가왔다. 헤럴드가 전음을 보냈다.

"뉴아랜, 스톰 전사단을 도와 중급전사들만 없애라."

"명을 받듭니다."

아무도 보이지 않는 허공에서 뉴아랜의 전음이 들려왔다. 뉴아랜이 스톰 전사들을 돕는다면 걱정될 것이 없었다. 뉴아랜은 이제 거의 소드 마스터 급에 근접하고 있었고 암습이라면 그를 당할 자가 없었다.

"너희들은 베라 양과 발디의 부인을 보호하라."

"옛, 주군."

세 명의 검은 복면인이 품 자형으로 베라와 발디의 부인을 둘러쌌다. 그들의 몸에서 상급전사 이상의 기운이 쏟아져 나왔다.

베라는 살그머니 월터를 훔쳐보았다. 오늘의 작전은 모두 저분의 작전이었다.

발디의 보고를 받은 넬슨은 헤럴드에게 말했고 헤럴드는 이번 기회를 역이용하였다.

그런데 이상한 것은 소리도 없이 나타난 저 검은 복면인들이었다. 토마스의 말에 의하면 저들은 최소한 상급전사 이상의 기운을 가지고 있다는 것이다.

'월터님, 당신은 누구시죠?

베라의 맑은 눈이 월터에게서 떨어질 줄 몰랐다. 수수께끼에 싸인 분, 그것이 베라의 눈에 비친 헤럴드의 모습이다.

"쳐라!"

아모스의 외침과 함께 전투가 시작되었다.

"오늘 온 놈들은 한 명도 살아가지 못한다."

검을 뽑아 든 헤럴드가 한마디 하고는 50명의 화이트 전사 속으로 파고들었다. 그리고 숨 돌릴 새 없이 떨어지는 검들의 사이로 파란빛이 휘둘러졌다.

"파나 유성검."

콰콰콰콰!

그것은 무서운 빛의 유성이었다. 검끝에서 피어난 파란빛이 수십 개가 나타났고 화이트 단의 모든 것을 쓸어버리기 시작했다.

촤악! 촤악! 촤악!

검이 춤을 춘다. 파란빛을 머금은 검이 빗살처럼 떨어지면 은빛의 갑주와 몸이 그대로 동강이 났고 피바람이 일어났다. 헤럴드가 달려가는 길은 일진광풍이 몰아치는 것 같았고 50명의 화이트 단원이 풀대처럼 모조리 베어지고 있었다.

이건 싸움이 아니라 일방적인 도살이었다. 사람들의 입이 떡 벌어졌고 스톰 전사들도, 스콜피언 전사들도 모두 몸이 굳어졌다.

"저, 저건 오러 블레이드?!"

"소드 마스터다!"

"월터님이 소드 마스터다!!"

스톰 전사들이 환성을 질렀다. 넬슨도, 각 전사단의 단장들도 싸울 생각도 못하고 아름다운 파란빛을 휘두르는 헤럴드를 바라보고 있었다. 드디어 파나류 검술을 익힌 사람 중에 소드 마스터가 나타났다. 넬슨의 눈에 눈물이 어려 앞이 뿌옇게 보였다.

무적의 검사 소드 마스터. 그가 바로 눈앞에 있었다. 월터는 최상급전사가 아니라 검의 절대 강자 소드 마스터였다.

"그랬군, 그랬어! 허허허!"

놈들이 쳐들어온다고 했을 때 눈 한 번 깜짝 안 하던 월터의 모습이 이제는 이해되었다. 스콜피언 전사단이 아니라 그 할아비도 이제는 두렵지 않았다.

바라보고 있는 사이에 연무장은 화이트 단의 시체로 가득 메워졌다. 광풍의 회오리가 모든 것을 부숴 버리고 있었다.

촤악.

"컥!"

마지막 화이트 전사가 무너지는 것을 기준으로 살아서 서 있는 화이트 단원들은 한 명도 없었다. 헤럴드는 처음 그의 말대로 한 명도 살려두지 않은 것이다. 여자들이나 납치하여 비열한 수법을 쓰는 놈들을 살려줄 자비는 헤럴드에게 없었다. 피비린내가 온 정원을 휩쓰는 가운데 헤럴드의 눈이 담장 밖의 어딘가를 바라보았다.

"보고만 있겠는가? 이제 그만 나오라."

고요한 정적 속에 아연해 있던 모든 사람들이 의아해서 헤럴드를 바라보았다.

대체 누굴 보고 하는 소린가? 그런데 밖에서 한 명의 그림자가 담을 넘어 날아들었다.

"크크크, 역시 네놈은 소드 마스터였구나. 너는 누구냐?"

담장을 날아 들어온 자는 검은 복면을 쓰고 있었다. 그의 몸에서 무서운 살기가 폭사되고 있었다. 냉정한 눈으로 복면을 바라보던 헤럴드가 조용히 입을 열었다.

"먼저 자기부터 밝히는 것이 순서가 아닌가? 하긴 복면을 쓴 것을 보니 정체를 밝힐 수 없다는 소리겠지. 너도 소드 마스터니 더 이상의 말은 필요없겠지?"

헤럴드의 말에 가슴을 조이며 주시하고 있던 스톰 전사들과 단장들이 놀라서 입을 벌렸다.

또 한 명의 소드 마스터가 나타난 것이다. 복면의 차가운 음성이 들려왔다.

"정확히 보는군 그래. 나 역시 소드 마스터다. 스콜피언 전사단의 뒤를 봐주라 해서 따라왔더니 네놈이 소드 마스터일 줄이야. 흐흐, 뭐 아무래도 좋다. 그러나 소드 마스터라도 다 같은 것은 아니다. 내가 진정한 소드 마스터의 위력을 보여주마."

복면인의 손에 들린 검에서 붉은 빛이 뿜어져 나왔다. 그것도 거의 2미터에 근접한 오러 블레이드다. 복면은 소드 마스터 중급에 다다른 자였던 것이다.

"소드 마스터 중급!"

단장들과 전사들이 경악에 찬 신음을 내뱉었다. 일생에 한 번도 보기 힘든 소드 마스터가 둘이나 나타났고 게다가 한 명은 중급의 절대 강자였다. 스톰 전사들은 걱정스런 눈으로 헤럴드를 바라보았다. 과연 이길 수 있을까? 방금 전의 화이트 단과의 싸움 때 본 오러 블레이드는 분명 1미터 정도였다. 그건 소드 마스터 초급이라는 징표다. 모든 사람들의 목구멍으로 꼴깍 침 넘어가는 소리가 들렸다.

'제발! 제발 이기세요!'

베라는 피가 나도록 두 주먹을 움켜쥐고 헤럴드를 응원하고 있었다.

"좋군, 중급에 거의 근접한 것 같은데. 내가 가지. 간다."

말이 끝나는 순간 헤럴드의 신형이 번쩍하더니 복면인의 앞에 나타났다. 그리고 붉은 빛과 푸른 빛이 충돌을 일으켰다.

휘악! 쾅, 쾅, 쾅!

엄청난 충격파가 메아리치고 일대의 공기가 파동을 일으켰다. 두 사람의 신형은 미처 눈으로 따라가기도 힘들었다. 검과 검이, 사람과 사람이 번개처럼 엇갈리고 연이어 섬광이 터져 나왔다. 주변의 모든 물건들이 마나의 기파에 휩쓸려 가루가 되어 부서졌다.

"모두 뒤로 물러서라!"

넬슨의 다급한 명에 스톰 전사들이 황급히 물러섰다. 저 마나의 회오리 속에 말려들어 가면 끝장인 것이다. 모든 전사들이 경외의 심정을 안고 두 사람의 무시무시한 공방을 지켜보고 있었다. 갑자기 붉은 빛이 복면인의 몸을 감싸더니 폭발적으로 터져 나왔다.

최후의 일격이다! 전사들과 단장들이 눈을 부릅뜨고 지켜보았다. 이제 승자와 패자가 나타날 것이다. 복면의 입에서 고함 소리가 터져 나왔다.

"레드 썬더!"

파앗! 버언쩍!

붉은 빛이 번개처럼 폭사해 들어 헤럴드의 전신을 강타하였다. 그 순간 헤럴드의 입에서 한마디 말이 울려 퍼졌다.

"파나 폭뢰!"

버언쩍! 콰콰쾅!

그것은 빛과 빛의 대결이었다. 파란 빛이 무서운 속도로 뻗어나갔고 붉은 빛을 집어삼키고 사방을 물들였다. 폭발이 지난 후 모든 것이 조용해졌다.

"컥."

"윽."

억눌린 신음이 울리고 두 사람이 서로를 쳐다보는 것이 사라지는 먼지 속으로 보였다. 헤럴드의 옷은 갈기갈기 찢겨 넝마처럼 되었고 복면인은 왼팔이 잘려 떨어져 있었다.

"크윽, 네놈은 소드 마스터 중급이구나. 오늘은 이만 가지만 다음에는 달라질 것이다."

복면인이 이를 갈며 말하자 헤럴드가 천천히 말하였다.

"나 역시 다음에 만나면 너를 살려두지 않는다."

휘익, 담장을 날아 넘은 복면인이 어둠 속으로 사라져 버렸다.

긴장하여 보고 있던 스톰 전사들이 환성을 질렀다.

"이겼다!"
"월터님이 이겼다!"
스톰 전사들의 사기가 충천한 함성 소리가 밤하늘을 울렸다. 그들은 지금 세상을 다 얻은 것 같았다. 소드 마스터 중급이 자기들의 편인 것이다.

헤럴드는 속에서 치미는 기의 역류를 가까스로 참고 있었다. 아직 그의 몸으로 이 정도의 전투는 역부족이었다. 한시라도 빨리 내공을 늘려야 했다. 방금 전의 그자보다 기술과 초식에서는 앞섰지만 내공은 상대가 안 될 정도였다.

'과연 누군가? 방금 그자는 소드 마스터 중급에 거의 근접한 자다. 그에게 명을 내릴 수 있는 자라면 최소한 상급은 될 것이다. 세상에는 알려진 강자보다 숨어 있는 강자들이 더 많구나.'

헤럴드는 속으로 자기의 자만을 탓하였다. 이제부터는 수련을 더욱 강화해야 하였다. 그렇지 않으면 니힐리스 제국에 복수도 못하고 도중에 좌절할 수도 있었다.

헤럴드의 모습을 보던 넬슨이 단장들을 돌아보았다. 그들의 눈에서 무언의 말들이 오갔다. 모두 이심전심이었다. 서로를 바라본 그들이 무릎을 꿇었다.

"월터님, 우리들의 주군이 되어주십시오."
"주군이 되어주십시오."
생각 속에 잠겨 있던 월터는 단장들을 둘러보았다. 그들이 머리를 땅에 조아리고 있었다.

"난 당신들을 이끌 만한 사람이 못 됩니다. 일어서십시오."

"아닙니다. 충분하고도 남습니다. 어차피 스콜피언 전사단은 중소 전사단을 모두 차지할 야욕을 가지고 있습니다. 이제 일이 벌어졌으니 우리도 힘을 모아 대항해야 한다고 생각합니다. 그러니 우리들의 주군이 되어주십시오."

넬슨의 말에 전사단장들이 고개를 박는다.

"주군이 되어주십시오."

가만히 그들을 내려다보던 헤럴드가 입을 열었다.

"좋다, 내가 주군이 된다면 그대들의 생사여탈권을 맡겨야 한다. 그래도 하겠는가?"

"충!"

"충!"

단장들의 충성의 메아리가 밤하늘에 울려 퍼졌다. 그것은 중소 전사 그룹의 출현을 세상에 알리는 신호탄이었다.

*　　　*　　　*

척척척척!

스콜피언 전사단의 정문으로 통한 시가지로 전사들이 걸어오고 있었다. 그들은 모두 소규모 전사단들의 연합이었다.

중소 전사 그룹.

그들의 앞에 휘날리는 깃발에는 '중소 전사 그룹'이란 하얀 글씨가 씌어 있었다. 각자 따로 있을 때는 약한 자들이었지만 합쳐지니 그 힘은 무서웠다.

약 400명의 전사가 각종 무기들을 들고 스콜피언 전사단을 향해 곧추 걸어간다.

"중소 전사 그룹이다!"

사람들이 떨쳐 나와 보무당당히 걸어가는 전사들을 보며 손들을 흔들어주었다. 이미 스콜피언 전사단이 스톰 전사단을 독으로 공격했고 패했다는 것은 널리 퍼진 소문이었다. 그리고 가장 놀라운 소식은 파르티잔 파를 박살 낸 월터라는 사람이 소드 마스터 중급이라는 소식이었다.

그 소식이 퍼지자 중소 전사단들은 열광했다. 그리고 중소 전사 그룹은 급속도로 진행되었다.

지금 같은 양육강식의 시대에 무적의 강자 밑에 들어간다는 것은 그만큼 생명을 보장받을 수 있었다. 천대받고 압박받던 소규모 전사들이 월터의 밑에 모여들었다.

무적의 검사 월터.

이것이 헤럴드에게 내려진 항간의 칭호였다. 스콜피언 전사단과 전면전을 선포한 중소 전사 그룹이 오늘 본부를 향해 오고 있는 것이다.

스콜피언 전사단의 정문 앞에 도착한 중소 전사 그룹은 황당했다. 활짝 열린 정문 앞에는 수많은 하인들이 무릎을 꿇고 앉아 있었다.

이제 곧 스콜피언 전사들과 싸워야 한다는 긴장감으로 걸어오던 전사 그룹의 전사들은 무슨 영문인지 몰라 멍해졌다. 설마 타판파스 초원의 강자들이라고 자처하던 스콜피언 전사단이 도망쳤을까?! 그런데 그 설마가 맞았다. 전사단의 본부에는 개미새끼 한 마리 없었다.

"너희들은 뭐냐? 스콜피언 전사단은 모두 어디로 갔느냐?"

전사 그룹의 참모장으로 임명된 넬슨의 말에 하인들 중의 한 명이 대답하였다.

"어젯밤에 그들은 모두 떠났습니다. 이것이 그들이 남긴 서신입니다."

하인이 두 손으로 공손히 내미는 서신을 받은 넬슨이 헤럴드에게 넘겨주었다.

중소 전사 그룹의 마스터, 월터는 보아라.

우리는 너에게 패해서 떠난다. 이건 부인할 수 없는 사실이다. 그러나 우리가 다시 나타나는 날, 너희들의 가족까지 한 명도 남김없이 죽일 것이다. 이번에 못한 대결은 그때 하자.

스콜피언 전사단장, 룸멜.

　어이가 없어 피씩 웃은 헤럴드가 서신을 넬슨에게 넘겨주었다. 서신을 읽어보던 넬슨이 큰 목소리로 외쳤다.
　"스콜피언 전사단은 도망쳤소! 그들은 공식적으로 패배를 선언했다! 전사들, 우리가 이겼다!"
　넬슨의 말에 전사들이 함성을 질렀다.
　"우와～!!"
　"만세, 이겼다!"
　"전사 그룹 만세!"
　전사들은 서로 붙잡고 만세를 불렀다. 비록 허무하게 이기기는 했지만 거대 전사단이 겁을 먹고 도망친 것이다. 명실공히 자기들이 이겼다. 중소 전사 그룹이 당당하게 입성했고 이날부터 스콜피언 전사단의 본부는 중소 전사 그룹의 본부로 활용되었다.
　타판파스 전사단의 판도에 지각변동이 일어나기 시작하였다.

　"그놈은 중급의 마스터였다. 나도 이제는 중급에 거의 근접했지만 놈을 당할 수가 없었어."
　여기는 정원에 꽃들이 만발한 아담한 저택이다. 바로 세리나 왕후가 감금된 비밀 장소이다. 한쪽 팔이 잘리고 얼굴이 해쓱해진 갯들리츠가 동생 브리지트에게 사연을 말하고 있었다. 브리지트가 굳어진 얼굴로 물었다.

"혹시 놈의 검법에서 뭔가 느껴지는 게 없었어?"

브리지트의 말에 갯들리츠는 고개를 흔들었다.

"놈의 검술은 신묘했어. 마나는 분명히 나보다 적은 것 같은데 검술로서는 당할 수가 없었어. 아, 그리고 놈의 마나 스텝은 상상외였어. 마치 물이 흐르는 것 같았는데 도저히 예측할 수가 없었어."

오빠의 말을 듣던 브리지트의 눈썹이 파르르 떨렸다. 브리지트는 아직도 잊을 수가 없었다. 아버지와 가문의 기사들이 죽을 때 헤럴드가 펼치던 마나 스텝, 그것은 그 많은 기사들 속에서도 마치 물고기처럼 거침이 없었다.

그때 모든 기사들이 그의 몸 한번 제대로 건드리지 못하고 헤럴드의 검에 맞아 죽었다.

"헤럴드, 그는 헤럴드야."

브리지트의 입에서 신음 같은 소리가 새어 나왔다. 그러나 그녀의 말을 들은 갯들리츠는 아니라고 머리를 흔들었다. 하긴 갯들리츠는 그때 그곳에 없었으니 헤럴드의 싸움을 볼 수가 없었던 것이다.

"아니야. 그 월터라는 놈은 중년이었어."

"얼굴은 가장했을 수도 있지. 하지만 그만한 실력자가 갑자기 하늘에서 떨어질 수는 없어."

브리지트의 말에 갯들리츠는 입을 다물었다. 그러고 보면 헤럴드 영지가 너무 조용했다. 정보원들의 말에 의하면 수련을 한다고 했지만 그 말을 다 믿을 수는 없었다.

"좋았어, 그가 정말 헤럴드라면 이건 절호의 기회야. 그는 반드시 죽어. 나에게는 좋은 패가 있거든. 오호호."

갑자기 브리지트가 교소를 터뜨렸다. 멍하니 보고 있던 갯들리츠는 그제야 짐작이 갔다.

세리나 왕후, 그녀가 여동생의 손에 잡혀 있다. 그녀의 아름다운 모습에 음심이 생겨 건드리려고 했지만 동생의 협박에 손을 못 댄 갯들리츠다.

이제는 알 것 같았다. 여동생은 그녀를 이용해 헤럴드를 죽이려고 하는 것이다.

깔깔거리며 웃던 브리지트의 눈에 핏빛이 어렸다. 그녀의 새빨간 눈이 갯들리츠에게 돌아갔다.

"오빠는 본국으로 돌아가."

"가다니, 여기는 우리가 차지하려고 한 곳이 아니냐?"

갯들리츠의 말에 브리지트가 차갑게 말했다.

"스콜피언 전사들을 마검의 전사들로 만들어. 최소한 상급 전사들로. 그들이 돌아오는 날, 이 초원은 오빠의 것이 될 것이고 난 그동안 헤럴드를 죽여 버릴 거야."

브리지트의 말에 갯들리츠는 고개를 끄덕였다. 아주 좋은 생각이다. 그들을 모두 최상급의 전사로 만들면 세상에 무서울 게 없었다. 마검의 재료인 처녀는 얼마든지 있는 것이 아닌가.

"좋아, 그럼 너만 믿고 난 떠나겠다. 반드시 그놈을 죽여라. 그리고 이 땅에 우리 가문의 왕국을 세우는 거다. 흐흐흐."

갯들리츠가 나가자 브리지트의 눈이 더욱 빨갛게 빛이 났다.

"헤럴드, 넌 영지에서 나온 것을 후회하게 될 거야."

브리지트가 세리나 왕후가 갇혀 있는 방으로 걸어갔다. 헤럴드의 영지는 지금 난공불락의 요새였다. 블랙울프 전사들이 철저하게 지키고 있었고 헤럴드의 측근 부하들은 하나같이 용사들이었다. 그런데 이곳으로 나왔으니 천 번 중에 한 번밖에 없는 기회다.

"날 배신한 대가를 넌 목숨으로 치르게 될 거다. 반드시 죽여 버릴 테야, 헤럴드."

브리지트는 속으로 결심을 다졌다.

＊　　　＊　　　＊

전사 그룹의 본부가 된 스콜피언 전사단의 성은 지금 사람들로 북적였다. 이번 사건이 있은 후 수많은 소규모 전사단들이 너도나도 달려와 가입을 하고 있었다.

"호호호! 하하하!"

수천 평이 넘는 정원에서 수많은 레이디들이 깔깔거리는 웃음소리가 들린다. 대체 어디서 저렇게 많은 처녀들이 있었는지 헤럴드로서는 이해가 안 되는 일이었다. 저 레이디들은 이번에 가입하려고 온 전사단들에서 데리고 온 처녀들이다. 그녀들 중에는 전사단장의 딸들도 있었고 부단장이나 전사들의 딸들도 있다. 뭐가 어찌 됐든, 각 전사단들은 미모가 좀 되는 처녀들은 모두 데리고 오는 판이었다.

그녀들의 목표는 하나였다. 바로 전사 그룹의 마스터인 월터이다.

무적의 검사 월터.

비록 나이는 중년이지만 강철의 검사이고 독신이다. 아직 약정한 상대도 없다. 말 그대로 그의 마음을 차지하는 여자가 주인이었다. 하지만 정작 본인인 마스터 월터는 한 번도 밖으로 나오지 않았다. 식사도 자기 방에서 한다고 해서 처녀들은 속이 탔다.

하늘을 봐야 별도 딸 것이 아닌가? 그래도 아가씨들은 낙심하지 않았다. 이곳에 죽치고 있으면 언제든 월터를 만날 수 있을 것이다. 전사 그룹 본부 주변의 화장품 가게는 요새 매상고가 넘쳐 나서 즐거운 비명을 지르고 있었다. 레이디들의 하녀들이 조금이라도 좋다고 하는 화장품들은 무조건 사가기 때문이다.

“크리시, 이건 이번에 들어온 최고급향료야. 몸에 바르면 냄새가 좋을 거야. 어서 받아.”

클라라는 스타(별) 전사단 단장의 딸이다. 그녀는 이번에 이곳으로 오면서 어떻게든 월터를 제 것으로 만들겠다고 결심을 단단히 하였다. 지금 초원은 스톰 전사단이 스콜피언 전사단을 격파하면서 엄청난 판도 변화가 일어났다. 수많은 소규모 전사단들이 전사 그룹에 가입하였고 그로 인해 이전에는 우습게보고 덤비던 거대 전사단들도 감히 어쩌지를 못하였다. 그 모든 것이 무적의 검사 월터 때문이었다.

월터는 이제 전사들의 영웅이었고 우상이었다. 그런데 그런 사람이 아직 독신이란다.

클라라는 다른 아가씨들처럼 마스터의 집무실 주변을 맴돌지 않았다. 맴돌아봤자 그곳은 접근할 수도 없었다. 수많은 전사들이 철저히 호위를 하고 있었기 때문에 그녀는 다른 방법을 택했다. 바로 앞에 있는 이 여자 크리시였다.

크리시는 마스터의 집무실을 담당하는 하녀였다. 그러니 이 여자만 잘 꼬이면 월터가 뭘 좋아하는지, 어딜 잘 가는지 알 수가 있었다.

“고마워요. 잘 쓰겠습니다.”

크리시가 고맙게 받자 클라라는 쾌재를 불렀다.

‘호호, 그러면 그렇지. 뇌물에 강한 자는 없어. 흠, 그러면 이제 목표를 알아볼까?

"그런데 말이야, 크리시. 월터님께서는 밖으로 한 번도 안 나오셔?"

클라라의 말에 크리시는 머리를 설레설레 흔들었다.

"그분께서는 온종일 수련만 하셔요. 식사도 수련장에서 하시는걸요."

"그래도 밖으로 나올 때가 있지 않을까?"

"글쎄요, 집무실의 하녀가 된 지 석 달이 되었지만 아직 한 번도 어디에 나가는 걸 보지 못했어요."

"호, 그래? 그럼 그분은 무얼 좋아하시지?"

"음, 그분은 검을 좋아해요. 다른 것은 잘 모르겠어요."

'이런 맹추야, 검사가 그럼 검을 좋아하지 뭘 좋아하겠어! 내가 말하는 건 좋아하는 여자가 있나 말이다. 어휴, 이걸 그 냥…….'

클라라는 한 대 쥐어박고 싶었지만 겉으로는 부드러운 미소를 지었다. 어떻게든 이 크리시를 잘 구슬려 정보를 알아야 했다.

"아니, 내 말은 그러니까… 흠, 그분이 좋아하는 여자가 있나, 뭐 그런 거 말이야."

"아, 그거요? 글쎄요, 내가 알기론 없는 것 같아요. 아참, 스톰 전사단의 베라님께서 수련장에 자주 들어가셔요."

그 말에 클라라의 눈이 벌컥 뒤집어졌다. 스톰 전사단의 베라라면 그녀도 몇 번 본 적이 있다. 상당한 미모의 여자다. 하지만 그녀는 나이도 서른이 넘었고 처녀라고 말할 수는 없었다.

그래도 클라라는 마음이 놓이지 않았다.

"그녀는 수련장에 어떻게 들어가지? 그곳은 아무나 들어갈 수 없잖아."

"당연하죠. 마스터님의 개인 연무장이고 경호대가 철통처럼 지키고 있어요. 단장들도 그곳에는 얼씬도 못하죠. 하지만 베라님은 마스터님께서 먹는 음식을 가져가는 유일한 분입니다. 그러니 경호대도 그녀가 들어가는 것은 막지 않아요."

클라라는 생각에 잠겼다. 혹시 그녀가 벌써 마스터를 꼬이지 않았을까 하는 생각이다. 그러나 클라라는 머리를 흔들었다. 남자라면, 특히 영웅이라면 열 여자 마다하지 않는다. 클라라는 자신의 미모에 자신이 있었다.

어떻게든 그 음식을 배달하는 자리를 노려야 했다.

"고마워, 크리시. 다음에는 좋은 옷을 사줄게."

"감사합니다, 클라라님. 저 그럼 이만."

살짝 다리를 굽혀 인사를 한 크리시는 문을 열고 밖으로 나섰다. 그리고는 종알거렸다.

"흥, 다른 사람들은 보석반지도 사주는데 그깟 향료 따위로 생색을 내다니."

클라라는 모르고 있었지만 다른 여자들도 모두 크리시에게 정보를 빼기 위해 사투를 벌이고 있었다. 그 바람에 크리시는 하녀지만 엄청난 돈을 벌 수 있었다.

다음날부터 시내의 요리사 길드에는 수많은 주문들이 들어왔다. 전용 요리사 교사를 채용하겠다는 레이디들의 주문이었다. 그것도 모르고 클라라는 눈물겹게 요리를 배우고 있었다.
전사 그룹 본부에는 때아닌 요리사 열풍이 몰아쳤다.

전사 그룹 본부의 정문을 지키고 있던 파수병들은 저 앞에서 다가오는 한 무리의 기마병들을 보고 눈을 비볐다. 저건 분명히 블랙울프 전사들의 모습이었다.
맨 앞에 말을 타고 오는, 아니, 블랙이라는 늑대를 타고 오는 사람은 화려한 금발의 여자였고 그 옆에 백마를 탄 여자는 은발의 미녀다.
"이보게, 저건 블랙울프 전사단이 아닌가?"
"저, 정말이네? 빨리 안에다 연락하게! 블랙울프 전사들이야!"
두 명의 파수가 허둥거리며 안에다 연락을 하는 사이에 기마병들이 점점 가까이 오고 있었다. 검은 가죽옷을 입은 블랙울프 전사단이 거리를 통과하자 사람들이 수군거렸다.
"블랙울프 전사들이야!"
"저 금발의 여자가 마법전사 샤칸이구만!"

"엘프의 궁사 레나다!"

"죽음의 배틀액스 네모!"

사람들의 감탄이 터져 나오는 가운데 블랙울프 전사들이 정문에 다다랐다.

"안녕하세요? 우린 쥬신 영지에서 온 블랙울프 전사들입니다. 전사 그룹의 마스터님을 뵙고 싶은데 만날 수 있을까요?"

샤칸과 레나의 얼굴을 보며 멍하니 서 있던 두 파수병은 화들짝 놀랐다. 예쁘다는 말은 들었지만 이토록 눈이 부실 정도로 예쁠 줄은 몰랐다.

두 여자의 존재로 정문이 환해지는 것 같았다.

"옛, 동부의 영웅들을 뵙습니다. 방금 연락했으니 곧 소식이 올 겁니다."

"그래요? 그럼 기다리죠."

샤칸이 방긋 웃자 두 파수병은 정신이 아찔하였다. 마치 빨려 들어갈 듯한 미소였다.

문이 열리더니 파수장이 달려나왔다. 그는 나오자마자 정중히 허리를 굽혔다.

"안에서 모시라는 명을 받았습니다. 어서 들어가십시오."

"고마워요."

10여 명의 기병들이 안으로 들어섰다. 그들이 들어가자 파수장이 침을 꿀꺽 삼켰다.

"휴, 정말 예쁘구나!"

"대단합니다, 파수장님."

머리를 끄덕이며 감탄하는 그들은 동쪽의 영웅 헤럴드 후작을 생각하고 있었다. 전사로서 귀족이 되었고 동쪽의 맹수로 이름을 떨치는 헤럴드는 전사들의 또 다른 영웅이었다.

후두라임 영지는 12개 영지를 통합하고 영지 이름을 쥬신 영지로 바꾸었다. 현재는 어디서나 쥬신 영지로 통하고 있었다.

정문을 통과해 헤럴드의 집무실로 가던 레나의 눈초리가 치켜 올라갔다. 집무실로 가는 길목에 수많은 아가씨들이 몇 무리씩 모여 다가오는 그녀들을 보고 있는데 눈빛마다 적개심이 쏟아지고 있었다. 천지내전심법이 8성에 이른 레나가 그것을 모를 리가 없었다.

"언니, 이것들은 뭐지?"

"글쎄 말이야. 무슨 여자들이 이렇게 많지?"

샤칸도 머리를 갸웃거렸다. 전사단에 무슨 여자가 이렇게 많단 말인가? 레나가 그녀들을 노려보며 중얼거렸다.

"아니, 오빠는 여기서 전사단을 만드는 게 아니고 바람을 피우는 거 아냐? 만나기만 해봐라. 그냥 안 돼."

레나가 옹알거리는 소리에 샤칸은 웃음을 지었다.

"레나, 그만 해. 누가 듣겠다. 헤럴드를 여기서 아는 척하면 안 돼.”

“알아, 언니. 하지만 저것들은 뭐냔 말이야.”

레나의 눈에 뇌전이 어리고 있었다. 하지만 그건 둘러서 있
는 아가씨들도 마찬가지였다.

“흥! 저것들이 쥬신 영지의 그 여자들이지?”

“맞아, 근데 저것들이 왜 월터님을 만나려고 하지?”

“모르지 뭐, 한 미모 하니까 월터님을 꾀려고 왔는지.”

“흥! 별꼴이야, 정말.”

그녀들도 무서운 눈으로 레나와 샤칸을 노려보았다. 하지
만 커다란 배틀액스를 둘러메고 뒤를 따라가는 네모는 눈요
기를 실컷 하고 있었다.

‘흐흐, 역시 주군께서는 만능이야. 이 많은 여자를 모아놓
다니.’

헤벌쭉거리며 웃던 네모는 레나의 말에 화들짝 놀랐다.

“네모님, 지금 뭘 보고 웃고 있죠? 타냐 언니에게 말해줄까
요?”

레나의 말에 네모는 기겁을 하였다. 정말 타냐에게 말하면
옆구리가 꼬집혀서 상처투성이가 될 것이다.

“아, 아닙니다, 레나님. 하도 경치가 좋아서 웃던 중입니
다. 헤헤.”

네모의 얼굴을 힐끗 쏘아본 레나가 뾰족한 눈으로 아가씨
들을 보고는 집무실로 도도하게 걸음을 옮겼다.

헤럴드의 집무실은 무거운 공기에 싸여 있었다. 헤럴드의 책상 앞에는 한 장의 서신이 있었는데 옆에는 뉴아랜이 주군의 눈치를 살피고 있었다.

헤럴드의 몸에서 살기가 폭사되고 있었고 두 눈에서는 불꽃이 일어나고 있었다.

"이걸 누가 가져왔다고?"

"어떤 아이가 정문의 파수병에게 전했다고 합니다."

"으음."

헤럴드의 입에서 짤막한 신음이 새어 나왔다. 그가 부르르 떨며 꽉 그러쥔 책상 모서리에서 연기가 솟아오르더니 순식간에 재가 되어 부서졌다. 분노한 헤럴드가 자신도 모르게 내공을 끌어올렸던 것이다.

"좋다. 내가 간다."

헤럴드의 말에 뉴아랜은 기겁하였다.

"안 됩니다, 주군! 제가 갔다 오겠습니다!"

"뉴아랜, 난 세리나 왕후에게 한 번은 돕겠다고 약속을 하였다. 어떤 위험이 있다고 해도 이 일은 내가 직접 해야 한다. 그 누구에게도 이 일을 누설하지 마라. 이건 주군으로서 너에게 내리는 명이다. 알았나?"

"예, 주군."

뉴아랜이 고개를 푹 숙이고 개미 소리만 하게 대답하였다.

헤럴드의 시선이 책상에 놓여 있는 서신을 내려다보았다.

중소 전사 그룹 마스터 월터님 전.

그런데 안의 내용물은 달랐다.

중소 전사 그룹 마스터이며 쥬신 영지의 후작인 헤럴드에게 전한다.
나는 네 애인인 세리나 왕후를 데리고 있는 사람이다. 그녀를 구하고 싶으면 6월 1일 바람의 계곡으로 와라. 네가 지켜야 할 것은 두 가지다. 어떤 무기도 휴대하지 말며 혼자서 와야 한다. 이것을 지키지 않을 때 세리나 왕후는 죽은 시체로 너를 만나게 될 것이다. 나는 네가 약속을 지키리라 믿는다. 안 지켜도 상관은 없다. 그땐 너에게 세리나의 시신이 갈 테니까.

너를 지켜보고 있는 어둠의 눈동자가.

헤럴드의 주먹이 불끈 쥐어졌다. 이 서신을 보낸 놈은 지금까지 뒤에서 음모를 꾸미던 놈이 분명하였다. 놈은 자기를 죽일 만반의 준비를 갖추고 기다리고 있을 것이다. 그러나 헤럴드는 두렵지 않았다. 아니, 오히려 투지가 불타올랐다.
세리나 왕후를 구한다면 무슨 짓이라도 할 헤럴드다. 자기

에게 모든 것을 내준 여자. 평생 왕궁의 높은 담장에 갇혀 눈
물로 세월을 보내던 여자를 죽게 내버려 둘 수는 없었다.

'세리나, 걱정 마. 내 목숨을 걸고 당신에게 가겠어.'

아직 헤럴드의 천지심법은 대성을 하지 못하였다. 그렇다
고 그녀가 죽게 내버려 둘 수는 절대로 없다. 오늘은 3월 29일,
아직 2개월이라는 날짜가 남아 있었다. 꺼림칙한 것은 헤럴드
자신이 누구라는 것을 어둠 속에 있는 자가 알고 있다는 것이
었다. 그러나 헤럴드는 개의치 않았다. 그가 누구이든 무슨 음
모를 꾸미든, 세리나 왕후는 어떤 어려움을 겪더라도 구해야
하였다.

창밖으로 보이는 저녁노을이 핏빛으로 물들고 있었다. 앞
으로 닥쳐올 피의 광풍을 예고하듯이……

『광풍의 전사』 3권에서 계속…

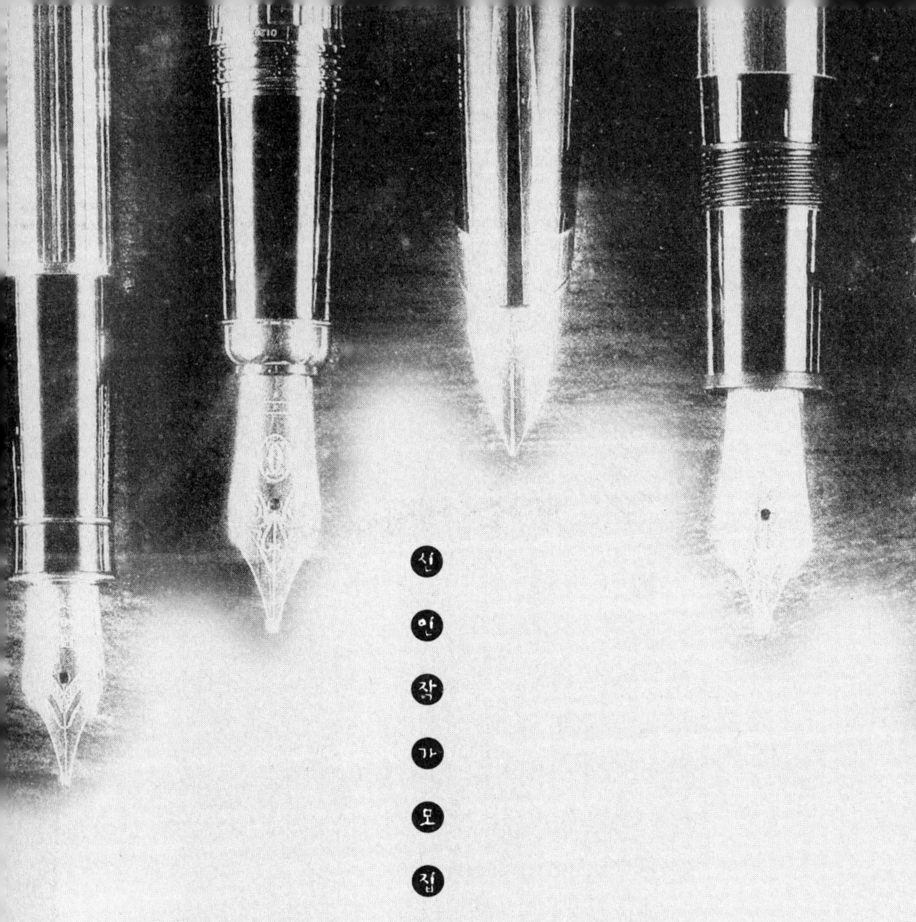